2022年度温州文化艺术
发展基金资助项目

# 湿地植物物语

SHIDI
ZHIWU
WUYU

周胜春 ❧ 著

百花洲文艺出版社
BAIHUAZHOU LITERATURE AND ART PRESS

图书在版编目（CIP）数据

湿地植物物语 / 周胜春著. --南昌：百花洲文艺
出版社，2023.9
ISBN 978-7-5500-5285-7

Ⅰ.①湿…　Ⅱ.①周…　Ⅲ.①散文集 – 中国 – 当代
Ⅳ.①I267

中国国家版本馆CIP数据核字（2023）第175054号

# 湿地植物物语

**周胜春　著**

| | | |
|---|---|---|
| 出 版 人 | 陈　波 | |
| 责任编辑 | 郝玮刚 | |
| 封面设计 | 辉汉文化 | |
| 图片提供 | 周胜春 | |
| 出版发行 | 百花洲文艺出版社 | |
| 社　　址 | 南昌市红谷滩区世贸路898号博能中心一期A座20楼 | |
| 邮　　编 | 330038 | |
| 经　　销 | 全国新华书店 | |
| 印　　刷 | 成都勤德印务有限公司 | |
| 开　　本 | 880mm×1230mm　1/32 | 印张　7.875 |
| 版　　次 | 2023年9月第1版 | |
| 印　　次 | 2023年9月第1次印刷 | |
| 字　　数 | 150千字 | |
| 书　　号 | ISBN 978-7-5500-5285-7 | |
| 定　　价 | 58.00元 | |

赣版权登字　05-2023-320

牛蛙鸣叫，邀来黑夜，夜鹰的乐音乘着吹起涟漪的风从湖上传来。摇曳的赤杨和白杨，激起我的情感使我几乎不能呼吸了；然而像湖水一样，我的宁静只有涟漪而没有激荡。和如镜的湖面一样，晚风吹起来的微波是谈不上什么风暴的。

——亨利·戴维·梭罗《瓦尔登湖》

我在我内心发现，而且还继续发现，我有一种追求更高的生活，或者说探索精神生活的本能，对此许多人也都有过同感，但我另外还有一种追求原始的行列和野性生活的本能，这两者我都很尊敬。我之爱野性，不下于我之爱善良。

——亨利·戴维·梭罗《瓦尔登湖》

# 目 录

# 前言

## 一

水生万物，水是万物生命的基础。除去微生物等等肉眼不可见的，万物中最为常见、数量最为庞大的毫无疑问是植物。因而，水跟植物之间的关系，除了休戚相关的生命托付之外，也有美感的寄生和委付。

在当下现代化的城市中，即使高楼抢占了城市大部分空间，还跟天空进行了比高，人们仰望星空的同时，也依然在俯视着大地。喜爱月亮和星星的故事，欲乘风归去，一探外星的究竟，也都喜欢多水、滨水，绿植茂盛、绿荫遮蔽的一方居所，或者一处清静清凉之处。

植物和水一样，是血脉，是心灵，保持其他生物生命的活力，促进其他物种和人类现代化环境的多样性和丰富性。它同样是内驱力，是现代城市化运作的必要条件，一架木桥的横跨而过，一座摩天大楼的凌霄而起，都少不了它的身影。当然，它也是构成整座城美感的重要条件。它在城市光影里 N 个方面的深挖细造、细细体验，是构成城市绝美景观的天然设计者。一些城市引水入城，在城中心造人工河，两边都会栽上植物，高头大树林立，或者藤蔓灌木环绕，美得不要不要的。

温州市城区位于江南偏东南一隅，"水如棋局分街陌，山似屏帷绕画楼"。得天独厚的自然山水，给了它特有的灵气和韵味，成就了被贬在此的谢灵运的山水诗鼻祖的地位。水在温州城市结构中的重要地位，包括出行时多走水路的方式，给了温州浙南威尼斯的美誉。后来随着城市建设的变化发展，水域面积逐渐缩小了，在交通方式上才慢慢地以陆路为主。曾经有专家说，温州市城区如果现在还是以水路为主，那会闻名于世界的。这话并不是没道理。

温州市城区东南部，有一个叫三垟的湿地。迄今保留着"落日放舟循橘浦，轻霞入路是桃源"的仙境格局，100 多条河流和 100 多个岛进行着串联，组成了你中有我我中有你的良好生态循环系统。掐指算来，不知不觉之间，它存在于这片瓯越大地上已近千年。

水跟万物之中数量最为庞大的植物在湿地上交缠，影响了植物的配置、品类和规划。这也是一个大学问。虽然人人都知植物的好，但万物自有机理，可不能盲目地整。一方水土一方植物，到什么山上唱什么歌，也是亘古不变的道理。

因此对于湿地，对于水乡而言，它的植物配置，从生态保护、景致美感和生长繁殖等方面出发，会发现有以下几个基本原则：植物本身适宜生存在被水淹没或含超饱和水的土壤之中；植物叶柄膨大，叶片膨大变厚，气囊状的、储存空气的组织结构，保持植物足够的气体需求，并具有在水中漂浮的能力，叶的气孔都存在于与空气接触的一面；植物叶形发生巨大变化，如在水中变成丝状，以增加叶片在水中与气体的接触面；对湿地植物的划分，主要还只能依靠分布湿地的区域，"生长和分布于湿地"是划分湿地植物的标准；等等。

这样说起来，难免有些过于专业。光从观感的角度，缓缓打开三垟湿地这个植物王国的大门，在群河纵横交错之中，群岛星罗棋布之中，群花乱舞、翠绿碧玉之中，树木林立、馥郁芬芳之中，我已迷了路，迷得一塌糊涂，迷得诚惶诚恐。是我的世面见得太少了，还是我的见识太短了，一有稍大的场面就犯迷糊，一有美点的事物就手脚不听使唤，激动得忘了形，从而丧失了理性。

我想起忒修斯进入迷宫的方法。当时统治克里特岛的米诺斯国王要手艺精妙的工匠代达罗斯建造一座迷宫，用来囚禁他的怪物儿子米诺陶洛斯。雅典王子忒修斯为民除害，利用一个线球，将线的一端绑在迷宫入口处的大石上，一边放线一边进入迷宫杀死了米诺陶洛斯。

米诺陶洛斯迷宫的面积只有 2.2 万平方米，约 13 平方公里的湿地，有 1300 万平方米，我估计找不到这样长的线球。除非搬一个如欢乐翻滚球般大小的线球，雄赳赳气昂昂地经过整个湿地——好像也不太现实。

我想起大商场里面一般都会摆一个时下比较流行的叫作密室脱逃的游戏。据我儿子讲，玩家只有答出系统设置的问题，一个问题过一关，这样慢慢闯过来，最终方能到达出口，成功逃脱。说得明白一点，它不是类似恐怖木屋这种比拼心理对于恐惧承受程度的场景游戏，而是令玩家在智力水平和知识储备量上进行较量。这玩意我没有玩过，但是当前找不出更好办法的我，必须照搬密室逃脱试一试。

我要对这个植物王国里面的植物进行识别和学习，哪个是国王，哪个是王后，哪个是大将，这犹如将西安秦始皇陵兵马俑一个个给识别出来，给出一个个完整的答案，唯有如此，方能守得云开见月明，拨开迷雾见天日，找到出来的路。于是一段步步惊心，万分惊险，充满知识性、趣味性的旅程开始了。

# 第一章 三垟湿地

　　在湿地北大门口我就进不去了，倒不是因为门口保安、票务人员的管制，而是因为我的第一道题目还没答出来，就想剑走偏锋，直接越过进入第二关。造成这个问题的原因不难理解，应该是我翻开的还只是书的封面，看到的还是扉页上"三垟湿地"四个字，还不是正文。但是这个扉页上的内容，也需要填充完整，然后才能打开下面的正文。

　　这个题目就不难猜着了，三垟究竟是怎么样的一个湿地？

　　从地图上看，如果给带角的椭圆形的三垟湿地地形做一个比喻的话，它像一个盾牌，或者一个玉玦，也像一个弹吉他用的拨片。朝东南方向芦花飞雪、福滋垟公园一带呈一个矛尖和刀刃状；南北部的五福源和育英公园一带，面积扩展到最大，呈两个300来度的钝角，如两条经线或者弹簧一样撑起了整个湿地；西部的入口、花溪花岛和丹桂迎宾一带，稍稍向内收拢一点，呈一个平整的大豁口。

　　它位于温州市城区的东南部，接绿轴公园，隶属于瓯海区，东北邻龙湾区，西北邻鹿城区，处在三区交界地带，地理位置重要。从今来讲，堪称是经济、文化发展的金三角地带，城市的黄金地段；从古代来说，则是扼城市之咽喉的兵家必争之地。

在地理位置上细化了来讲，北依城区中心，由横贯城市东西的高架瓯海大道隔开，一边是繁华，一边是静谧。东部是天下第二十六福地绵延起伏的大罗山，筑起坚壁铜墙，如母亲的臂弯，轻拢着湿地。南部则是百年小镇茶山街道即温州市高教园区所在地，小镇的南部，照样是大罗山系，其中包括谢灵运经过的帆游山。翻过这山系，便是一马平川、沃野千里的温瑞平原了。西边则是温州母亲河——塘河流经的南白象街道和梧田街道，此区域内有出土过 1000 多件稀世珍宝的白象塔，有百年梧田老街，有八十里塘河。而它们跟湿地接壤，"为有源头活水来"，成了里面 100 多条河流活水的主要来源。

水乡夕照

要找这片湿地的历史，需追溯到 1000 多年前的唐朝。唐朝之前的温州南部及湿地这一带的样子呢——"瓯居海中"，整座城在海中，如一座海中岛；"扬帆采石华，挂席拾海月"，梧田、南白象和三垟一带均是一片汪洋；"涨海尝从此地流，千帆飞过碧山头"，碧山即指帆游山，是茶山跟瑞安交界处的一座小山，因而此地也是一片汪洋，波涛汹涌，百舸争流。这种自然地貌自会水涝灾害严重，人类生产生活空间狭小。

公元 841～846 年间，一个叫韦庸的人来到这座城市任刺史。他是一个做实事的好官，觉得这样的水涝不行，需要缩小水的面积，扩大陆地部分。于是他就率领军民一起疏通会昌湖，导汇瞿溪、雄溪、郭溪，以及桐岭、眠岗、白云、大罗、吹台诸山之水，经温州古城西首往南通往瑞安，与瑞安段河道相接起来，最后到达瑞安城。到北宋时期，温州知州沈枢再次修浚，傍河筑堤，水中植荷。至此，八十里塘河逐渐形成。

在此期间，韦庸他们在造陆过程中，附带对现湿地一带也进行了大改造，疏通水道，抬高陆地，一个个小岛慢慢如雨后春笋和蘑菇一样从水中冒出来，水陆之间有了分层。所谓沧海桑田，其实就在于此。那里也就有了居民，也形成了湿地的雏形。至宋时，特别是在乾道二年（1166）大水灾后，此地陆地面积进一步扩大，人员开始陆续迁居过来，跟原住居民一起在此繁衍生息。至明清时期，基本定型于现在河流纵横交错、水网密布、小岛林立、绿荫郁郁，"垟漂海面，云游水中"的世外桃源格局。

也就是在明清时期，三垟有了历史上的第一个行政建制，分属永嘉县膺符乡八都和德政乡十一、十三都。公元 1931 年，

设三垟乡，这是三垟首次称乡。1949年后仍称三垟乡，属温州市。后改属永嘉县。接下来部分地区划入南田乡。后来进行了公社管理。1981年瓯海建县后，归属瓯海县，为三垟乡。2003年12月，改三垟街道至今。

"方宅十余亩，草屋八九间。榆柳荫后檐，桃李罗堂前""舍南舍北皆春水，但是群鸥日日来""有林皆橘树，无水不荷花""两岸青山相对出，孤帆一片日边来"，靠山吃山，靠水吃水，在长期的实践中，三垟人在此生生不息、传宗接代，一晃已是千年。

由于洁净清冽的水质，三垟成为温州市内保存最完整的水网湿地，相继有了"浙南威尼斯""百墩之乡"的名号。墩指土堆，意指湿地水中挖出的土堆。还有城市"绿肾"等美誉。

2002年是值得纪念的一个年份，无论是对于湿地——从此它要身负起更为繁重的生态任务，还是三垟人——从此开始倒计时，他们就要跟这片水土告别了。除黄屿和吕家岸外，2002年湿地内9个村被列入湿地红线保护，并设立了温州市生态管理委员会。

2015年至2018年，为了将湿地整修成没有居民居住生活的纯生态保护区、休闲区，政府采取了统拆统征的措施，启动全市体量最大的拆迁征地工程，将4000多户20000多三垟人、9000多亩土地、138万平方米的建筑房屋，以及5万多平方米的特殊建筑（66处宗祠和宗教寺庙建筑）实现政策处理，移居补偿。

至2018年9月湿地里面全部腾空。三垟湿地在这个历史节点上，实现了腾笼换鸟，生态回归，肩负新的使命，走在它升级换代的旅途中。

关于三垟名字的由来，有一个神奇的传说。据说，600 多年前的明朝时期，朱元璋在刘伯温的陪同下到白鹿城巡视。他登上小南门外的巽吉山（即现巽山）山顶，环顾四周，看到城外东南方的大罗山下广袤垟界、雾霭缭绕、河网如织、田畴似云，便问刘伯温："此是何地，恍若蓬莱仙境？"刘伯温远目眺望，猜到了皇帝的心思，稍作思忖答道："是城外的一处'仙垟'。"朱元璋龙颜大悦，脱口而出道："好一个'南仙垟'，真乃神仙之居也！"

南仙垟之名是否为朱元璋钦赐，已经无从考证。之所以有这样的传说，也是想请刘伯温为此地代言。能进入他法眼的，定非凡物。但这百裂瓷盘的水网地域，"南仙垟"之名却一直流传至今。后来人们把这片地域分为南垟、西垟和仙垟三块，三垟之名由此而来。随着时代的发展，它的行政区划重新划分，特别是十一个行政村的设立，三个垟的区划退出了历史舞台，但此名给保留了下来。区域内当下带垟的称呼，还有上垟、高垟、垟河和上垟头等等，已经不止三个垟了。

在湿地的打造方面，在整体空间布局上，将采取"一环、一带、两片、十区"结构。在方法上，紧紧抓住水、土，实施"借山、理水、营林、疏田、清湖和丰草"，建设自然湿地生态风景区、生态活水区、湿地展示区、瓯柑文化区和榕园等。

据此，在植物方面最新的规划调整中，将在滨水区域培植大面积湿生草本植物群落和湿生乔灌木群落，在陆地上则培植类群多样、层次丰富的中生植物群落，形成水生、湿生、中生等多种植物共存的生态环境。

　　这肯定对啊，人哪能离得开植物呢，无论是从生命，还是从美感来讲，都片刻离开不得。一方水土的诗意，一处诗意的栖居，得要植物陪衬，植物来做嫁妆。湿地自然要由水来做主导，哪能离得开植物的重要相依呢？

# 第二章 路线逻辑

进来后，我才知道，湿地是不会自动跳出问题给我的，我在答出问题之前，要寻找到问题，才能回答，不能答非所问，文不对题。在寻找过程中，遇到的困难是，对于里面生长着的1000多种植物，哪几种植物才是赋予我的题目呢？要我全部识别并精深学习，是不现实的。因此，我得猜度出它给我题目的内在逻辑和玄机，才能寻找到正确的路径。

这内在的逻辑，首先肯定要有一个大的分类。也即要先走在一马平川的阳光大道上，再行穿越过狭小的蜿蜒小径。湿地以水为主导，因此往前走的路，得要逆着来，也就是说要由陆路到水路，最后再从水路返陆路离开。关于湿地上植物跟水之间的距离，根据生长所需和《植物志》所述，应该有三种，即中生、湿生，最后便是水生。因此，沿着从陆到水的路线，再按一定的内在科学逻辑顺序，排除干扰，层层递进、层层深入，定能实现目标。这个科学逻辑，就是湿地赋予植物的内在排序要求。

其次，路径大方向确定后，湿地内岔道纵横交错、小径四通八达，要精准找到出口，在这三大分类里，也要确定它们各自排列的顺序。这个顺序就标志着路线，标志着前进的方向。

这个顺序的逻辑，也即走出植物王国的正确路线选择逻辑。首先要找的定是跟当地人的生产生活最为密切相关，在物质和精神方面他们都很倚重的种类，或者在数量上占绝对多数的类别。其次是要去分析它们对于我们情感的影响了，也即它的物语究竟传递给我们人类怎样的思想，它反映我们心目中哪种情感？乡愁、爱情、亲情、祝福等，以及植物自身的气质、风骨等。这些都是需要去探求的。

正文缓缓地打开了。

# 第三章　中生植物

　　中生植物是植物的主力军，撑起整个生态的大任，虽不是提供美感的主体，却也是在数目上、体量上、架构上和衬托上起到了一个基体的作用。

　　它们跟水的关联，似隔着浩瀚的星河，看似很近，近在眼前，却相见很难，独留相思。

## 一、"瓯冠（柑）"之路

　　说起植物，我的脑海里第一个出现的是瓯柑，许多人的想法估计都会跟我一样。它是湿地最为著名的植物，是温州最为著名的特产。子孙遍布湿地每一个角落，每一寸土地，有加官封爵、独立为王的，有身披荣光、红袍加身的。反正在这一片湿地上，它无处不在。经过岁月的洗礼考验，独一无二的它们坐稳了江山，拥趸无数。它是湿地的代言人，温州的代言人，在温州水果历史上是尧舜般的存在。将它作为第一种植物进行介绍通过第一关恰如其分。

这一关我从湿地东侧开始起步，相继走了上垟的彭垟、垟河的高垟、圆底的胡宅，以及丹东的牡丹、瓯柑精品园区（瓯海大道跟文昌路的西南部）。这里瓯柑产量最高，质地最好，产出可称精品之中的精品，闪着金灿灿的光芒。我还附带走访了圆底和应潭的种植大户、三垟街道办事处从事《三垟志》撰写工作的同志，从零开始向他们请教一个个问题，交出了以下答案。

千年瓯柑在温州，温州之冠在三垟，"冠"上一颗颗明珠镶满，如璀璨的星空，熠熠生辉。北京第十一届亚运会指定供应的唯一柑橘类水果、中国特色农博会金奖……

一部瓯柑史，前半部是温州，后半部是三垟。

一颗小小的瓯柑，在三垟经历了怎样不凡的历程，怎样膏腴之地的独特水土，怎样天工开物、鬼斧神工之窍门，才使它历经1700多年风霜，仍然独占鳌头、冠绝群芳、繁衍不息？

1. 功用：胜却人间无数

"柑橘出苏州、台州、荆州、闽广、抚州，皆不如温州为上。"这是记载于植物学专著的结论，其权威性、专业性自是无可争议，"燕南异事真堪纪，三寸黄柑劈永嘉""柑橘产于洞庭，然始终不如浙温之乳柑"，虽然此处是泛指温州的瓯柑，但三垟是冠中之冠也绝非空穴来风、浪得虚名，而是经过了实践的检验，得到了公认。

冠军要有冠军品相、冠军实力。它个头最大、表相最美、味道最佳，是柑中的高富帅、白富美，自是备受青睐和抬爱。

它们个个浑圆厚实，一般二三两重，最大的能达到半斤，首届全市瓯柑文化节上，沙河村 6 个瓯柑单果均重达 403 克，最终夺魁成为"瓯柑王"。

它的长相最美，"天生丽质难自弃……六宫粉黛无颜色"，与其他表皮厚实、形状扭曲、被人诟病"长相"的丑柑相比，它珠圆玉润、遍体金黄、通透亮泽，个个如金元宝一般受人喜爱，在他柑面前自是趾高气扬、不可一世。

作为水果，美在其次，大在其次，这些均属外在包装、色相范围，只不过博一众眼球，亮一下皮囊而已，如果光凭这个闯天下，哪怕黄袍加身，也会留下口实，被人标之以花瓶之名，有中看不中用之嫌，迟早被淘汰，哪来的功成名就、彪炳史册？

它的地位，需要由外到内、由味到心来评判。味是它的核心、它的灵魂，是它安身立命之本、称霸江湖之源。

味得以独步江湖，在于柑一汪汁水的奇异功效，这是它的生命本源。汁是味中的点睛之笔、仙水神韵，如哺乳期母亲的奶水，如观音菩萨的净水，一点一滴皆精华，一毫一厘皆精髓，丰盈充足，饱满外溢且不会淡而无味，充盈在柑的酸甜味之中，从生长到枯老，自始至终地渗透、暗涌，为每一寸果肉、每一根纤维、每一丝柑络，都赋予了充分的给养和润泽，从没有忽略和忘记。

"金风玉露一相逢，便胜却人间无数"，汁水跟果肉同步生长，步调一致。它会将酸、甜进行充分调剂，恰到好处酝酿，恰如其分浸染，点滴融合，互通有无，你中有我，我中有你。

　　这汁与其他柑的差别在于，它是魔术师手中的魔法棒，轻描淡写，在酸甜之间一点一画，浓墨重彩，在发光晶体之间泼如水流，又到位到点，酿出了人间极致的滋味。

　　两味有先后、多少的差别。经过牙齿大门的第一口，第一道汁流了出来，酸苦抢占鳌头，先锋先行，但不会带来难受，不会让牙齿及两颊等受到刺激，感到分毫的不适，而是轻如风烟、悄如尘灰，一掠而过，静候甜来支援。

　　甜汁随着继续咬合，万众期待之中，很快作为后面的增援部队拍马赶到，如清流一般注入。于是它们就在会战之中，合二为一，如水碓捣竹制纸一般，经粉身碎骨、千锤百炼，榨出了每一滴汁水。

　　此时甜坐上了龙椅，它迎来了登基上位、倾倒众生、万众敬仰的时刻。它的道路，如血管一样，调活了每一根神经，冰凉了每一丝苦酸，在点唇生香之余，造就使人满口生津、通筋活血、全身畅快的成就，达到了水果登高的盛典。

　　这个过程，与他柑相比，层次的不同，造成档次的差异，高下立见，优劣分明。瓯柑并不完全拒绝酸、涩和干，它们只是作为小小的调味，像一滴油在海鲜汤里、一片葱花在黄鱼上、一丝辣椒在大白菜中。

　　此柑有百利而无一弊，在与人发生交互作用的过程中，也拒绝了所有的后遗症和不适，人不管一次性吃多少，不断发生的神奇的功效，造福着我们。

　　它生成的果汁去火、镇咳，是解毒消炎的良药。行走江湖的侠，怀揣一个它，就是解药，走遍天下，果到疾除，而且老而弥坚，越老越是宝，四五个月的珍藏，还能"重五瓯柑赛羚羊"。

它的果肉，软滑可口，又不失一点点的嚼劲，在细微、精幽之处保留了优质的韧性，不至于太过软烂无劲。

1990 年，瓯柑进京，《宋庆龄和她的姊妹们》导演潘霞带瓯柑给正在生病的丈夫吃了几个，第二天早上一周未退烧的他竟然果到病除。一位在京台湾商人，长了口疮，浑身乏力，吃了瓯柑后，病症竟然逐渐消失。

它浑身是宝，金甲圣衣般的柑皮达到 2 厘米，不但比他柑要厚，在成干去白、焙研成末后，可汤可酒，还去毒、去气、调中、治寒。那时三垟每家每户都家中常备。

放冰箱可除异味，放在床头柜上可助安眠。其"毛孔"里的挥发油可提炼做香精，1967 年三垟人曾办过一家提炼柑油的香精厂。

"柑儿文"，这是三垟人民间的叫法，一个清雅又浪漫的名字。中药名"青皮"，即中途不幸夭折、只短暂在枝头停留生命的小柑，它也是宝，也在造福人间。

把其晒干后，有疏肝破气、消积化滞之用，主治肝郁气滞、胁肋胀痛等，在公社时期三垟供销社还收购，家家备用。

可见，瓯柑的药用，无论在古今医学典籍，还是民间实践经验积累上，都有记录。

瓯柑源远流长，也积累了民俗文化。它色泽如金，是庄重富贵之色，"柑"三垟方言与"官"同音，体比橘大，也叫"大橘"，谐音"大吉"，由此温州人以瓯柑为祭品、馈赠、讨彩、回盘之用，上千年来亘古不变，如今仍在延续。如三垟小孩上学第一天分糖果讨彩，其中"果"就是瓯柑。古时还有送青柑之礼，"青柑"谐音"清官"，适合送中举者和下乡的官员。回盘：女儿订婚收了彩礼要回盘，桂圆、枣、落花生、莲子等几样之外必备瓯柑这一样，得挑选有子瓯柑，寓意早生贵子。

1997 年一位三垟人曾到大南门卖瓯柑，5 元一斤的天价卖出 30 斤给一市民做回盘用。

三垟人还有一个以柑代茶的习俗，当大热天有客上门，总会用盂盆盛瓯柑款待，以柑代茶，古今相同。

2. 历史：半部在三垟

历史本身也不会否认一切真切的人生回忆给它增添声色和情致，但它终究还是要以自己的漫长来比照出人生的短促，以自己的粗线条来勾勒出人生的局限。

纷繁烟海的瓯柑历史记载中，三垟被埋没在温州瓯柑之中了。

明姜准《岐海琐谈》载："厥后盛于隔江之河田，而上刚，而南仙，渐延至于十一都之吴田。"此中南仙，即指三垟。

明代嘉靖八才子之一赵时春："北风萧瑟翻江水，江上卢橘始着黄。盛以南州刻丝筐，荐之君王辑瑞堂。割肤始见金作色，掐瓤岂让玉为浆？明时贵德不贵味，珍味何惜遍炎方。映日连云迷浦溆，托根结子洲中央。芳洲主人好事者，采花食实香满野。"（《芳洲歌赠袁院判迁》）此诗写黄屿御医袁迁，把瓯柑与同僚分享的情景，此处"江上卢橘"应是指三垟的瓯柑。

"落日放舟循橘浦，轻霞入路是桃源。"这是明朝一位温州人张璁的诗句。

三垟柑从小到大，从少到多，从温州到三垟，再到正式确立历史地位，是在中华人民共和国成立后。

无论是在计划经济时代，还是在市场经济时代，三垟人都历经了波折，也获得了收益，但是属于金子的瓯柑，发光的道路无法阻挡。

1956 年前后，三垟水土让瓯柑繁衍不息，从没间断，成功培育出了其他地区无可比拟的优质品种，从而成为主产地。

十一届三中全会前，柑占总耕地面积（12820 亩）的 15%~30%，年产量在 4500 吨~7000 吨之间，其间政府在三垟设立了两个定点柑橘收购站，园底站和金屿山站。柑等级基本按个头大小分为特甲、甲级、乙级、丙级、等外五级，价也不等。

在此期间，瓯柑与粮食征购的矛盾一直存在。

1978 年农村相继落实联产承包责任制，1981 年三垟人承包了土地，对土地有了自主经营权，成功实现从"谷仓子"到"钱袋子"的转变。

1983 年，瓯柑种植面积达总耕地面积的 60%，创历史新高，自此后，种植面积迅速扩大，在瓯海年评选中，"瓯柑专业户""经济万元户"相继出现。到 90 年代初，三垟瓯柑面积达农田的 90% 左右，计 10000 余亩，年总产量达 20000 吨。

同时，瓯柑勇敢地走出开拓外地市场的第一步，1990 年如徽班进京一样，进京参加全国第五届优质农产品展销会，进行了新闻宣传，被选定为 1990 年北京第十一届亚运会指定供应的唯一柑橘类水果，三垟人"一骑红尘"空运向亚运会捐赠瓯柑 2500 公斤。

1998 年研种"无核瓯柑"。2003 年建成三垟瓯柑专业合作社，柑农自愿入股共 200 多亩，同时无核瓯柑研种成功，取名为"阿珥楠"，获中国特色农博会金奖，基地种植达 2000 多亩。同年中国优质农产品开发服务协会中心授予瓯海区"中国瓯柑之乡"称号。此时瓯柑种植面积达耕地面积的 100%，正式实现全域种植，实现历史性突破，至此，成为三垟人的主要经济来源。

2006 年瓯柑被国家原质检总局批准实施"国家地理标志产品保护"。

2009 年三垟瓯柑示范区被首届中国农产品区域公用品牌建设论坛组委会列入"中国农产品区域公用品牌百强榜"。

三垟瓯柑专业合作社负责人石金奎等人，参加浙江省在温州体育馆举办的 2011 年省农博会。

2011 年示范区被列入第二批省级现代农业主导产业示范区和特色农业精品园创建点名单。三垟瓯柑在延续和保护的过程中获取了前所未有的知名度。

如今，温州除了泽雅、茶山等地方有少量种植瓯柑外，大部分瓯柑在三垟，三垟成为瓯柑的代名词。

下一步湿地公园建设将瓯柑列为原生态项目予以保护，精品瓯柑将有一个全新的调整转型期，这张古老而年轻的名片将大放异彩。

3. 家园：落日放舟循橘浦

"温并海。地斥卤。宜橘与柑。"卤指盐碱，咸地。三垟现在被称誉为城市绿肺、绿心，全力打造湿地生态公园，且向国家申报4A级景区。

这个并海的过程，经历了漫长的岁月。

汉朝以前，就有记载考证，温州周边包括三垟都还是一片汪洋，三垟与大罗山相邻，时常有"轻舟"在上面"过万重山"。

瓯居海中之时，南奔的瓯江，西突的东海，隔着大罗山和支脉茅竹岭山的天然屏障，在这里激情碰撞、风起云涌。江水海水以各种形式进行山之巍峨、海之汹涌的较量过程中，不断地冲击，又不断地阻拦，经过了千万年时光，泥沙淤土得到了集聚，海之汪洋渐渐消逝，逐渐形成了一个个小岛，于是沟壑纵横的三垟湿地雏形在波涛中出现。

随着唐温州刺史韦庸开展湖堤十里——温瑞塘河的疏通，三垟湿地与塘河之间的任督二脉被打通。为了更加宜居，最早移居在此的先民开始改造这荒凉偏僻杂草丛生之地，开始揭开人类生存和繁衍乐土的面纱，为宋乾道二年洪灾后大量移民迁入奠定了基础。经大规模的围岛造田、河道清淤、垫低填高，伟大的先民在此修修补补地加工改造，至明清时沧海终成桑田。同时岛、洲、河的神秘布列，被冠上仙源美名。三垟正式以完整的生态进入人类家园的版图。

大自然赐予湿地河道138条，岛屿161座，良田10000多亩，自然给出了模板，人类在时光长河里坚持不懈地创造，终修成了正果。

大地默默无言，只要来一两个风物名品，它封存久远的特质也就能哗哗地奔泻而出。13.6平方公里的湿地，东部樟杏所在的山均属大罗山。低伏深沉的樟岙山立在水网密布、群岛耸峙的湿地东侧。

三垟汲大罗山湿地水之灵气，浴自然之雨露、阳光之蒸暖，"橘生淮南则为橘，生于淮北则为枳，叶徒相似，其实味不同。所以然者何？水土异也"。

"落日放舟循橘浦，轻霞入路是桃源。"温州龙湾明代政治家张璁的诗句，成为千百年来湿地的权威性阐释，这水汽氤氲的诗意之美，这水天一色的自然之炫，从古到今一直在缓缓诠释。

柑的家园，本就在有田有水之处，看水之清冽、土之质地、阳光之撒播，最好的难以言说的方物，如果适合，就会构成人类基本生存的条件。

它占尽人间纯净、清洁的水土，阳光铺地四射蒸腾，方能孵化出世间最美的风物，方能打开人类世界的另一面，那由水陆拼凑而成的完美画面。

其实在温州三垟并不是瓯柑第一个家，它首先出现在温州西山、水心、吴桥。"对面吴桥港，西山第一家。有林皆橘树，无水不荷花"，瓯柑在会昌河畔树起片片林子，曾经在梧田、南塘一带，在塘河水岸绿叶沾水、盈水自怜，后来才在三垟、南白象、茶山等地落脚，在大罗山山脚安营扎寨。

三垟人通过漫长的种植，终于创造了奇迹，最适合在这片土地上的柑橘、黄菱粉墨登场，从此风靡全国，地位至尊。

从沿水漫游来看，柑进入史书的时间，也绝不比西山一带晚多少，它在寻觅过程中，也和人类一样，沿水而居。

瓯　柑

在三垟一带安居不要紧，一安安出了冠军，一安就是千年，现在仍然经久不衰。没有太多的寻觅，冥冥之中自有天意，它们终于找到了最好的家园，有最适宜的土壤，还有河水，有最适宜的温度、湿度，就像小矮人的完美家园一样，像哥伦布发现新大陆一样，从此独尊一家、天下独我、寂寞无敌，一跃而成为冠军，正式确定了其江湖至尊地位。

而这种世外桃源一般的环境，自是人间净土，不染尘烟之地。

大地的根基是土壤，土壤也是瓯柑安身立命的基础。岛上的土层深厚，由沙壤土或壤土构成。沙壤土干时可成块，一掉在地上会四分五裂；湿时在手中有黏性，可任意捏成各种形状而不会破裂。所以柑树既可使根系达深处，又可保持高度挺直，不至于因土壤不坚而倒伏在地。按民间的说法，这个土壤软硬适中，干湿适当，可以保证树干亭亭玉立，又可以保证树根对地下水的充分吸收。

壤土最大的特点是能通气、透水、保水、保温，只要水质好，没有外来人为的侵占和破坏，这里就是清净之地、绿色乐园、瓯柑之家。

清幽宁静的小岛，与外界的相连须通过三垟人民世世代代使用的水泥船。岛上陆地与水平面的距离，在50厘米至2米之间，这个距离，使得泥土层、瓯柑根系，还有四周的生态，形成了一个最佳的状态。上天在沧海桑田围海造岛时，经过精确的测量，不高不低，不偏不倚，水分营养不多不少，没有过剩，也没有不足。天上的仙女，为了爱情，为了人间的美好生活，带瓯柑在此，自是恰当适合的。

自古山水相依不离，山的高峻与水的柔美，在此完美呈现。

山自是与水的恰当滋养润泽密不可分。雨露眷顾，团团乌云从大罗山东南而来，在转化为狂潮激流灌浇过他山后，悄悄地来到这里轻洒下来，像一名长跑运动员，气喘吁吁，筋疲力尽。

"山空云断得流水，咫尺万里开江湖"，上善若水塑造了它的品格，给出了它的定位，此处水无所不在，柔美流淌。

为有源头活水来，大罗山东高西低的走势，相当一部分山水流入了樟岙河。樟岙河两头横贯山脉，平静开阔，水面紧紧萦绕包裹着山峰，"我枕畔的眼泪，就是挂在你心间的一面湖水"，在相得益彰里，在水波不兴中，轻流暗涌承担起了本职。

湿地成为大罗山的接水盆和净水瓶，在晴光潋滟里，青山隐隐水迢迢中，接受了大罗山净水的日夜大方赠予。

　　山水水质洁净纯正，好似是从天上仙境涌下来，汲取山之精华和养分，汇入了河中，再与塘河水进行了交流互通，如一根冰魄银针打入，如一剂清心血液，驱除污浊和病菌，使水体脱胎换骨、涅槃重生。

　　河水在努力攀爬，它是可上可下、润物无声的，是洗净铅华、俗尘无污的，墨痕也没沾上一星半点，竭尽所能与山上下渗的雨水进行接洽，给山和柑一个通透的躯体。

　　这种秉性的养成，与各个小岛上的柑得到的天然优势，是水流如血在内部的渗透滋润、交汇奔腾，是清流之本在人间的布施德泽、感化洒恩。

　　柑所处的地理区位，比得了独领风骚的高山得天独厚的天然优势，一年四季总是首先迎来充足的阳光和充溢的雨水，沐尽天地之馈赠，享尽自然之资源。缕缕晨曦在前打头阵，朝阳护后从东海边上慢慢出来，缓缓越过大罗山峰顶，再在朝霞万道中俯射下来，如母亲给宝宝盖被子一样铺满湿地之后，再与东北三郎桥瓯江上姗姗而来的晨光会合，对柑进行对焦照耀。

　　阳光、雨水由内而外给予补充，使这片土地的温度、湿度得以维持在适中的程度，制造出更为独特和优良的品种。

　　4. 播种：粒粟山丘重

　　"水淌过来也要人去捡"，这是温州当地的一句俗语，意思是外部好的条件，也需要人的主观能动创造和辛勤劳作，才会有收获。天时地利，是上天的眷顾和偏爱，而人和，则需要三垟人的双手和智慧的大脑。

取种的过程，像剖腹产一样，需要用工具上下或左右夹紧果实，慢慢往中间夹压，让果实从如子宫一样的囊中，小心翼翼慢慢压出来，而不是直接剖腹取宝，如此以使种子免遭伤害。再用一汪清水来洗净它，通过透风凉爽的条件进行晾干，而不是在阳光下暴晒。

经过风吹，芝麻大小、黑不溜秋的种子外皮颜色慢慢发生变化，由丑小鸭而成汉白玉。它也要慢慢脱离母体，寻找另一种更为适宜的居所，在"医院婴儿护理室"短暂停留处理，即在室内温暖的地方存放，保持生命的健康，接下来才能在土地里完成传宗接代的重任。

它存活的土地，要注入足够的磷肥、钾肥等基肥营养品。这些似喂养婴儿的奶粉，如人间的第一口饭一样，显得尤为重要，是后天一步一步成长的基础，单靠基因，会长残的。

宽度一米左右的垄，是它的床铺，垄早已经过松土、整理。种子一条一条铺在上面，既坚实又朴实，让我想起土地的芳香，想起黑土地是我们的生命之源。

我真想卧在上面，头枕着垄土，鼻闻着草香，酣睡一番，或引吭高歌，唱给蓝天听，让鸥鹭成为使者，带我的心境到片片云朵上，随风飘扬。有时我也会想起战壕，想起水泊梁山，幻想自己是一位将军，在此筑牢堡垒，排兵布阵，金戈铁马，来一番酣畅的人生顶级体验。它们又像港上的战斗机，整齐有序，暗藏玄机。

一粒粒种子，经过人们的勤劳双手，纷纷扬扬、飘飘洒洒，画出一条条美丽的弧线，在春暖之时，像小天使依次进入垄上的土中，安全落定。

孩子的家要温暖如春、温润如玉、干湿有度，特别是要防止外来风雨的侵袭。这样它才能抽出生命的真叶第一片、第二片、第三片……在顺利成长路上，水肥要紧施勤洒，就像婴儿的米粉、熟菜等主辅食都要同步跟上。

此时的新生命还很脆弱，防病虫最为关键，炭疽病、立枯病、潜叶蛾等还会寄生在叶子上，要时时提防杜绝虫源，对于被害的枝叶也要做好修剪工作，还要用药杀死虫类。

小幼苗经过酷暑、风雨、霜露后，渐渐长成了少年，此时，它们要分家、分地盘，部分要移入新居，在人们的手下，纷纷从原生地到距离相近的另一处，与兄弟姐妹分开 20 厘米左右，扎根立锥，各自修为，独立苗壮成长。

一年后，长成一人来高的树了，每一根枝条，每一片叶子，都生机勃勃，绿意盎然，此时它们就要做成长、嫁接的事了，为了子孙后代，为了蓬勃的生命和充盈的丰收。

他们集体的家，称为苗圃。

5. 嫁接：妙手都无斧凿瘢

遍地花开遍地长成好果，需要人做嫁接的事。嫁接需要砧木母树，承担的是繁殖接穗的重任。

好砧木要好种子，好种子需要好果实做母体，母体要健康，没有受到病虫的侵害，个大形佳，做传宗接代、开枝散叶的功德事。

母枝要高产优良、长势良好、枝出最多，部位是枝冠外围中上部，选取最早长出，接受阳光和雨水最为充分、成熟壮健的枝条。

同时对于枝条的采集，也有窍门，用来消毒的盐酸四环素液登场，与定量的清水碰头混合，或者用一定量的硫酸链霉素和乙醇混合，赤裸裸的枝条安然在里面泡澡。一段时间后拿出来静置 30 分钟，再冲干净。一切就绪后，给"穿"上清洁草纸或棉布，在干净地方贮藏。在此它只能放一周，此后要埋于干净的淡沙中。不经贮藏立即嫁接也可行。

时机的选择上，以枝条肉感壮实、生命力强壮、成活率高的立春前为佳，当天要阴天无雨，枝条须不脆不湿，韧劲十足。

在嫁接刀、盛穗盆、磨刀石和塑料薄膜带等拿上来后，万事俱备，只欠东风，一场精妙的手术就要开始了。

砧木独自进行手术，即在嫁接前三天，剪裁多余的枝条，主要为了减少砧木上的水分促进接后的愈合。

轻拢慢捻抹复挑，正式大手术开始，嫁接刀在果农们手中，如雕刻工人手中的刻刀，精准熟练，一气呵成，绝不拖泥带水造成多处创口。轻舞飞扬之处，接穗一段 2~3 厘米长，下头 1 厘米双面削成楔形，刀锋再行翻转下切，砧面或中或偏上 1 厘米的裂口出现，楔形穗就轻轻进入了裂口之间。它们之间发生了神奇的反应。

术后要紧紧绑上薄膜罩，如创口的纱布包裹一样，天衣无缝，水滴难穿。生命的重生在此一刻就要发生，传说中的植物再生能力得到了充分的实践。在瓯柑树上体现最为明显。

此法叫作劈接法，按照砧木茎干的大小，还有靠接法、插接法、机接法等。方法虽不同，但万变不离其宗，目的都在于提高成活率和结果率。

树梢距地面 25~30 厘米处，春天要剪除；秋天则要保证疏密一致。在这野生的土地上，加上了人工的精心雕琢，好像一块含玉的石头，给凿成了晶莹透亮的珠玉。

此时对于新芽的控制，非常关键，把握好舍弃和优胜劣汰的道理，以及分枝生长的均衡原理，保留壮芽 3~5 条，确保苗品种纯正，无病害，枝干健壮，接合部愈合良好，即术后恢复良好。

6. 生长：木欣欣以向荣

扎地之根，是果实的来源，成败在根，色要鲜黄，根须多且均匀。株形上下要匀称，如此才会开出最美的花、结最硕的果。

此时个个苗圃里，一棵棵小幼苗，上望着天，下伸延至河岸的大地中，一切生机和生命，在丝丝的孕育中，在寸寸的成长中，只等待着蓬勃的活力。殊不知之前走了的路，刀刃相见、险象环生。

年华又过了一轮，它们又得搬一次家，到大田定植，然后等待下一个轮回。

全域 60% 的陆地面积均可作为大田。

如何定，如何植，使树屹立不倒，完成生命的周转？一个个形似馒头的墩，民间叫"馒头墩"，1 米来长、半米来高的墩，是树的落脚扎根点，一株一株间隔 3 米，植在上面。

尚属稚嫩单薄的身子上，还有一根手指粗细的木桩紧紧搀扶着，两者之间的纽带，如母子之间的脐带一样，使树不致受到人间风雨的侵袭而弯腰，能直向天际，保持风骨而不变，树立清高而不化。

此时营养品不一样，有机肥要完全熟化，为了充分吸收，盖土要粉土，使其根系得到分散和伸展，四通八达，上面还要铺上一层营养壤土压实，使根壤紧紧挤在一起，最后浇水。

此后的半个月内，植苗好似襁褓中的婴儿，需要特级护理和细致的关爱，保持枝根部及周围土壤的疏松湿润。上面盖的"被子"，用青草为宜，草腐化后，自然归到土层，成为肥力。

15 天后就度过了婴孩的危险期，幼龄树牢固起来，生命开始成了独立的个体，如小鸟长出了羽毛，开始正常饮食了，此时对粪水等肥料大量吸收。

蔬菜会在林株间觅得一丝空间，它们会对土壤不断催熟，增加其活力，株间谢绝高于植苗的玉米、高粱、小麦、甘蔗等作物。

幼龄树在其整个成长过程中，既须吸收阳光雨露的营养，也须有与外来病虫斗争的能力。需要精心培育，方能顺利长大。

瓯柑树的生命力，在成长的规律里，第一、二年施薄水肥，略施轻描，夏季不施，春秋冬重复。此间，氮、磷、钾、钙、镁、硫，少量的铁、锰、铜、硼、锌、铝等元素，如颗颗明星，在梢前梢后对症下肥、"因材施肥"，混合施打。须在恰当时机上下苦功夫，杜绝过晚，使植株免遭营养不良。植株的生长状态在外部形态、叶色，还有根系得到了综合反映。

"手汲清池自浇灌。"纵横交错的河道，为灌溉提供了充足的水源。控制水分的一个重要节点在花芽分化和采果后越冬。

此时还需要做修剪，就如孩子长大了，也要关注面容和仪表。对于幼龄树要"留健剔弱，枝干均匀，短梢透光"，对于成年树要"短截回缩，压顶除霸，疏外整内"。

短截回缩涉及抽穗枝，即对于树冠上中部外围已采果的果球枝、落花落果枝和衰退枝，留5~10厘米枝桩用于抽穗。对树龄老或丰产后的枝冠顶部或徒长枝进行修剪叫压顶除霸。疏外整内是对树冠外部过密枝、株行间交叉荫蔽枝进行修剪，对树冠内部荫蔽、纤弱、叶片薄而少的枝组进行疏剪。

防治病虫害工作要贯穿瓯柑种植的全过程。炭疽病、脚腐病是常见的病害；螨、蚧、蚜、潜叶蛾、天牛、花蕾蛆是常见的虫害。

7. 开花：自是花中第一流

亿万万年的风刀霜剑，亿万万年的春暖花开，在大罗山身上，看不出丝毫变化。

"半欲天明半未明，醉闻花气睡闻莺"，它花开最美，花开最盛，开成一场盛宴、一场奢华，也是一场丰收的预告，一场舌尖之旅的第一阶段的赏心乐事。

它的叶子纤长茂盛，如剪刀一般，而树枝也更加修长硕大，虬枝强健，这与别处存在着很大不同。

每年春风徐来，山脚100多个小岛上的瓯柑花，五瓣，跟叶子颇为相似，在几人高的枝头上竞相开放，此时枝头绿叶在整个寒冬仍然绿痕凝注后，从东上垟河头、彭垟岛，开到南樟岙大河岸上、陈衙弄南侧。岸上田野，房前屋后，如今郁郁葱葱，油光锃亮，片片托举着朵朵瓣白蕊粉黄的花朵，在三垟全域的各个湖中小岛，朵朵簇簇，片片若飞，轻风抖姿。如白蝴蝶一般，随风翩翩起舞。与一碧春水或相依，或相望，或相凝，或远眺；与远山隐隐相望，眉目含情。

瓯柑花开百花杀，一地绿白铺满，泼开山水画卷。它自是含苞待绽放，缱绻中舒展，摇曳里婀娜，自绿中相衬。让我们嗅到了芳香的味道，泥土的，水花的，果实的。"春种一粒粟，秋收万颗子"，在这个阶段，它自是多姿多态，描绘人间大地，如凡尘出俗，脱陈出新。虽然果实的出现，自是万众期待，但此花的开放，难道不是上天的恩赐、仙女的撒播吗？

湿地有了它的花，春季自是风情万种、不可方物。无论梅影、荷踪，还是丽花、油菜，在它的如星星一般的满布、如花海一般的浪潮中，自会黯然失色，无可匹敌。

它的花香，也是非常特别。不像茉莉花那般直接撩拨人，赤裸裸地高调出镜，争艳群芳。也不像白玉兰那么在枝头傲立，展开硕大的花瓣，看上去清骨傲然，其实心里怀着小心思，想要出头绽颜。瓯柑花香是潜在的、自然的、淡然的，在不知不觉间，香气进入我们的鼻中，清新淡雅，韵味深厚。显得恰到好处，舒畅自在，令人无法拒绝。

选择一个春夜的黄昏，在大罗山、黄屿山或者马屿山，或是湿地之外的高楼，做一个俯视或斜视，视线从四周闪烁不定的昏黄灯光中穿过、横掠过，把大地倒过来当天空，上面白白点点，极像夜空中的星星。它们或美艳，或冷艳，或轻扬，或静穆，或闪烁。人间有此景，只怕神仙也会误认。

花蕊得到充分的显露之后，进入了传粉阶段，此时阳光煦暖，风和日丽，也是情窦初开、情感最为热烈的时候。随着微风的拂动，情感的萌动有了机会，雄花要寻偶了。它们要在

15 天内，即凋谢之前，借着风的势力，让花粉被风裹挟着，离开花朵的怀抱，去寻找雌蕊。

接下来的几天里，花都完成了历史使命，慢慢凋落、殊途同归。

都说美的花花期短，15 天之后，花瓣就要落地。它们被绿荫掩盖，被泥土埋葬，在人间，只留下李夫人般的美。"人非木石皆有情，不如不遇倾城色"，大地的接纳，泥土的相融，无须葬诗来吟咏我们的伤悲。

8. 结果：不辞长作岭南人

在经过春之萌芽和发育后，大地迎来了万物繁茂的时候，此时，瓯柑树上结出了一个个小果实。它们如拇指大小，绿色的，如一个个小青果，或如画家笔下的一个斑点，羞答答地躲在枝杈叶子后面，不仔细看，是看不出来的。迎来这个世界的阳光、风和雨，成长的道路，还仅是万里长征的第一步。

初夏的阳光很快拍马赶到，从节气上看，是立夏，阳光慷慨地频频光临。气温的不断攀升，带来了暖和的升级，慢慢向酷暑转变。雨水赶在午后或者傍晚，来得猝不及防，而且倾盆而下，淋漓尽致。

柔中带刚的阳光，作为初夏的标志，必将起着承上启下的过渡作用。

柑们是婴儿，那层长大后成为铁甲圣衣刀枪不入的皮，此时还仅只薄薄的一层，抵挡不了虫鸟的尖利爪牙，需要更加细心的呵护和照看，就像三个月内的婴儿。

入夏时分，经过历练后的果实，内部结构发生了质变，苦味消失，酸味变甜。

　　这是个最为关键的过程。经过了整个夏季，待到霜降的秋季，此时早晚天气已经转冷，中午则还比较炎热，而世间生长的万物大都已成型，到了收割季节，阳气慢慢钻入地下，阴气开始凝聚。"琼浆气味得霜成"，结成了正果，里面的果肉一寸寸在长出，外皮长出了蜡一样的厚实皮囊。柑从细如颗粒的小不点变成了珠圆玉润、饱满胖胀的果实。此时它们的家园，也出现不一样的风景，一颗颗沉甸甸的果实，挂满枝头，像小鸟出巢，似乎能听到它们发出吱吱的声音，群艳芬芳。人在这阳光下绿色的光影里穿梭，似乎回到了《清明上河图》里面的开封，大唐的长安城，那四周都是街景。

　　此时果实的真容慢慢展露，它位于河中小岛，汲绿水之清幽，它独特的海红色，慢慢与山上的黄色、田里的红黄色区别开来。"风味照座。擘之则香雾噀人。"（宋·韩彦直《橘录》卷上《真柑》），是指它一打开，其香气就像清泉喷出来一样扑鼻，有一点点难受，但芳香四溢。真柑即瓯柑古时的叫法。

　　收获要选择在小雪前后，一般在果实还处于青绿时，就要采摘，这是为了防止其自行掉下损坏。集中采摘为半个月左右，这是三垟人重要的日子。每天河上舟舸来回穿梭，上面船老大就是种柑人，戴着斗笠，穿着雨衣，空船靠岸，离岸满舱。

　　收获一般是在晴天或阴天，树林里拒绝露水的晶莹。摘的工具为一种特制的圆头果剪，即头是圆形的大剪刀，拿起来像天锤一样。为了防止破坏果树和果实，采摘时要轻拿轻放，按照从外到内，自上至下的顺序来，且在剪时连同果实和果柄一起，收拾果实时，再行剪掉蒂子。

三垟人会用竹箩来盛果实，里面铺上柔软的绿叶或者其他软质垫物。阴凉干燥的地方，用来放果实。

果实里的种子，经过落地成苗之后，又迎来了新一轮的成长过程。这循环，保证了生命的繁衍。

## 二、山水杨梅

就湿地范围而言，在名气上、在独特价值上、在身价上完全跟柑等同的，非黄菱莫属。但是它属于水生植物，因此，关于菱，要放在后面来详述。

温州特产的水果在名气上能够跟瓯柑并驾齐驱的，非同样出自瓯海区的茶山丁岙杨梅莫属。虽然没有如瓯柑那样傲视天下、睥睨群雄、独孤求败，但也能够独领风骚，自有一番风流，足以扬名立万、挺立潮头。

湿地也有杨梅种植，且距丁岙杨梅种植地仅相隔一条山脊的距离。

温州多山，种植杨梅的历史悠久。明朝《温州府志》记："杨梅，泰顺尤盛。"清光绪《永嘉县志》记："旧志土产杨梅，今出茶山者，味尤胜。"

可见500多年前，温州杨梅就已名满天下。随着岁月的流逝，除了东魁杨梅、丁岙杨梅坐稳江山之外，温州还涌现出了瑞安高楼、龙湾大岙溪等名品。它们各有千秋，各领风骚。

温州人知道三垟湿地有瓯柑、黄菱和鱼儿"三宝"，但鲜有人知湿地还有第四宝，即樟岙杨梅，虽然养在深闺人未识，

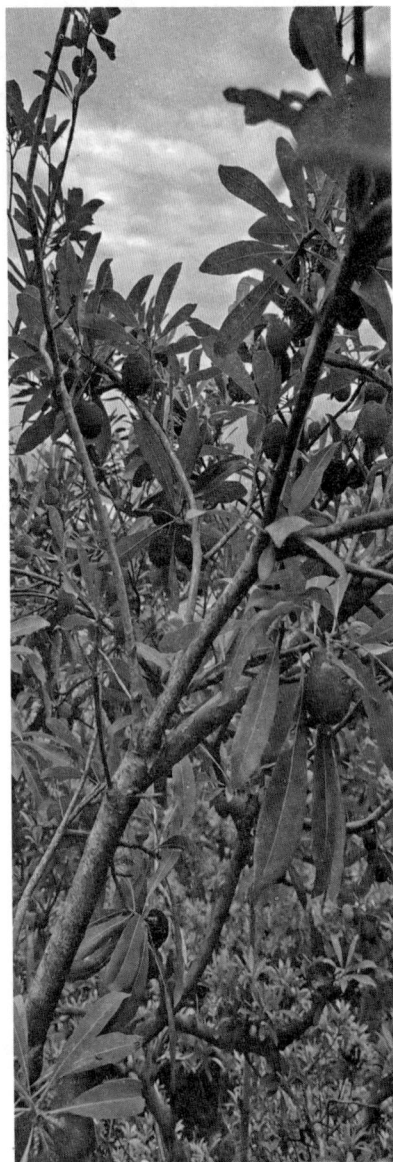

杨 梅

但一片山水韵律成就了它的低调内敛、风姿绰约、自成风流。

需要解决的问题是，它为何能在这群星璀璨之中，屹立不倒、繁衍生息、占得一席之地？

它的个子，高 3.45 厘米、宽 3.30 厘米左右，与泰顺东魁如乒乓球大小腰圆膀粗的炭黑梅相比，小了一圈。与丁乔梅相比，浑圆肥厚了许多，如汤圆与肉丸子放在一起。

它走了一个中间路线，不大不小刚好。

在色泽方面，樟乔梅没有东魁和高楼的黑。

杨梅酸杨梅甜，味道是安身立命之本，樟乔梅是满天星中的一颗黯淡的小行星，能够偏安一隅，占据方寸之地，自有其行走江湖之独门绝技、独特窍门。

它让酸甜两种味道完美结合在一起，非常巧妙地汲取了酸和甜，比东魁的少汁少甜，比茶山的多汁少酸，先酸后甜调剂得恰到好处，不偏不倚，不浓不淡。它侵占了我们关于味道的全部感受。

　　樟岙杨梅的魅力在于，一说起它，一看到它，一想起它，包括开出的花朵和结成的果实，那滋味便通到百脉千骸，使人口舌生津、通透亮堂、灵魂出窍，好像经过了一场洗礼。

　　而其他的水果做不到这一点，它也凭此味在缤纷的水果王国中觅得了一席之地。

　　它个子适当，一口一个，经过门牙的刀砍斧削，如一地落花般粉身碎骨，先行出来的酸汁如涓涓细流，慢慢渗漏到牙龈、牙根、牙床，再从舌尖上轻轻滑过，通过喉咙，行到胃里，所经之处，没有一滴浪费，如桃花源记中武陵人探路一般的旅程，使人身心愉悦，不断升级和探秘，直至酸尽甜来的期待化为现实。

　　"夫唯不争，故天下莫能与之争。""我和谁都不争，和谁争我都不屑；我爱大自然，其次就是艺术；我双手烤着生命之火取暖；火萎了，我也准备走了。"

　　这就是樟岙梅即湿地梅的独特魅力。

　　这种魅力从何而来？山水也。两者相融互通把土壤、生态和温度搅拌成独特的一方，如母亲的胎盘给予宝宝最佳保护一样。

　　樟岙与丁岙的梅所在的山均属大罗山，相依在山脊两侧，西南首为樟岙山，东北为丁岙山，像连体婴儿，又如身体不分家灵魂也不分开的情侣。山的每一寸土地，共同生长孕育出了鲜美滋润的梅。

低伏深沉的樟岙山植有 8500 多棵杨梅树。它们装点整座山峰，成为主要的植被，在受山的滋养荫蔽外，还独占湿地水的灵性，使其外在和内在均别具一格，独具风韵。

与横跨二区一市浩瀚广袤的大罗山比，占 2% 面积的樟岙山只是沧海一粟，与耸峙入云巍峨顶天的百岗尖比高度，樟岙山只其 9%，小矮人一个。

山的坡度平缓下沉，没有壁立千仞、悬崖峭壁，在山脚坳里就有村庄名为樟岙，呈一块土丘状，依着山，傍着河，也使得山的名字叫上了樟岙山。杨梅，便是 1000 多名樟岙人所植。

樟岙山上最高的是老鼠挺，"挺"挺有意思，即指小老鼠要拔高身姿，像袋鼠一样直立，极言其小巧，也"欲与天公试比高"，与大罗山峰试一下身姿，或者在白云悠然处，来探究仙境渺渺。

山又是绵长的，一长条的横水，东到山下坦山，西顶到塘河支流樟岙大河与丁岙河交界处尽头马屿矶，悠然横躺在水波激滟里，跟大罗山山脉如同兄弟，毫无违和感。

它横卧在西北角，"横看成岭侧成峰"。当地人说大罗山是只章鱼，樟岙山是章鱼的一条触须，马屿矶是触须的头。不小心伸长了，收不回去，"搁浅"浮在了水面上，为了不让人觉察到，偷偷地抬起头来，探向云雾迷茫的大罗山，翘首以望隐隐茶山五美园的英姿、梅雨潭的蒙蒙雾气……

山岭从北到南依次慢慢下延，也有人说像伏下身子颔首的巨型动物，像犀牛饮水、河马匍匐、老虎沉睡……

这便与水有了天然的依偎。

山神奇的民间传说，经过岁月轴的拨动，流淌在山顶的云雾缭绕和水影空翠里，给杨梅镀上了一层厚重的文化味。

距马屿矶 100 来米处两个紧挨着的大石块，形如弹珠，当地人叫弹珠岩。据说，宋朝名将杨文广途经此处，发现湿地河里有小青蛇祸害人间，于是站在马屿矶上，居高临下，使用天生膂力拉开神弓射出两颗弹珠，置蛇于死地。后来两颗弹珠就化为石块，永久留在了山上。

山最东首半山腰，有相距不远的两块石头，叫乌龟岩和螺蛳岩。近观它们似在眉来眼去，深情凝视；远观似是一对静穆伫立日夜厮守的情侣。据说它们家族是世仇，因为一方是另一方猎取的食物之一。但它们如罗密欧与朱丽叶一样不顾一切地相爱了，遭到两个家族的反对和抛弃，家族禁止它们在河岸和河水里活动。于是他们"移民"上山，羽化成石，永恒相望相守。

当缕缕晨曦在前打头阵，朝阳护后从东海边上慢慢出来，缓缓越过大罗山峰顶，再在朝霞中俯射下来，如母亲为宝宝盖被子一样铺满丁岙之后，它才与从东北面瓯江上姗姗而来的晨会合，才对樟岙进行对焦照耀。

雨露的眷顾，也慢了一拍，团团乌云从罗山东南而来，在转化为狂潮激流灌浇过他山后，悄悄地来到这里轻洒下来，像一名长跑运动员，气喘吁吁、筋疲力尽。

其优势在于是最后与夕阳晚霞告别的，这带来杨梅另一个独有现象，即它成熟期最早。"枫树上红落，杨梅下红上"，即枫叶红时，杨梅也红起来了，从低处红到高处，把漫山红遍。此时，正值芒种，"有芒之谷类作物可种，过此即失效"，有芒谷类晚稻、麦子等农作物耕种时，正是杨梅采摘的时节，其他时令水果都还在努力开花长果，其他地方的杨梅还没转红。

自是与水的恰当滋养润泽密不可分。

自古山水相依不离，山的高峻与水的柔美是完美的组合。上善若水塑造了樟岙的品格，此处水无处不在，柔美流淌。

大罗山东高西低的走势，相当一部分山水流入了樟岙河。樟岙河两头横贯山脉，平静开阔，水面紧紧萦绕包裹着山峰，"我枕畔的眼泪，就是挂在你心间的一面湖水"，在相得益彰里，在水波不兴中，轻流暗涌承担起了本职。

彰岙河在晴光潋滟里、青山隐隐水迢迢中，接受了大罗山净水的日夜大方赠予。

山水水质洁净纯正，好似是从天上仙境流下来，汲取山之精华和养分，汇入了河中，再与塘河水进行了交流互通，如一根冰魄银针打入，驱除污浊和病菌，脱胎换骨，涅槃重生。

这种变化反馈给了杨梅，它扎根的土地，保持了品性和风骨。

河水在努力攀爬，它是可上可下润物无声的，是洗净铅华俗尘无污的，墨痕也没沾上一星半点，竭尽所能与山上下渗的雨水进行接洽，给山和梅一个通透的躯体，晶莹剔透，百骸九窍不留有盲区。

由内而外给予补充，使这片土地的温度、湿度得以维持适中，制造出更为独特和优良的品种。

这种世外桃源一般的环境，自是人间净土、不染尘烟之地。杨梅的成熟最早，自我陶醉，自是囊括了所有先行期待。樟岙杨梅总是这样出其不意，从夹缝中钻出来给人惊喜。

这种品格不亚于迎春花，他花尚在沉睡、发芽和长叶，而我已经红在枝头，独独侵占了时光，在静穆和肃杀中，在沉寂和孤独中，傲然生长开放，独独享有人间的这一份专宠。

近几年来，气候的变化，使它的成熟期悄然往后推延。

杨梅低调内敛，安然生长，独自偏安一隅，孤芳自傲。

当地人说，樟岙杨梅开始种植与茶山在同一时期，也达百年了。在相当长的一段时期内，樟岙杨梅种植稀少，祖上留下的杨梅树用两个手就可以数得过来。

这片水土养就了它们顽强存活的野性本能，血脉得以继承。

物以稀为贵，当时价格不菲，一句顺口溜反映了当时杨梅之珍稀"杨梅白，叫人客；杨梅红，耳朵聋；杨梅乌紫，人吓半死"。种植杨梅的人，每年杨梅成熟时，有请亲戚朋友过来吃梅做客的传统，话中形象地讥讽村民生怕客人在杨梅成熟时吃太多的心态。

改革开放一缕春风，催生了杨梅树久埋地下的根系。杨梅树挺着一人多高的身子，向四周扩张蓬勃生长。

要使枝上长出鲜红可口的果子，得要对树枝进行装扮、修整。枝条太多，会吸走营养，导致养分分散，营养不集中，长不了好果子。

大剪刀熠熠闪亮，在梅农们手中沉腕旋转，翻飞自如。寒光闪过，枝条坠地，一棵棵树木，转眼间脱去了臃肿油腻的外衣，显出清秀挺拔、骨骼不凡的本色。

爬遍山岗匍匐地上的草、绿遍川野的叶，通过各种运输方式，经过鸡鸭牛羊的牙齿慢咬细嚼的切割，成为碎片，再由喉咙和肠道进一步加工，里面的营养成分被吸走，最后经过身体的通道变成废物排出。

这些废物，对于杨梅的成长仍然是宝。除此之外，黄菱之枯藤、瓯柑之枯叶等"废物"也以有机肥的形式，"零落成泥碾作尘"，反馈给了杨梅，成为其生长的重要助推剂。

因地制宜和坚持原生态的管理，确保了杨梅的年年丰产，每年都是丰收的"大年"，不知不觉中歉收的"小年"之说在岁月中消弭。

樟岙人从此不再装"聋"怕"吓"，节日到来，不问亲疏远近，"来的都是客"，都是大摆宴席，招待四方。"吃不了"，还要"兜着走"，宾主尽欢，兴尽而回。

樟岙山没有石子路，也没有游步道，村民们采摘杨梅都是从一代代人走出来的黄泥路上山。拂晓时分，他们就呼儿唤女，挑着筐，扛着箩，喜气洋洋地上山，一时使僻静的山村、山野沸腾起来。

几个小时后，一担担红艳欲滴的杨梅，从山上转移到了山下中心大道、三茶路边上，此时已经分成10斤20斤不等的一篓一篓，卖家都是直接提走。

"夏至大烂，杨梅当饭"，从芒种到夏至，杨梅的成熟期跨越了两个节气，夏至是其味最好，也是谢幕前产量最多的时候。此时杨梅当饭吃，过时不候，它即将完成使命。

喜欢在山下沈海高速线、三茶线、环山线、中兴大道四条交通要线的立体交会处，看夕阳与杨梅树的作别、晚霞送来的盛装装扮、山与河在马屿矶的深沉告白、微波与弹珠岩的粼粼示意。

也要与山脚的南朝古窑遗址告别，在历史的厚度上，它也在一天一天地增长。

而杨梅来年一季，自是活色生香。

## 三、桃花岛在哪里

将第三种植物定为桃的过程，其思维模式与将第二种定为杨梅是一模一样的。而我的行为方式也跟寻杨梅的做法相差不大，只去一个小岛的一处地方。但是结果却大相径庭，我竟然找不到桃花岛，不知其详细位置，自然也看不到桃花、桃树和桃子。而这也成为此次寻访之谜，迄今仍无解。其实出现这样的谜并不奇怪。其实湿地里面河流的数量，也一直是个千古谜题。因此，对于文章中关于河的各种数字，如果出现 100 多的、200 多的，就不要见怪和较真了。毕竟人世间有谜题，也是桩幸事。

刚来湿地不久，张严冯村的一个朋友打电话给我，说有两箱桃子放在停车场的门卫室里，叫我下班去拿。我一怔，三垟特产不是瓯柑嘛，干吗到别处买来桃子送给我，我自己可以去买。他说就是本村人种在岛上的本地桃子，不是舶来品，很好吃。我方才知道，这片温水氤氲的土地上，特产品种除了闻名遐迩的瓯柑、黄菱，作为配角的杨梅和桃子也占据了一席之地。

关于桃子的前世今生，我在已经写完还在修改阶段的《街道志》里找不到相关的内容，负责编写的郑老师告诉我说，在志中瓯柑、黄菱自是长篇累牍，不惜笔墨，杨梅也有按其地位详略不同的篇章，但是桃子是前几年才开始种植的，种的也就仅张严冯那一小片地，没有历史沉淀需要的年代感和区域的普遍性，而其个体的独特性也还没凸现出来，因此写不出来。但桃子的品种，出自"名门正派"，据说与奉化的玉露美人同一血脉，是村里人经过细挑细选得来的，当时在选择时，跟其他特产一样，是结合了湿地的特性，选择适宜在水陆之交岛上种植的品种，实践证明，这个选择是正确的。

正确的原因在于，桃子个头又大又圆，皮又薄又嫩，汁水恰到好处。这与其他地方所产的汁多清淡、皮嫩果滑的品种，有很大不同。它的汁不多不少，全都流到嘴里，致使满嘴芬芳四溢，软硬度也恰如其分，韧性跟牙齿的咬合力天然匹配。还处于换牙期的儿子吃了之后，难得一次啧啧称赞，从此跟菜市场和水果市场上的桃子告了别，每年专等湿地桃子成熟期的到来。

因为有河、有岛，我寻探桃花岛的心也就顺理成章，不光是要验证这桃花朵朵，在这湿地里盛开，与蓝天、与白云、与流水结合会是怎样美妙绝伦的一幅美景，还因从此以后，寻找桃花岛的过程和心境，就像陶渊明笔下的武陵人寻找桃花源一样，成了我的目标和方向，可以拿出一辈子后半部分的时光，与它来一个照面打着打不着都无法确定的约定。张严冯的村主任说，水波漫漫，云雾深邃，桃树林不知何处，找到村委会，便会知端倪；郑老师说，远在天边，近在眼前。我寻探的是历史，其他不关乎历史的物事，没有印象。

我心目中的引路人，给出的是模棱两可的答案，这一耽搁就是四年，虽然一直心心念念着，但一直没抽出空来。其间有花期过了，有春雨的帘幕阻挡，有忙碌的日常，自然也有自己懒惰的天性。

2021年清明放假之机，我借值班的间隙，开车过去欲进湿地查探，圆一个多年的心愿。但节日里湿地公园的人流达到沸点，为了防止汽车进入湿地造成堵塞，封闭了沙河路口。最怕堵车的我选择了落荒而逃，但由此也暗暗下了决心，一定要赶上今年的花期，否则又是一年长长的等待。

2021年4月春夏之交的一个下午，趁着阳光正好，春风正煦，想起正是百花盛开之际，桃花应该也还是艳丽芬芳，我再一次开启了寻找桃花岛之旅。车子从沙河路口进入，两边有坐着静望河水的老人，沿着瑶池浃河岸边的小径到头。我选择了往右拐，那是一座横跨在湖上的钢结构名叫水乡桥的新桥，让我想起黑白电影《魂断蓝桥》里黑色的钢铁桥，和在黑暗雨雾中隆隆驶过的火车，还有黑色的雨伞在桥上像一片片随风飘动的荷叶，黑色男女主角的风衣或披风。不想这条四五百米长的路是出去的单行道，一圈过后我又回到了进口的瓯海大道上。

凭着若有若无的记忆以及中午从同事处问过来的路径，我转左边，经过沙河桥，沿着沙河右转，在田野之间的一条仅容一辆车子通行的水泥路一路往南。此时春风拂面，神清气爽，四周鲜花盛开，花香扑鼻，青草葱茏，柑树摇曳，水流轻漾，鹭鸟跃空，大罗山隐隐白云迢迢，人间芳菲没有尽。这人间的四月天，霎时让我将所有对于眼下的纠结抛置脑后，打开车子所有的窗，一降到底，让所有的风物、温度和气息全都进来，像整个世界都站了进来，河流、田野和山川，鲜花、石头和泥土，它们各绽风姿，像一个个小天使，活蹦乱跳，刹那间好像打开了一扇一直闭塞着的山门，霎时整个脑壳和胸膛被打开，心旷神怡，宠辱皆忘，难得人间好风景，难得人生多潇洒。我只想停下车子，站在田野间，四周花木簇拥，高歌一曲，如在电影《音乐之声》里一样，在阳光与山坡田野之间，在碧波与蓝色氤氲之间，在白云与碧水之间，在鲜艳与芬芳之间，像个孩子，骑上不羁的野马，不停奔跑。

张严冯村委会前的张严冯桥上去的转弯角度很小，我根据同事的提醒，打满方向盘，慢慢转道上去，几条只有1米来高的铁栏杆已经锈迹斑斑，下面是碧波荡漾的张严冯河。我有点战战兢兢地开过，经过村委会后，再行经一座笔直的老桥，将车子停在河对岸荒地里，决定用脚步来寻找桃花岛。

我心目中的桃花岛，应该是"岛上郁郁葱葱，一团绿、一团红、一团黄、一团紫，端的是繁花似锦……东面北面都是花树，五色缤纷，不见尽头，只看得头晕眼花。花树之间既无白墙黑瓦，亦无炊烟犬吠，静悄悄的，情状怪异至极"。它也应该是"墨痕乘醉洒桃花，石上斑纹烂若霞。浪说武陵春色好，不曾来此泛仙槎"。或者至少也是我脑海里的虚构画面：一个居于水中央的小岛上，在水流的氤氲中，在天上阳光、蓝天和白云的倒映里，像一个空中花园，又像一个水中迷宫。绿油油的桃树枝叶可垂水，花朵盛开在枝头，花瓣白里透红，艳红欲滴。它们紧挨在一起，像火焰烈唇燃烧，像晨曦晚霞灿烂。花比叶大，在虬枝上像镶上的一个个小球，漫天的红星飘洒飞舞。少数垂挂没有迎着朝阳，在盈盈水间映照，在耀眼光处相映红。谁又犯着了谁，谁绽开了第一朵；谁又落下了第一朵，谁在雨里哭成了泪花，谁又失去了那一缕阳光；谁的萎缩在夜里含着清泪，谁的绽放让白天风华绝代。在这青山眉黛，在这绿水轻泛，在这绿意缤纷处，它的风貌，自是别出一格，风姿绰约。

河岸边，开着车备足装备垂钓的人们，依在瓯柑树下或者小叶榕下，不知道他们有没有发现桃花岛的踪影。平时三三两两在田里忙活的老农，此时倒不见了踪影。就连停在树梢的麻雀、泛河剪水的鸥鹭，也没有啪啪飞起横掠水面。它们或轻偎绿枝，此时在春困里抱着枕酣眠了吗？

硕果累累

　　我终于在老桥西首岸边一个残垣断壁处发现了一棵一人多高的桃树，从地形方位和遗迹来看，它在人家的院子里，房子拆掉后，桃树幸运地留了下来。想必它也曾用果实串起孩子的竹竿与那一双清澈渴望的眼睛，也曾用朵朵花瓣串起树下人们欣喜的眼神，用果实换来他们的笑脸，如今它的花期已过，在绿叶葱茏处的枝头，结出了一个个如纽扣大小的果实。可惜了桃花，四年的遗憾，还要再加上一年。

　　窥一斑而知全豹，桃花岛就在这附近？我开始寻找，即使没有花开，也要找到它们。但是行经一片片水域，碧波微漾没有给我消息；踏过一段段阡陌，纵横交错间没有指路；转过一排排瓯柑林，它们随风摇曳着没有方向；远处的水莲宫在水中荡漾着，一如既往风情万种。我脚下萋萋芳草摇头摆尾，四周树枝绿叶簇簇，似乎在调侃着我的无知和盲目。

　　此时阳光的强度增大，我不免焦躁起来，也因为一无所获，再也没有见到桃树的一片叶子一瓣花儿，即使是落花，或者落叶、夭折的果子，也能让我心向往之。关于水中有洞，洞天府地的桃花源，更是不知其在水光潋滟或者云天浩渺何处了。

　　我到达每条河岸，看到一个一个在水中耸立的小岛，如果再拉长距离的话，其地界已不在张严冯。我垂头丧气，只好折回身子到车上打道回府。就在车子拐上半月形的张严冯桥上中央制高点时，阳光突然冲开了层层云雾，在混沌蒙昧一般的凝重之中突然射出一束光亮来，霎时亮堂堂地照在张严冯河上，似乎天被盘古开天辟地割开了一道口子，刹那清明四溢、春和景明、晴光四射起来。此时我看到距桥西首约 500 米水波之中的一座孤岛，它似乎是从水中升起来，又或是从天上降下来的。它的上面外围种满了桃树，我没看到它们艳丽的花骨朵。它们修长的叶子，颀长的身子，迎风招展、姿态万千、娇媚明丽，没有花朵的它们，自成风流，一身诱人之风骨。

我再次停下车子，跑过田埂，穿过树林，踏过芳草，跨过田野，在一堵坍塌的旧房墙旁，一条 U 形清波拦住了我。水中的桃花岛四面环水，在微波之中轻扭腰肢、轻洒绿光，在光亮之下青翠欲滴、波接云烟。原来张严冯人都是通过摆渡来种植来收获桃子的。

但是我判断不了，眼前的它是否是桃花岛，即使岛上种满了树，我能见到的也只是外围零星的几棵。这个岛会不会就是桃花源的入口，直通水底，有与世隔绝、世代相传的原始居民，有金华双龙洞一般的玄机，有地底 800 米的水下远古世界……

我在返回的路上，风吹在头上，吹干了发上和脸颊的汗珠，我浑然不觉，我的结论——这就是桃花岛，而桃花源，整个湿地都是。


## 四、形成大道成荫的樟

虽然湿地内还有苹果、梨树、香蕉和枇杷，还有水稻、芥菜、球菜、小麦和油菜花等等，但都没有成片成群，只是零散地栽种，在当地人的心目中，是可有可无的存在。

我再次相信，一个完整的生态系统，并非完全无序的，定有其内在的机理结构和科学架构。

　　湿地有一个地方，我非常喜欢，那就是把圆底、应潭、池底、樟岙，以及啸秋中学、池底生命健康小镇和陈衕弄等串联起来的三茶路和马屿路。三茶路意为三垟到茶山的道路，路不宽，只有10来米，仅够两车相向行驶，但较长、笔直地伸向远方。

　　随着探访脚步的拓展，我发现南仙堤、沙河路、应潭路、园区环线和三垟大道等道两边都是樟。

　　最吸引我的是路的两边满栽的樟，"枝叶扶疏，垂荫数亩"，甚是浓密。其他混合着栽种的还有椴树、南欧朴，但主要是樟。我喜欢叫这条路为香樟大道。

　　光从樟的外表来看，它可一点都不含糊，交错的枝丫，浓密的叶子，高傲地伸向天际，在天空布成了绿色大幕，把天界和人界硬生生给分离开来。又或是把天空布成了怪异的绿色火积云，一块块熊熊燃烧着，我都能感受到它的热浪滚滚而来了。这跟天相接形成的壮观华丽、波澜壮阔，自是要有樟这样的大气魄大肚量方能达成。

　　我叫这道路为香樟大道，因为路两旁是树干黄褐色纵向龟裂的樟唱主角。《本草纲目拾遗》中说樟的树皮纵裂，有大有文章的意思，樟名由此而来。而它确实大有文章。天下第一骈文《滕王阁序》开篇就说"豫章故郡，洪都新府"。据学者考证，"豫章产于幽谷""豫章之木，生于高山""千寻豫樟干，九万大鹏歇"，豫章原指大而香的树，即指樟。后来"豫章郡树生庭中，故以名郡矣"，豫章才改为地名的。上述句中提到名字之外，还极言樟之大，九万只大鹏可以歇脚，可以想象它的枝干之粗，枝杈伸展拓延面积之广了。

它占着大道两边的景观带，成为绝对的主角。主要还是因为它给我一个感受，这种感受是强烈的，向往的，本就存在于心中想要体验和实践的。因此，这条路是圆梦大道，或者是理想之路。

在我开车或者步行经过这条道上时，大道呈现给我的不仅仅是一条普通的林荫大道，在拐角处过了樟吞大桥后，是一个幽深寂寥、浑然天成的大庄园。跟随迎接我的车子一直开进去，没有发现现代别墅或者城堡等建筑物。路没有尽头，陪伴我的，是一块平整广阔无边的平原，绿荫遍地，一大片的花团锦绣，花香扑鼻。车子从中间经过，就这样一直开着、

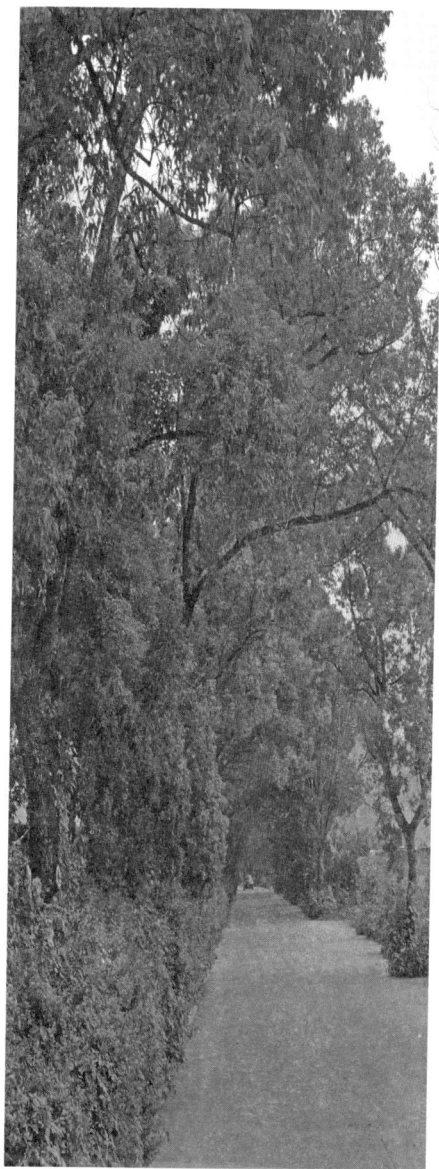

香　樟

开着，在花香馥郁中，不要有终点出现。

它也许是一个树木林立的森林花园，我和车子绕来绕去，往上往下，总是找不到出口和尽头，尽管我不喜欢到头停驻，但人的惯常行为，是无意识地在寻找尽头的，即使是在火树银花、春光烂漫之中。

但有的只是遮天蔽日的树木，以及一条条弯来扭去的林荫大道。这遮蔽一方、互生卵形、叶片上面泛着光亮、背面呈灰白色的叶子，都长到天上去了呢，在如此广阔的空间里，做着伟大的道场，涂抹着伟大的杰作。

这也是一条两边栽满梧桐的香榭丽舍大道呢，是国家大草坪的林荫大道呢。我右脚深踩油门，车子加码行驶，风驰电掣一般，让清风拂在脸上，将头发根根竖起，奔在了这绿荫铺成的大道上。左边是碧绿的海，棵棵香樟林立，碧浪冲天，在汹涌澎湃着往前奔驰。右边是碧绿的江，棵棵香樟一字排开，传来阵阵呼声。天空是蔚蓝澄澈的，抛在脑后的是一望无际的一条长长的绿道，前方是一望无际的茫茫天际。我得到了极大的满足，心早就飞出来了，整个人也要从车上蹿出来，长出了翅膀或者打开飞行器飞上了空中。

因此，每经过这里一次，我都会有这样的感受。这种感受似是一部老电影在此露天放映，当第一片绿叶进入我眼帘时，电影就会放映一次。相同的剧情、故事和人物，以及最为重要的因想象而延伸出来的虚拟景观。但每次我都乐此不疲，有时还特地绕道进来。也许人生有些事，即使做了几千几万遍，仍嫌不够。它有无穷的魔力，安藏着我的心灵，吸引着我的脚步。

住在水边岛上的当地人认为樟榕是一体的，不可分。在樟岙的樟岙小浃河岸樟岙古桥边，就有一棵高达 30 米、300 多岁的大樟。它自出生开始，就跟在它身侧不到 2 米的无柄小叶榕相依相偎、耳鬓厮磨、风风雨雨地在一起。它们还要活许多年，余下的岁月也要坚定地走下去，直至地老天荒、海枯石烂。到地底下，枯枝败叶、腐败肉身，也要埋在一起。天地合，乃敢与君绝。

根，紧握在地下；叶，相触在云里。每一阵风吹过，它俩都互相致意，但没有人能听懂它们的言语。其实是可以推测的，无非是无论处在哪个年龄阶段听了都会脸红的甜言蜜语，但是没有美丽的谣言，有挂牵，没有亏欠，因为这个相守到老、永不分离的誓言是兑现了的，是彼此之间实实在在踏实拥有着的。你看：它们分担寒潮、风雷、霹雳；它们共享雾霭、流岚、虹霓。仿佛永远分离，却又终身相依。

在樟岙村，因为有了这棵樟，村民们在大路边、小岛上种的樟比榕多，有一个岛上栽了 5000 多棵。村名也因此叫了"樟岙"。

樟是有名的药材，据《分类草药性》记载，它的根、果、枝和叶均可入药，有祛风散寒、理气活血、止痛止痒的功效。对于感冒头痛、风湿骨痛、跌打损伤等都有相当明显的疗效。

樟因全株散发出特有的清香气息，故民间多称其为香樟。香樟还是民间百姓喜爱的树木。2004 年，有一部由梅婷主演的电视剧叫《香樟树》，三个处于青春期的女生聚在校园的一棵香樟下宣誓说，要成为一辈子的好朋友，无论贫穷富贵，如桃园三结义一样进行了结拜。后来的剧情就是围绕着她们不同的人生道路和永恒不变的友情而展开的。

科学研究证明，樟所散发出的化学物质，沁人心脾，香气弥漫，一种淡淡药味充盈其中。因此樟是名树、药树，庄子说它是"端直好木"。樟树干很巨大很名贵，是建筑的好材料，名副其实的栋梁，"各府州县科举诸生约三千人，皆荫蔽于下"，一棵树给 3000 余人遮阴，可以想象它的树冠之大了。"挺高二百尺，本末皆十围"，古代二百尺相当于现在 66 米左右，近 20 多层的楼高了。十围相当于 1 米多。"神木厂有樟扁头者，围二丈，长卧四丈余，骑而过其下，高可以隐，虽不易觇，而合抱参天，万牛回首"，一丈为 3.3 米，那些樟的腰就有 6.6 米，长卧达 13 米了。木材巨大，一万头牛都拉不动，都回首去观察树了。

"汉武宝鼎（应为元鼎）二年（公元前 115 年），立豫章宫于昆明池中，作豫樟木殿"，樟树都摇身一变，从田舍郎登入天子堂作为宫殿的主材了。可见它的材质非凡。"梗、楠、豫章之生也，七年而后知，故可以为棺、舟"，除殿，它还可以作为棺木和舟船的材料，而这二者对于木头的材质要求都是非常高的，堪称是木中之龙了。

古时江南地区人家沿袭女儿出生时就栽植香樟的习俗。出嫁时，父母割舍不下对女儿的爱，就砍掉香樟，将它制成木箱子，里面盛装一些女儿用过的小物件，以寄托相思。现在江西、湖南一带，人们仍视香樟为神树、祭树避灾，祈求风调雨顺、健康长寿。因此它成为安庆、池州、九江、景德镇、上饶、鹰潭、张家界等 37 个地级市的市树，也就不足为怪了。

叶兆言说："文人不喜欢樟，重要原因是缺少节气变化，一年四季绿油油，太单调。不宜房前屋后，太高太大，冬天遮阳，夏日不透风，只适合寂寞地长在空旷的村口。"这也是樟成为庭荫树和行道树的原因，也是我在三茶路上见到它的原因。

香樟的花语是纯真的友谊，代表着友情永不变质。也许有些紧挨在一起，就是友情了。人间诸般情感，友情也是最为重要的之一，不要总是往爱上面靠，有点狭隘了。

它还有坚韧不拔、长寿健康、吉祥如意的寓意。坚韧不拔好理解，看它的气势，谁与争锋呢？人家都能长到1000多岁了，能不长寿吗？吉祥如意，应是人的一种愿望和祝福，人在世间，伴有诸多烦恼和不测，谁能不希望吉祥如意呢？

## 五、梅影坡陡，暗香盈袖

这是梅花，不是杨梅。小时如果院子里有梅，长大离开故土，寄托乡愁，全都一股脑儿聚在它上面，估计即使是浓烈如老酒的乡愁，它也能承载得起来。因而，它对于三垟人而言，其乡愁的意味如它的花香，悠长久远，韵味十足。

在三垟湿地的五福源，靠北汤家桥河岸上的长寿桥边，有一个小坡叫"梅影坡"，其实那也不算坡，就是从桥头下来倾斜的一段，前面大部分就是平整的路面了，不会有从高处跑下来荡气回肠的失重感。在路旁一块长约60米、宽约4米的土地上，种植着几排梅树，形成了林，梅影坡之名由此而来。

赏梅是志趣高雅的活动，也是思乡、相思的活动。我小时在山村的家院子里没种梅树，也就理解不了"来日绮窗前，寒梅著花未""明朝望乡处，应见陇头梅""不如归去，阆苑有个人忆"的乡愁，不明白为何梅花力压群芳成为乡思的首选。所以我只能想象，树立在院子里的一枝梅花，亭亭玉立，娇艳多姿，少年的我们在下面踮起脚跟、翘上鼻孔嗅着，然后如吸了迷香一样沉醉了的样子，或者是佳人在摘着花瓣，放在袖子里散发着清香的样子。它的枝条开出花来，会伸过窗边使满室清香。

在杭州上学时，我不懂林和靖为何梅妻鹤子，一种植物开花时带香，为它而终身未娶，取代妻子，似不可思议，但觉得"疏影横斜水清浅，暗香浮动月黄昏"很美，所以会选择在晚上时分逛孤山，在西湖寻找这种意境，却一直没能如愿，是月亮不肯赏脸，还是错过了梅香？前几年看到湿地梅影坡这个名，应该是取自这句诗，也拉来了记忆。记得有一个女演员，名叫疏影，我也觉得很好听，非常有诗意。

关于梅的香，我觉得写得最好的是陆游的"零落成泥碾作尘，只有香如故"，身子都化作了尘土，还香着呢，"骨中香彻"，可见其香气的弥久。使我想起泰戈尔的"生如夏花之绚烂，死如秋叶之静美"，梅在地底还能散发香气吗？比秋叶的静美还要伟大，"想含香弄粉，艳妆难学"，这是辛弃疾写的，把梅写活了，自身带香，还要用粉妆饰一下，为了追求完美。

梅在大多数文人的笔下，品性高洁，身在凡尘而不凡，出乎淤泥而不染，一位女作家取名叫白落梅，应是受了梅之品性的影响。"冰雪林中著此身，不同桃李混芳尘""高标逸韵君知否，正是层冰积雪时"，这是指它在开放时间的选择上，无论冰天雪地，还是凛冽寒冬，总会不畏严寒，独自开放，而且花朵清爽自然，自成高洁，得到文人的纷纷吹捧。

　　我在2021年的冬天，先后去了两趟梅影坡，就是为了看梅在寒风中绽放的样子，看它究竟有多大的魅力，引得那么多人拜服和歌咏，但是我两次都跑空了，它还没开。一条条光秃秃像柳条一样的枝干或垂向地面，或相互交叉着缠绕在一起，或在风中轻轻摇着，很孤单很寂寥的样子。但是枝条较为密集，倒也围成了一团团、一簇簇，像乌云被风卷在了半空中，又像一巨壮的龙拖着圆墩墩的身子腾空欲起。第二次，我看到了几朵，红梅花从枝里长了出来，在还没有一片绿叶和一个芽蒂时，它们在枝头上独占鳌头，欣欣然，喜洋洋。我得意忘形起来，只想大吼几声，或者奔跑几下，告诉全世界我的发现。白色的垂枝梅的叶子大部分展开了，中间夹杂着几朵白花，像少女身上的裙子。它们的背后，是一排乐东拟单性木兰，高大伟岸的它们，身上已长满了碧绿的叶子，在这片绿之间，要等到它们白花的盛开，尚需时日。在底下的地上，铺满了吉祥草，横七竖八的，一条一条伸向天空或垂向两边或挂在地上，芳草萋萋，让地面丰满。在草地中间，还种着葱莲，上次去河边找寻时，它已经谢了，想不到在气温稍显暖和的这里，它竟然还挺着身子开得正艳。后面还有水鬼蕉，过于密集的它们，可能很会缠脚，所以叫"水鬼"？稍后还有一排玉簪，一簇簇相互挨在一起，肥大的叶子一条条展开向下垂着。要看到它们娟秀的白花，也要在夏末初秋的时候。我笑自己太急了，心急可不仅仅是吃不了热豆腐，也看不了花。

每个人心中都有一片花海，都有在群花乱舞之中欣赏、体味的向往，都有在繁花之中尽享花颜的愿望。我也不例外。冬末春初的下午，冷风还在瑟瑟吹拂时，第三次到梅影坡，我体验到了人间清香的胜境，花香芬芳扑鼻的时节，当然还有梅独特的高姿、高洁的品性。

一朵朵白梅花在枝条上出现，原来的绿叶此时踪影不见，叶花分开绽放，这是让花开独艳吗？干枯半个冬季苦苦等待花期的它们，一下子鲜活和活泼起来，生机在上面跳舞，明亮发着炫目的光，身上似经过琼浆玉液的流淌一样。在条条垂挂着的枯枝之上，一朵朵小小的雪花镶嵌在上面，"砌下落梅如雪乱，拂了一身还满"。白色的瓣，淡黄的蕊，相互透着光影，远远望去，已经花满枝头。我走进去，站在2米来高的那棵垂梅下面，正值阳光黯淡时，梅花似是满天的星星，在浩瀚的夜空中闪亮着。我在它密如帘子般的枝丫下面，群花包围了我，我能看清它们——如星云一般，如黑色的天际中落下的星雨一般。我想要触摸它们，像握住星球一样，让我有了寻找辽阔星河的愿望。花朵在与时光的交错里，布置了怎样的轨道？我少年的梦、青春的目光、哀伤的化疗，可都是投注在这片由地开始向天生长发展的天地宇宙里的。

后面队列里的红梅，群花落在了枝头上，一团团、一堆堆或者一簇簇，估计是聚了又散、散了又聚、凝了又化、化了又凝，整体聚散有依的形象没有变化。下面枝丫上则是零星的一朵朵、一点点，疏密有度，精细刚好。我也走在了下面，跟垂梅不同的是，它们朵朵朝天开着，形成了一个天幕，似乎开在了天空洁白的幕布之上，所以要看它们的聚集，得抬起头来。此时我会觉得它们是从天幕上开出来的，在洁白或者阴沉的平面上，一朵朵娇艳欲滴、红艳似火、笑意盈盈，虽然枝丫星罗棋布地搭建在下面，像搭在银河上面的花架子一样托着。我会想它们是飞到了天上，还是天上飘下来的，这天与地的对接，形成的美丽风光，是梦幻，也是现实的视角。不是谁都可以在天上开放，还能照应地上的，虽然没有"大漠孤烟直，长河落日圆"那样的苍茫，却也有"接天莲叶无穷碧"的豪情。

从下面走出来，我站立在长寿桥边静静地从侧面来看红梅，我觉得那是画笔用浓墨在枝头上面一笔涂过，在下面一挥而就。在浓密处，有飞花似梦，有傲视群芳；在清淡疏朗处有清瘦高傲的风骨，有不沾人间烟火的清高。但我猜想，画家手中的笔也是一身傲骨，不会坠入凡尘的，不然哪画得出这没雪也似傲雪的梅之姿态来？

站在稍远一点的地方看整个坡，上面一团火焰，长长的，下面一片白，在或遒劲或细软或强悍或轻巧、疏密相间的枝条衬托下，形如高低不同、巍然屹立的雪山。上面是一层火烧云，"著骨清香已不禁"的它们因汇聚而变壮观，接着成为壮丽。只要给一小小天地，它们就能把美色艳极人间。

单枝的梅，也盛开在颐和堂北面、沙河老人周转房北侧的围墙边、上江河岸边。鲜红艳丽的它们，待开出花来时，装饰上古朴典雅的房子，似乎一下将房子的时光、故事和人文给扒出来了，说出什么都是成立的，由此使房子成为神一样的存在了。湿地多河，梅花跟河水还有阳光的光影往来，呈现出的弄影、飞花、落梅和蝶舞之美，自古就是爱梅之人歌咏的主题。

单枝的梅，脱离开集聚的同类，在孤单之时，却吸引世人的目光，听到的都是赞扬喜悦之声，在疏朗之间，有高雅清秀之韵，自成一番风流神逸、俊秀潇洒。

## 六、小红豆也寄寓相思乡愁

其实说到乡愁，一花一木皆成景，一草一叶都关情，整个大地都是饱含深情的，实在很难厚此薄彼。题的难，就在这里。

我沿着南仙堤往西走，在垟河老人周转房东侧垟河路这里拐进来，朝东一直走到三垟大道（原名，系一条从北到西贯穿整个湿地的中心大道，全长约 3600 米，方位、走向基本上跟现在的南仙堤一致，如躺着的定海神针）。在这条道上垟河段，坐落着一座建成至今 90 来年的建筑物，它叫周氏旧宅。

水乡人对于占地 1075 平方米的周氏旧宅的记忆，满满当当，车载斗量，可以说上好几天。该豪宅系 20 世纪 30 年代当地最大的富豪大家庭所有，当家人为实业家周衡平，他拿出了四年田租总收入五万的银圆，聘请建造温州第一百货商店（当时叫云博商场）的原班人马所造。100 来人的施工队，带上工具、材料和图纸，兵精粮足，踌躇满志，从上海滩浩浩荡荡涉水而来。深谙此道、见过世面的他们，经过整整三年时间的精磨细造，端出了这座如钻石一般的房子。它可素可荤、可中可外、可古可现，据说是浙南地区单体最大的建筑物，迈入了省级文物保护单位的行列。下一步还要申报国家级。

该楼由于跟五马街"一百"系同一班底的人打造，同渊同门，一脉相承，造成二楼风格极为相近，除去周边环境，简直到了以假乱真的地步，因而该楼和"一百"商场被合称为"姊妹楼"。

俗话说"财不外露，丑不外扬"，持有若干钱庄和 3000 亩田地的大实业家造了这个外表张扬、鹤立鸡群、湿地内独一无二的房子，自是吸引人眼球，不露财也难。于是就被一些不法分子给瞄上了，包括一些外地的都闻讯而来，敲的敲，骗的骗，盗的盗。大实业家一方面花大价钱加强安保，加派人手和强化武器装备做好防卫，连"老母猪炮"都用上了；另一方面就是搞好跟官府的关系，使其被列为重点"安保单位"，因此每次都能化险为夷，险中求胜，维护了大宅子的平安。

1949 年后此房子一度作为公社、乡政府或街道办事处的办公场所。因此，对于如今外迁的三垟人而言，其是乡愁的重要地标之一。

接下来吸引我的，是在周氏旧宅正北方一块约 4 亩大小空地上的一簇簇绿叶，中间开着一朵朵黄色的小花。该植物名叫赤小豆，我称它小红豆。乍看到专写赤小豆的两句诗"倚树望夫归，泪滚尘土化赤珠"，却不知道是谁写的。我认为是写相思红豆，不由得也多愁善感起来，相思和乡愁一并涌上心头。

小红豆没有庞大、结实、坚硬的身躯，不能在风雨之中前行，不能挺直胸膛迎着枪林弹雨而无所畏惧。它是弱小的、弱势的一方，看到风会瑟瑟发抖，看到雨会珠泪欲滴，但是它的主枝条"龙脊"偏偏又长高高的。高处不胜寒的它，偏偏又强壮不起来。有点弱不禁风，却又无可奈何。如搬它到室内，那也保护不了多久，它也会早早蔫掉的。

小红豆

它边侧的叶子都是倒伏的，骨架几乎是趴着的，让我想起八爪鱼。给我安慰的是，小红豆跟同伴们都能挨在一起生长，相聚抱团，绿叶之间紧密簇拥着，即使遇到坏天气，也能够患难与共、生死与共。

它的果实，藏在一条长长的如毛毛虫的荚里，到成熟季节，外面的荚壳变老变黄，一剥开它，里面的小红豆就如小流星一般跳跃而出，在地上蹦着。

上面这诗写得凄婉动人，"倚树"表明它的结构质地为藤蔓，要么趴伏在地上，要么攀在旁边的大树上。但是它的花格外漂亮，香气芬芳四溢，挺立在顶端，凝视着远方。它在凝望着夫君离去的方向，在盼望着夫君早日归来。日子一天天过去，花开花落，叶落叶长，心爱的人仍然杳无踪迹。它的眼泪不停地流，渐渐地成了茧，化成了红色的珠子，即小红豆。

在颜色上，小红豆是暗红色，非常淡雅和内敛，红豆则是鲜红色，红得耀眼，有一点点俗气，却更像是一颗纯正专一的心。在外形上，小红豆较小，身子细长，扁平一些，椭圆形。红豆则比较大个，圆圆的，像一颗颗小小的心。

所以，在我的眼中和心中，赤小豆就是小红豆，就是相思豆。据了解，垟河一带的当地人，一直在这一片地里种植赤小豆。如今背井离乡，故地重游或者睹物相思。

　　小红豆也是南国的呢，因为"红豆生南国，此物最相思"。对于生于南方长于南方，将来还要老于南方的我而言，这个相思，是很难找到的。现在的红豆质地过硬其味太淡了，嚼而无味，闻而不香，应该是大棚之物。至于给我乡愁味道的，究竟是不是小红豆，只要是最为相思的，哪还能去深究呢？

　　看小红豆的果实，硬实坚韧，有点像关汉卿笔下"我是个蒸不烂、煮不熟、捶不扁、炒不爆、响当当一粒铜豌豆，恁子弟每谁教你钻入他锄不断、斫不下、解不开、顿不脱、慢腾腾千层锦套头"的豌豆。但就是不知道，它能否成为全国各地人的相思呢？

　　温州的腊八粥放入了小红豆，作为冬季祛寒的重要食补，而且还是一道民间的思乡之食。每每到了冬季，当寒风刮起，冬雨淅沥时，每个当地人都会想起这一碗粥，当它经过嘴唇、杀入喉咙，一马平川到达肠胃，全身就如冰层解冻了一番，从上身暖到脚尖。所以它的乡愁，有温度，有味道。

　　这不由得让我想起在剥小红豆时的情景：每到夏秋季节，一颗颗豆子红红火火地滚出来，有时候会像红米，有时候又像红星雨坠地一般。还要把它们放在竹排或者簸箩上晒干。阳光照过来时，我喜欢躺下，从下往上看着它们，这样它们看起来像浩渺宇宙里的星球，在半空沉浮着。

　　在现代的诠释里，王菲的歌《红豆》中唱道："还没为你

把红豆，熬成缠绵的伤口。"词人看到一个日本电视剧中女主角想跟男朋友说分手，心神恍惚，把放在锅里正煮着的红豆煮烂了，由此得到灵感，创作了此词。词里面两个人的结局，经过王菲的轻声呢喃，一阵淡淡的哀伤袭来，听着让人心碎。此时的红豆，是一颗心，一颗柔软纠缠、举棋不定的心，一颗七上八下在现实和理想之间挣扎、在寻找答案的心，在希望跟幻灭之间徘徊的心。

这是王菲声音里的感觉。一颗小红豆的纠缠，只在我的舌尖，无论是烧成粉，还是熬成粥、煎成药，它的一点点糯、一缕缕酥、一丝丝嚼劲、一滴滴甜滋滋，在轻咬细嚼之时，都一遍遍地渗漏出来，一次次地调动起我沉睡着的味觉，慢慢地进入了我的灵魂，植入了我的心灵。我从此便有了记忆，有了相思。

1987版电视剧《红楼梦》里有一段插曲，名为《红豆曲》，词为曹雪芹所作，曲为王立平所作。此曲在剧中贾宝玉聚餐之时唱过，另一次为贾府抄家之后的背景配乐。配着剧情唱起来时，几断人肠，字字血泪："滴不尽相思血泪抛红豆，开不完春柳春花满画楼，睡不稳纱窗风雨黄昏后，忘不了新愁与旧愁，咽不下玉粒金莼噎满喉，照不尽菱花镜里形容瘦，展不开的眉头，挨不明的更漏，呀……恰便似遮不住的青山隐隐，流不断的绿水悠悠。"想来心里该是聚集着多少相思啊，有这等流不完的泪水、开不完的花朵、忘不了的愁绪……每一时刻都在牵肠挂肚？也许只有贾宝玉、林黛玉般几世情缘的牵扯才有。

## 七、相思树——石楠

至此，乡愁似也要告一段落，下一个解谜什么呢？一切景语皆情语，继续从人类情感的维度出发，应该是可以找到突破口的。

我想起瓯柑、黄菱动人的爱情故事，虽然是传说，是神话，却也是动人的、生动的。难道说接下来情感的曲线转向了爱情？我得向它靠近试试，无论怎么样，植物构建这么庞大的迷宫，定有好几种提出问题的策略。只要选择其中一种，符合范围的，就不会错。

说石楠是相思树，而且还是情侣之间的那种相思，是因为它跟大名鼎鼎的中国古代四大美女之一的杨贵妃和唐玄宗这对痴男怨女的情缘有关。

据宋人所著的《杨太真外传》记载，杨贵妃死后，唐玄宗在宫里走过扶风道时，看见旁边种有一棵石楠，恰遇上它开花时节，一朵一朵紧紧挨着，开得非常漂亮迷人。他不由得又想起杨贵妃。他想，如果她能像那石楠花一样如此美丽动人地盛开，那该有多好啊！于是他就幻想着，此花就是杨贵妃。这样杨贵妃就能跟他朝夕相伴、永不分离，达到"在天愿作比翼鸟，在地愿为连理枝"的目的了。一想到这一层，他顿时欢喜无限，像个孩子一样兴高采烈。他命人将此树命名为"端正树"。端正二字来源于骊山华清宫里杨贵妃的日常梳洗之处的端正楼。后人说石楠花是李杨之恋的象征，有时也称呼它为"相思树"。

石楠的这个记载，在《红楼梦》里也得到了回应，可见并非胡诌一通。《红楼梦》第七十七回中宝玉说："不但草木，凡天下之物，皆是有情有理的，也和人一样，得了知己，便极有灵验的。若用大题目比，就是孔子庙前之桧、坟前之蓍，诸葛祠前之柏，岳武穆坟前之松。这都是堂堂正大随人之正气。千古不磨之物。世乱则萎，世治则荣，几千百年了，枯而复生者几次，这岂不是兆应？小题目比，就有杨太真沉香亭之木芍药、端正楼之相思树，王昭君冢上之草，岂不也有灵验？"

贾宝宝因何说了此言？是因为大观园被抄检后，晴雯、芳官和四儿都被贾府赶走，也就是卷铺盖走人，被炒了鱿鱼。这让贾宝玉非常伤心，多愁善感起来，说，此事春天就有了兆头，阶下好好的一株海棠花竟无故死了半边，当时就知道有坏事，原来就应在了晴雯身上。袭人便笑他，说道："我待不说，又撑不住，你也太婆婆妈妈的了。这样的话，岂是你读书的男人说的。草木怎又关系起人来？若不婆婆妈妈的，真也成了个呆子了。"即说他一个读书人也信草木迷信。贾宝玉因而有上段话进行回应，举例说明草木皆有情、万物皆有心的道理。可见唐玄宗命端正树的事绝非空穴来风，而是有真凭实据的。

在这个非常具有代表性的例子中，石楠占得一席之位。可见它作为相思树，确实是有非凡地位的。而且并非有攀附、鱼跃龙门，而是本身特质使然。

李白有一首诗直接写到石楠花，当时他是以诗赠给庐山女道士的，中有"水春云母碓，风扫石楠花"一句，春指把东西放在石臼或乳钵里捣，使破碎或去皮壳。云母指铝硅酸盐类的一族矿物。这句诗，说她正在加水到石臼里捣碎云母以提炼丹药，山上的风正在吹着石楠花。此诗被后人评为闲适诗的代表作。可见庐山道观里种着石楠，开花的季节里，花朵随风起舞非常漂亮。

石楠在我国的生长历史悠久，早在汉末的《名医别录》中就有记载。它原名"石南"，出自李时珍的"生于石间向阳之处"，即生于南面，后来演变为"楠"。另外，可知它原生于乱石之间，后来才在平原和河边大行其道。在湿地河边岸上、南仙堤旁、三茶路边、中心大道等处都有它的高高身影。在一片森林之中、一条大道之旁、一条河流之岸，它也仅是疏疏朗朗地站着，有风来时，便打个招呼。在它的旁侧，就是跟它长得有点相似的樱桃树。

石　楠

虽然作为乔木的它个子不算矮，说玉树临风也不为过，但它的腿很短，刚长了一段，就被上面的枝条占领。枝杈展开，像一把雨伞或像一把扫帚。简而言之，它有点像拔高的土行孙，或者大猩猩，上身长壮，下身矮矬，比例严重不协调。跟其他大树、高树一比，确实不怎么样。

而作为灌木的它则像一个花蕾、大号的穿山甲或者刺猬。身上垂下的花叶和枝条，满满地覆盖了全身，密不透风。

先说它的叶子吧。《本草衍义》曰："石南，叶状如枇杷叶之小者，但背无毛，光而不皱。"说它的叶子很平整，光滑没有褶纹，像一张纸一样。它有两种叶子，一种是青绿色的，较为常见，另一种是红色的。叶子呈革质，叶片为长椭圆形、长倒卵形。如果是红色的，常有人误认为是枫叶，会站在它面前发呆——枫树什么时候纡尊降贵，成为灌木了?!

正月至二月间开花的花瓣或白色、或黄色、或淡紫色，因种类不同颜色各异。小小的近圆形，在绿色之中影影绰绰，就这个羞答答的状态而言，有点像含羞草。它的果实为红色球形，后呈褐紫色，一个个也是小小的，如玻璃珠子，也如蚌壳之中的珍珠，密密麻麻，个个滚圆，紧紧挨在一起。我好像看到了海洋球乐园，只想躺在里面玩一把，我被它们淹没，找不到出口，腾空不了，只能久潜下面。

说实在话，作为一棵树，在湿地中，石楠除了一串串珠宝般的果实给人留下深刻印象外，其他方面确实其貌不扬、平凡普通，光从外表看不出它在众多的名贵植物当中有多少突出之处。然而，它却是要内涵有内涵，要历史传说有历史传说，还青史留名、永载史册了，还要怎样荣耀呢? 说它是花中翘楚、绝非凡物并不过分，是一个名副其实的绩优股。

据《本草纲目》记载，石楠花还可以泡酒，可以祛除头风。除此之外，石楠花还可以泡茶喝。可见它除了花和果实久负盛名外，在药物方面也是非常实用的。

栽过石楠的人都说它生命力强，极易成活。耐阴、耐旱和耐寒。且对土壤要求不高，寻常的土壤即可。在全国东西南北各区域都可以种植。另外它抗病虫害能力较强，有人还将它们作为保护神，在培植时和其他树木混种在一起，金身不侵的它不但不会传播病虫，还保护其他树木免遭虫害。真的是活雷锋树了。这使它获得了植物界"打不死的小强"的称号。

石楠花何以具有强盛的生命力？因为石楠花香浓郁，头香带有腥臊气息和动物香韵，底香带有暖蜜香、杏仁香和青草香。经过研究，发现它会散发出一种"三甲胺"的物质，这种物质和精液中"精胺"等物质的气味很相像。西方给它起了一个十分直接的名字"西伯利亚精子树"。

石楠花的花语是孤独、庄严和梦想成真。孤独可能就是它的腥味，即"三甲胺"在作祟。庄严，石楠虽然下面树干不怎么样，但整体看起来高大庄严，否则配不上皇家的气质，进不了那么高的门槛。白色的石楠花开得持久，一年只开一次，而且寓意美好的愿望和祝福，甚是吉利。


## 八、象征纯洁爱情的葱莲花铺满地面

葱莲是爱情的象征，而且被冠上了纯洁之名，我大感意外。真是世界之大，无奇不有，我的孤陋寡闻再一次得到了实证。真是世人皆知玫瑰花，无人识我葱莲。

五福园里到处是植物园，有名叫五泚莲馨园的莲池，有梅影重重的小坡，有万花齐开的百花园。葱莲位于三和楼后面小径的两边，一面朝南滨水，一面接阴触林。我找不到这一片种葱莲的地名，其实也不想找，因为我更加喜欢叫它为"守望朱丽叶的阳台"。因为它代表纯洁的爱情，既然纯洁，就会坚强坚定，就会地老天荒、忠贞不渝。

我的惊讶，也来自葱莲花瓣的纯白。葱莲很多，铺满了仙浃河北岸的草地。白色的它们朵朵片片，好似星星一般镶在地面，下面的草坪若浩瀚无垠的夜空，一颗一颗忽闪着眼睛盯着贸然闯入的我，对于其他经过或闯入的人，也都是这样好奇吗？

它们又好似一颗颗钻石，不知从哪随风飘来，至此如雨般落下，璀璨着散落在地面，点亮了这幽暗的森林。此时没人会想把它们据为己有，因为这里是它们最好的归宿。它们跟幽然的树林、青绿的小草融汇。萋萋的草地，标着娇嫩和雍容的签，是它们捧出了葱莲。葱莲透着幽沉贵重的气息，只能欣赏不能玩弄，即使是纤纤玉指，也不忍心拈它的枝、触它的瓣。当一阵阴风袭来，外面的阳光在沉暗里继续下降，花朵又成了一只只萤火虫，飞来飞去一明一暗，荧荧相照、光影绰绰，像光明的使者、盗火的普罗米修斯，给土地带来了神火一般的光亮。

它们不像永恒的爱情之花玫瑰一般将富贵逼人、娇娆诱人、楚楚动人发展到极致。没有如火一般燃起爱情的烈焰，即使有刺，世间有情人也会一如既往地趋之若鹜。娇小玲珑，只有 20 厘米多高的葱莲，它伏在地面，没有落入尘埃，却谦卑得当、风采不减、纯度不褪。虽然它们的直径只有 2 厘米多，花瓣也只有单一的白色，但胜过阳春白雪，纯洁无瑕如一泓清泉。花瓣里面的花蕊短尖头，也只有六七根，大部分为淡黄色，少数有一二条白色，跟菊花的淡黄极为相似。

你只要采摘一束拿在手里细看，或者蹲下来凑近观瞻，借着从南边河上漂过来和树林间斜照过来的阳光，就不会埋没它。它淡雅、质朴、清纯和低调的品格，不会那么明显地显露，需要花工夫去体味。它淡雅如清风，不沾人间一点风尘，像是珍珠

葱莲

落入了水潭、精灵坠入了人间。在它四周有大吴风草在虎视眈眈，吉祥草在搔首弄姿。麻楝的伟岸，喜树的趾高气扬，都没让它逊色半分，只有更加彰显她的淡如清风、雅似贵族。它形似小号的兰，所以有时也叫葱兰。它卓尔不群，慧而不艳。它低调如草，纤细的腰身拉得很直，似高洁的水中莲花的腰肢，中间是空的，中通外直，不蔓不枝。洁白的花朵自由开放，开得很艳，张开适度，收敛得当，不张扬，不狂傲，不卑不亢。它又质朴如芥、清纯如茶，在每一寸有水土的大地上生长，湿地的南仙堤边、轮船河畔和垟河岛上等，都有它们的踪迹。一朵两朵三四朵，也能静穆地开放，安然地栖息，不挑肥拣瘦，

不清高自傲，不恃才傲物，又能生淤泥而不染，濯清涟而不妖。

它的枝干青绿笔直，看不到一点倒伏和攀依状，像一条条小芦苇，叶子狭线形，像一片片帘子，又像一根根葱，因此它还有一个名字叫玉帘。应是指它簇簇向上展开的叶子聚在一起，形成忽明忽暗、倩影婆娑的帘幕吧，还托着上面一朵朵花。花洁白，高低错落地开放着，如鹅毛飘着，又像一个个小白天鹅在游着，似乎还能听到它嘎嘎地叫着，拨开水面游过来。花朵的下面并没有多少的枝蔓衬托，一条枝干直直地伸向空中，中间没有任何的攀附和依偎。把花瓣展开，不惧风的吹袭，不畏雨的淋打，即使断骨折腿、殒命也无悔，这是一种淡然、一种超脱，自愿接受命运的安排，包括馈赠和打击。

专家说，从古至今被人不断歌颂的纯洁爱情，其实只有两种。一种是初恋，另一种是卓文君笔下"愿得一心人，白头不相离"相濡以沫终老的爱情。而葱莲的纯洁的爱情，其实就是指这两种。

花开花谢，葱莲没有茶花的耐寒和梅花的傲霜，它在10℃以下就不会再生长，在霜冰时则一缕香魂飞散，彻底告别这一年度。这是自然规律，违拗不得。只求它象征的爱情永恒，在人与世长辞时，还能在时光里时时被人传唱。不过专家也说，爱情花要求温暖湿润的气候环境，还有腐殖质和排水良好的沙质壤土。湿地是非常适合它生长的地方，岁岁年年花相似，它每年都会随着夏的到来而开放。

爱情的花朵啊，我已触摸不到你，在遇见你之前，只有红玫瑰和满天星代我表达。红尘已把我纯洁的向往远远抛在了岁月光华里，埋在了坚硬厚实的土壤中。但我仍然祝愿你年年月月常开，花期长长久久，形成爱情的海洋。人间的情缘啊，我已到了终结蕴藏的时候了，即使有时还能如火如海般地涌涨，但是谁都知道，这孽债是千万不能欠下的，否则给我500年也还不了。唯愿天下有情人皆能成眷属，遭受阻碍的一切都能在红尘里越过，有意皆能偕老，让始乱终弃者进入地狱永世不得翻身。

## 九、"花中皇后"月季

月季排在了葱莲后面，这跟它闻名遐迩、深入人心有关。它有一种力推新人，将自己靠后的豁达心胸。其实也对，爱情本就不分尊卑高下。在爱情面前，人人平等。身份不同的两个人，一方爱一方是他的权利，不能叫他不爱，他也控制不了。接受不接受则是相对一方的权利。

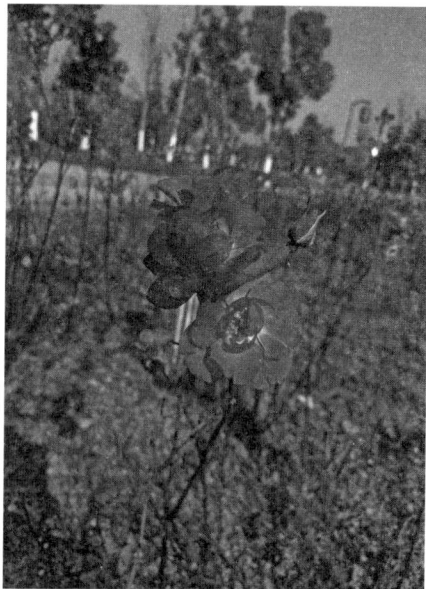

月　季

湿地里月季不多，我只是在南仙堤垟河跟丹东交界段的跑步驿站的北面，人从房子北边的小径过来，沿着一片青草地，便能看到它们安静地开着。300 来平方米的这片位于河边的青草地上，只有它们在寒风中朵朵盛开。一方面容姿秀丽、娇美绮艳，要负责梳妆打扮，千娇百媚，做到媚而不俗、娇而不妖，另一方面在冷风中精神抖擞、屹立不倒。真是难为它了。月季植下不久，叶子还没抽出嫩芽，"分得梅花一半香"，但它在骨子里已经开出花来了。所谓花骨朵，可能指的就是这个。

因而，在这一片月季林里，只有枝上的花朵，没有枝干的绿叶，只有美艳的红色在昂着头盛开，没有碧绿的扶持，就连小草也还没长出。而地下大部分是白花三叶草在挺立着头铺排着，但也只有一簇一簇的，大片铺满扑面而来态势的还没有形成。都说世间的美有残缺之美，有碎破之美，此时此景，在绿草萋萋和鲜花朵朵之间，留出了中间的白、中间的空。

并不是所有的枝条都开得出花来，四季开花的"月月红"大概只开了一半左右，"又放寒枝数点红"，一个"又"字，充分表明它的频率和反复。虽然眼前这鲜艳如血的花朵，是一朵朵零散的，并没有形成整体的集会，但它鲜艳的程度，却一开放就超过了梅，大朵大朵的，落花都已经撒了一地，哪能如梅般春风催着才一寸寸开。我不免感慨，这花定是全年在前赴后继地接力，也算是给春一种态度、给一个姿态。它说，我可不能单着，要赶赴一场季节之约，错过了，就再也开不了，回不来了。

月季花分单瓣和重瓣，还有高心卷边等优美的花朵，清秀怡人，艳丽丰富，芳香扑鼻。月季花的颜色种类非常多，有黄色、粉红、黑色、蓝紫、橙黄、浅绿等等，浑身上下充满着青春的活力。它一个种类月月占满枝头，就可以开完人间的五颜六色七彩阳光。可以想象，这对于人间是何等慷慨无私、倾囊尽放。

春似乎就该是它的样子，即使还是在这个倒春寒的季节，"此花无日不春风""一生享用四时春"，一年开花不断的它，得要穿着风雪衣来抵挡这尖刀一般的寒冷。

但它自有其风姿，几簇几朵，站在最高枝，摇摇晃晃、神采飞扬。点点滴滴，也能成就满园春色；一抹红艳，也会泼墨成山河。跟同伴拉一条直线，也是一个花园，也会串起整个世界的经纬度。在纵横交错之间，捧出朵朵的鲜艳、瓣瓣的活力。就如彩虹出现在天边、悬挂在银河、流星划过天际留下的痕迹，瞬间留住永恒芳华，刹那布置穹庐绚烂。

在史前，地球上就出现了月季。据说月季还是我国远古黄帝部落的图腾植物。在栽培方面，我国约有两千多年历史。汉代宫廷御花园中就已经在栽培了，唐时则是进入了民间的千家万户。白居易有"晚开春去后，独秀院中央"的诗句，可见它的秀春去后仍还在。

宋代宋祁著《益部方物略记》说："此花即东方所谓四季花者，翠蔓红花，蜀少霜雪，此花得终岁，十二月辄一开。"可见当时的气候条件下，它就四季开花了。可见这花的芬芳，可以香上四季。北宋韩琦说："牡丹殊绝委春风，露菊萧疏怨晚丛。何似此花容艳足，四时长放浅深红。"苏轼也说："花落花开无间断，春来春去不相关。牡丹最贵惟春晚，芍药虽繁只夏初。唯有此花开不厌，一年长占四时春。"说它比牡丹、菊花都要长命，盛开的期限是无与伦比的，独占风流、独点江山的。

明代刘侗的《帝京景物略》称它为"长春花"，意指它的花儿常开，跟开在春天时是一模一样的。明代诗人张新说"一番花信一番新，半属东风半属尘。唯有此花开不厌，一年长占四季春"，真的是前后接着开，盛开不止，长红不衰。

它也并不仅是一个花瓶，只供人赏玩，其他一无是处了。李时珍的《本草纲目》中有月季药用的记载，说它有活血、消肿、敷毒的作用，还是治疗妇女月经不调的常规药物。

公元1621年王象晋《二如亭群芳谱》中写道："月季一名'长春花'，一名'月月红'，一名'斗雪红'，一名'胜红'，一名'瘦客'。灌生，处处有，人家多栽插之。青茎长蔓，叶小于蔷薇，茎与叶都有刺。花有红、白、及淡红三色，逐月开放，四时不绝。花千叶厚瓣，亦蔷薇类也。"斗雪红应是指冬季里的花了，胜红让我想起日出江花红胜火，而瘦客意指它只有1~2米瘦削苗条的身材，在寒风中弱不禁风。

清代许光照藏书《月季花谱》中有64个品种，另一本《月季画谱》中则记载了109种，可见月季在不断发现和培育之中。清代《花镜》中说："月季一名'斗雪红'，一名'胜春'，俗名'月月红'。藤本丛生，枝干多刺而不甚长。四季开红花，有深浅白之异，与蔷薇相类，而香尤过之。"在此月季又多了一个名字"胜春"，对于季节而言，它的开放次数和频率，确实是强于只开春天一季的花朵的。

二战期间，法国园艺家弗兰西斯据中国月季培育出了享誉国际园艺界的新品种"黄金国家"。为保护这珍贵的品种，他将月季通过邮包寄到还没有战火的美国，使其幸存了下来。二战胜利后，为了纪念这来之不易的和平，欧洲人和美国人在新型月季品种中选出了一个名为"和平"的品种。1973 年，美国欣斯德尔夫人和女儿手捧"和平"月季来华，送给毛泽东主席和周恩来总理。中国月季漂泊了近二百年，完成落地生根繁衍生息的任务后，披着"月季之母"的荣光，偕同它在外国的子孙后代，作为游子回家了。

中国月季在国外历经风风雨雨，终于修成了正果，完成了任务。其意义和价值，不亚于郑和下西洋时交换得来的任何一种物品。

"花中皇后"的名号是外国的园艺家在 1867 年月季成功培育成杂交茶香月季后，所给予的名号。同时它还被誉为幸福、美好、和平、友谊的象征，一时风光无限，人人爱不释手。一些国家还将月季花作为国花。在国内它还是北京市、天津市、大连市、锦州市、宜昌市、宿迁市、青岛市等 53 个城市的市花。1985 年被评为国内十大名花第五名。

它的花语是纯洁的爱、热恋或热情可嘉、贞节，人们有时也把它作为爱情的信物，跟玫瑰一样。在日本，白月季表示尊敬和崇高，是父亲节献给父亲的主要礼物。

如果要细分的话：粉红月季表示初恋；黑色月季表示有个性和创意；蓝紫色月季表示珍贵、珍稀；橙黄色月季表示富有青春气息、美丽；黄色月季表示道歉；绿白色月季表示纯真、俭朴或赤子之心。


## 十、抢占地盘的女王马缨丹

有了爱情，就要成家了，两个人之间除了爱情之外，还有亲情。一个家中，有了女人才安，有了女人才像家的样子。因而，家中的女人是女王，让她强势，家庭才会和睦，才会幸福。因而，此处我选的是寓意家庭和睦的马缨丹。从情感的角度而言，其实就是亲情了。

马鞭草科的马缨丹有些娇美，娇滴滴地长在湿地五福源一带的河岸边。毫无疑问，它的特色是满天星一般的小红花，我更愿意叫它们为小太阳。

无论是在春暖花开、桃红柳绿里，还是在秋高气爽、旅思绵绵里，它总会开放，一如既往，循环往复。无论是在浩瀚的夜空，还是在无垠的海上，它总会绽放点点的红光，照亮周遭。它的形态，在姹紫嫣红中，算不上是突出的。就像一个邻家的平凡小姑娘。

马缨丹

全年开着的花，也能绽放着亮光，使我想起"你像一个小小的太阳，有一种温暖，总让我将要冰冷的心有地方取暖，我是那么习惯地向你要一点友善和许多依赖"，因此，有时候我会在湿地逛到很晚，而每一次都不会让我失望，我总能在河边的小小角落里，如绿地、乱石堆、山沟、山坡，特别是护坎、护坡、护堤等处，"百心丛作一花开"，看到它的红花在闪闪着。

当微风吹来时，马缨丹枝秆会带动枝头的花朵，摇起了小太阳，"摇来摇去摇碎点点的金黄，伸手牵来一片梦的霞光，南方的小巷推开多情的门窗，年轻和我们歌唱。摇来摇去摇着温柔的阳光，轻轻托起一件梦的衣裳，古老的都市每天都改变模样"。它跟白云山和丽岙山，还有大罗山晨光和霞光的连线，使它氤氲在一片闪闪发亮的光影中。这光影中有它的鲜红，星星点点在布置着、涂抹着，使得整个画面有了生动活泼、呼之欲出的动感。

但是它又带来了心事，那么远，又是那么近，那么痛入肌肤，却又是虚无缥缈。"没有人知道，风其实有七个孔，它吹过每株六月的树，皆发出震耳欲聋的回响。这些声音，穿越四色树与风铃木，金露花与马缨丹，穿越杜鹃叶蜂的翅膀，穿越吉丁虫的甲壳，停驻，你的耳廓，镰割下的田野。"

马缨丹花开了，它开得很火，有诗人叫它为"火珠琼树"，火珠即火齐珠，指植株似琼树的马缨丹开的花像火齐珠。南方的小巷门窗被打开了，"经月窗前色未颓，高萼并将轻瓣出"，花朵经过月光，到达窗前色彩如昔，未曾颓败，高高的花萼将轻柔的花瓣托举出来。谁家的姑娘还没梳洗化妆就出来了。她着一套宽松的服装，睡眼惺忪，右手从脑后轻轻拢着黑色垂下来的几缕长发，蹲下身子俯身向前，将一双杏眼的光投注在小巷的马缨丹上，仔细观察着这初开的花朵。

是什么让她如此不顾形象呢，是什么让她不惜素面朝天？为了这一朵花的盛大开放，为了这一个小太阳的盛装摇曳？没有人知道。

　　我在天空镶着微微星光的晚上，游走在南仙堤上，游目骋怀，目光不自禁地浏览着两侧灯光下的植物和花朵。看到马缨丹时，一不小心，会把它们误认为是种在水上的纯水生植物，需要辨识好久。

　　它们在波光荡漾中繁星点点，光影微微交错着起伏，身体在轻轻晃动。不免又使我想起《渔光曲》："云儿飘在海空，鱼儿藏在水中……迎面吹过来大海风。"耳中萦绕着海上飘过来的乐曲。接着脑海中出现黑白电影中的海上灯光，隐在背景中的渔民、渔船，还有收起的渔网等画面。

　　李煜写过一首诗，我认为可以用来描写马缨丹"寻春须是先春早，看花莫待花枝老，缥色玉柔擎，醅浮盏面清"。缥色指淡青色，玉柔指美人的手。后二句说，一双纤白如玉的美人手举着青色的酒盏给我倒酒，清透的玉酿上漂浮着酒沫。在春天，诗人应是一边赏花一边喝酒时，这是对生活的一种表达和记录。若以玉柔即指马缨丹的枝叶，玉柔擎指它往上挺立，醅指它的花朵……柔软的枝头垂下的花朵，如漂浮在水面上，清透洁净，如出水芙蓉超凡脱俗。

　　明代区怀年创作的一首《咏马缨丹》，可是正儿八经来写马缨丹的，"杜宇啼春血易残，紫驼宫锦见应难。香风不解珊瑚勒，丽影遥分苜蓿栏。天上火云翁郁改，日南琼树陆离看。从教别却追风足，自倚红妆照合欢"，紫驼指赤栗色骆驼，宫锦指宫中特制或仿造宫样所制的锦缎。诗中说，杜宇啼春时，容易吐血，赤栗色骆驼披上宫中特制的锦缎很难见到。风没有理解珊瑚勒的心意，没在那里逗留，反而将一半的情影投向了远处的苜蓿栏。天上如火般云朵的浓密也得到了改变，日光南边的琼树只能在参差错综之中观看。听从教导离开这里追风追得很用劲，然后化好妆容斜照着合欢。此诗从侧面写得极其生动形象，马缨丹的样子跃然纸上。

我在湿地中只见过马缨丹开红色的花，其实它有别称为五色梅、花美丽。它叫梅的原因是它的花朵花冠筒细长，顶端多五裂，形似梅花，又似彩色小绒球，镶嵌或点缀在椭圆形带齿的绿叶之中，活泼俏丽。它的花有红、粉红、黄、橙黄、白五种不同颜色，如梳妆打扮、涂脂抹粉的小姑娘。五色梅便由此而来。在这丰富的花色下面，以及漂亮的外表下面，蕴藏着它的伟大志向，以及聪明绝伦的手段，谈不上利用和奸诈，但实是巧妙。

一株马缨丹每年能产生上万粒种子。具有超强生命力的马缨丹成功地吸引一大批传粉昆虫、蜂鸟纷至沓来，在其麾下供其驱驰。这是常备军、主力部队。还有自动投靠在它身边分一杯羹的其他鸟儿的力量。虽然有一点美色吸引的意味，但别人是心甘情愿的，它自己估计也不好拒绝吧。这样就使种子在外开枝散叶，地盘不断扩大。马缨丹是王，如埃及艳后、英国伊丽莎白女王、俄国叶卡捷琳娜女王般的人物。它将地盘分封给王子，实现有效占领和统治。对于统治区内反对它的力量，即其他植物，它还有秘密武器，身上分泌一种特殊的化学物质，使它们近不了身，生长不了，如此成功地抑制了入侵，保证它在这片土地上完美生存，有效统治。

马缨丹的小花朵簇生成小花球，美丽动人，俏皮可爱，但它的气味很难闻，非常臭，若把叶子揉烂，气味更刺鼻，闻着让人难受，因而还有人叫它为臭牡丹、臭藤子。

它圆圆的黑色果实，含有的成分跟茎叶等一样，有破坏新陈代谢的毒性，动物和人吃了会中毒，严重会导致死亡。在美丽动人的外表下，藏着它狰狞可怖的面目、杀人伤人不眨眼的另一面。由此它的别名也就多了起来，有山大丹、七姐妹、五龙兰、如意草和五彩花等等。

但它也是中药的良方，根、叶、花全年可采，使用得当有止痛、祛风止痒之效。

它的花语是开朗、活泼、家庭和睦。它花朵的颜色随着时间的推移，也是由浅入深的，从刚开始的粉色和黄色，慢慢变成橘红色，最后变成红色。它是变化多端的，一直在开着、笑着，热爱这片土地、这个世界。

家庭和睦是要的，光看这花，一个花序上都有一二十朵小花，甭提全世界这么大的家庭了。

# 十一、"变色龙"千层金

湿地里的植物也存在许多相似的种类。不仔细观察会认错，而且还会闹出笑话。比如爬到李树上摘桃子，在海棠上摘枇杷。所以，在看到一种植物时，可不能想当然太快叫出口，一不留神，就会张冠李戴、桃李不分。

如水杉、千层金和红枫三种非常具有特色的树木。纤细如发的叶子、红艳动人的颜色、堆集成林的生长方式，使它们在外形上具有许多的相似性。但从系属来看，千层金跟它俩都不搭，人家可是漂洋过海来寻找落脚之处的。它是洋玩意、西洋镜，高傲着呢，时不时会摆个谱的，显得跟大多数的树不同。

在花溪花岛、驿林探险，以及高翔岛上，种植着大量的千层金。它们构成的风光，看上去像是一团一团的云彩，在水边轻轻抖动，如少女用梳子在梳理自己长如瀑布的头发。它的一举手一投足，都是优美的舞蹈动作，扭动着整个身子每一个部位，跟着节拍，做出相应的动作。它们有作势欲飞的，或者奔腾往前的，还有熊熊燃烧着的、簇簇飞舞的。

一簇千层金，就是一片森林、一座高山、一个生态循环系统，里面有飞禽走兽、瀑布溪流，以及洞穴秘潭等，该有的都有。

如果把其同河连接起来，那么十足就是一个海上名山，或者说是历史春秋，瓯居海中，抑或是海上有仙山，如白居易笔下的"忽闻海上有仙山，山在虚无缥缈间"，或者是海上森林花园，静谧安详，上下起伏，层层叠叠，神妙莫测。

而顶部尖锥形的它，如果在秋冬之际，四周萧索荒凉、水波不兴、飞鸟安窝、花草树木萎靡不振时，我看到它，还会想起金字塔，还是埃及那个最为壮观宏大的。

但无可否认，它也是金山银山，也是绿水青山，那历史的、文化的、探险的；未来的、过去的，一股脑儿都套得上。这就是它的魅力。一丛金丝，几片金叶，蕴含着许多世界的维度、人类的角度、宇宙的深度。

桃金娘科白千层属的它除了提供了上面这个瑰丽华彩的想象的空间之外，也是颇为讨喜、平易近人的那种。

千层金

　　它如金般灿烂、辉煌、晃眼的金黄色叶子无论在哪一处，总能够吸引路人的注意，过尽了受人尊崇、赞叹，还有羡慕的瘾，反而给我带来距离感。它有多变的色彩，冬、春两季绽放的是金黄色，夏季在高温的作用下，呈现出来的是鹅黄色，秋季是绿色，还微微带点黄色。每一种颜色都美不胜收，都引人注目，我不敢轻易靠近，生怕玷污它的美艳。

　　一条一条密集、细长、柔软的枝条，撑起了锥形的冠幅。片片叶子宛如大山的石头，撑起整座山峦的巍峨、壮丽和肃穆。让我兴叹，望而兴叹。

　　但是看久了之后，你会发现，它并不会拒人于千里之外。它的金黄只会让人看到金贵、雅致，还有正统和光艳，而不会闻到铜臭，看到俗气和势利。因而它的一丛、一簇、一条，就是四季，就是一年，就是岁月。在风霜雨露和秋冬肃寒中都能静静生长，都会枝蔓繁衍成长，每个枝杈都富有勃勃的生机，每一片叶子都变幻无穷。在色彩上，在装扮上，都是不遗余力，精雕细刻。

它密集的枝条，在随风舞动时，让我想起杨柳，它的另一些名字可是叫黄金香柳、金叶串钱柳、金叶红千层和羽状茶树等，使我一时竟柔情无限、思载百里，发起愣来了。竟非常渴望着想要去杭州一趟。西湖的杨柳垂水、白堤上的春风吹面不寒、孤山的斜风细雨不须归……我儿子说去杭州只需两个小时，一天可以来回。我一查，还是需要四个小时，动车和自驾，无一例外。想想那柳叶跟我无约，这一趟去，也是因为单相思，八个小时在路上的代价，实在过于劳累。

这种叶子和枝条相互偎依所构成的层次，很难剖析清理。这个样子，使我想起李清照笔下的"揉破黄金万点轻，剪成碧玉叶层层""梅蕊重重何俗甚，丁香千结苦粗生。熏透愁人千里梦"，万点轻，叶层层，梅蕊重重，丁香千结，这些都是表达植物品种特征最为妙绝的手法，达到了随心所欲、肆意挥洒的忘我境界了，堪称是词中圣手。植物成就了她，她也成就了植物、自然，所谓生花妙笔，即是指此处。

千层金是个新物种，原属荷兰和新西兰，1999 年才引入我国广州，距今还不到 30 年。作为阳性植物它特别喜光：阳光越强则金黄的叶色愈加深艳；光照如果太弱，则金黄的色彩暗淡。有点像变色龙，随着外界环境的变化自己身上的颜色也相应地发生着变化。对于植物来说，这样的颜色变化，实属罕见和难得，应该好好珍惜和培育它。

千层金具有扑鼻的芳香，其叶子中含有芳香精油。由于精油具有挥发性，到晚上时香味更是浓厚怡人、深沉迷人。这也挺有意思，一分香味，早晚还不同。植物的奥秘是无穷尽的。在国外，千层金是制作香料的植物，其精油是欧洲最为流行的香水制造原料之一。

关于千层金，宋代刘克庄写下的"塔庙当年甲一方，千层金碧万缁郎"诗歌。说清凉寺在当年香火旺盛时，大殿及佛像身上的装饰金碧辉煌，壮观壮丽，而跟植物千层金无关。那时千层金还在海的那一边呢。这里极言其贴金多，贴得厚，一层一层的。"千层金碧翠云翻，树满招提竹满山"，这是元朝的陈阳纯写的，写的也是寺庙——华岩寺。这些诗句虽是写寺庙，却也可以充分地反映出千层金的特点，即层层叠叠、金贵浪漫、金色耀眼、独步天下。看来它实在是跟黄金、金色和金碧脱不了干系的了。

有现代诗人说千层金是"宣纸般的千层皮"，它的叶子委实薄如纸张，发着透明绿光，且又漂亮绚丽。

穿过四季风雨走过岁月路径的它，哪怕只有一棵树，也是一座小森林；哪怕只有一片叶子，也是一片天地人和、琴瑟甚笃。而它有秋黄和夏绿，这可是同时拥有的。这永生花朵，无论放在哪个黑暗的角落，哪怕是在11000多米的深海，也可以照亮整个大海。

它的花语是与众不同。想来它的特征是太过鲜明了，不单这色调的变化多端，就凭这金黄的叶子，就够它名正言顺地拿来这四个字，挂在大厅的最中央。它有这个老本，别的拿不去分毫，这就是基因的力量，上帝眷顾了它，没办法。这四字可以供人朝拜好久好久了，除非这个世界的物种发生革命性的变化。

它还有富贵吉祥的寓意，想来这富贵，定是拜金色所赐。富贵是每个人都想要的，前提是要吉祥，所以它也是祝福语，也是怀着美好善意的，是一片好心、一片好意、一番心意，我们也要受之无愧，而不是心怀不安。

## 十二、热情如火的红花檵木

再接红花灿烂、幸福美满的祝语。

在湿地的林荫探步、翠竹迷宫和梅林初雪等处，我都看到了红花檵木。有些地方红花檵木的状势是"万绿丛中一点红"，在满目含翠之中，我惊诧于它的艳丽和鲜红，夺人眼球、夺人心魄，似乎能感受到它馥郁的清香扑面而来。"绿盖半篙新雨，红香一点清风"，篙指划船的竹竿或木杆，半篙指新涨春水的深度，绿叶盖住了池中新涨的春水，清风吹来了红花的清香。有些地方是几堆堆在一起，如一座火焰山一般熊熊燃烧个不停，"花蕊吐幽香，彩蝶闹斑斓"，如能引得彩蝶来，那真的是绚烂极致，如在火山口上吸岩浆，在美女蛇身上吸血一样，这都是能飘出生命的火焰的景象。还有些地方是火树银花不夜天，特指在黑暗的森林中，或者在漆黑的河面上，兄弟姐妹舞翩跹，歌声唱彻月儿圆。我相信这一片森林，它定能照亮。

金缕梅科檵木属的它，在人行道边、岛屿中央、森林丛中比比皆是。但也有距离水近的，不过只是一株一簇，没有形成整列的。也许是避免跟水杉为占地盘而闹不和吧。

即使不多，我也能在河水中看到它的风姿，团团的红艳，

串串的火苗，燃烧在水里，如长着红毛的小兔子，闪闪蹦跳着往前，"荡漾湖光三十顷"，似能把整个河水变成一片火海，每一滴水都能被点燃，也能把天空映红，红霞满天，湿地照亮，亮如白昼。

在阳春三月，它有 30～40 天的花期，将倩影投在水中，足够我欣赏和想象了。

它的红来自嫩枝的红褐色。当然，担当红的主角的自是紫红色的花朵，花瓣 4 枚，紫红色线形，花 3～8 朵簇生于小枝端。它的花期也是挺合人意，在 4～5 月春暖花开，以及在 10 月秋季萧索荒凉时重开。应该出现的场合，它会不孚众望出现在大家的眼前。在不抱希望的时节，它又意外地出现，给大家惊喜。

它的颜色属于铜红色，因为这个颜色，有个别地方称它为"大红伏"，我更愿意将此名理解为如三伏天那样酷热、热烈和火红。每当跟它接近时，一股蓬勃的生机扑面而来。整株开花的它，使我看到了生命的动力，即具有灿烂的光华、无限的生命力量，具有不屈向上的力量。它光耀大地，点亮黑夜，永不会退缩和保留，不就是最具有活力的植物？

它远可以披上天空的彩霞，最为绚烂、斑斓和炫目的那种。在近处可以映红我的脸庞，让我站在它面前深深为之叹服。叹服的是它的热烈、奔放，是它的色彩、它的美姿。"红花濯锦织前山"，它还可以在这座梅林岛上，织出最美的纹理，跟梅一较高下、一试身手。世人只知赏梅，殊不知红花檵木也能诠释这万道红光，这绝色花海，这能渗出蜜来的红花的涂抹织出的彩锦河山、鲜活岛屿、清幽水花。

其实我想拿来一个红酒杯，将这红花全都装入杯中，再用这清净的河水酿制，坐在仙霞桥上，一杯一杯再一杯，永不停歇，喝下眼前所有的河山，这潋滟的水乡，这江南的绝色，还有这万古愁绪、千年悲苦，一醉方休，一醉释然。

它是白花檵木的一个变种。白花檵木在我国江南地区较为常见，早就有之。关于檵木的记载，最早可以追溯到宋朝，那些医生们对檵木的药理掌握得很充分。《闽东本草》记载："（檵木）性平，味微甘涩""入肺、脾、胃、大肠四经"，说它有通筋活络的功效。清代的医者还发现了檵木"捣烂敷刀刺伤，能止血"。

这白变红的原因不详。只是每个植物也都有自己的活法，何必在意其他人的看法呢？但既然做出了选择，"红花颜色掩千花，任是猩猩血未加"，它也就负起了责任，将红色该有的本色展示出来。

比如，它开出的红花比梅花热烈多了，一直这样满满地开放、团团地绽放、簇簇地盛放。它比玉树临风、威武长腿的水杉也强悍多了，一副拼命三郎的样子。它比山茶花也大胆多了，只要给它机会，它就放开胆子开放。"万朵压栏干（杆），一堆红锦被"，这一朵花本就艳压群芳，红彤绝色的，一旦给组合在了一起，数量还颇多，那出来的效果可想而知了，就是要美幻人间、红遍地球。

古龙笔下的楚留香，风流倜傥，武功高强，还智勇双全，而且还是一个恋爱高手，堪称是人人想要活成的样子。关于这个人物，古龙用红花檵木来形容他，写了一首诗来进行详细的叙述，名为《楚留香歌》，说"檵木初开思杳然，因花造字古来鲜。风吹红树层林艳，雨润丝花翠枝甜。水畔红裙飘短棹，湖中倩影荡长船。夜深人静谁与伴，同倚曲栏望月圆"，说红花檵木开花时，让人思绪翩然，想到很远的往事，因为开的花而取树名，自古以来就很罕见。"檵"中的四个"纟"，是描绘红花檵木丝丝缕缕的花朵，红花檵木的花苞里含有四朵小花瓣，展开就是四个红色丝带，由此诞生的"檵"字。风把开满花的树吹起来，整个林子都变新鲜了。小雨打着花朵，使枝条都甜润了起来。长在水边的它如红裙子跟着小棹摆动飞舞，它在水中的倩影随着长长的大船荡漾。夜深人静有谁做伴呢？一起倚在栏杆上望着月亮。这样一解读，就会发现这跟楚留香好像搭不上太多的边，好像是他自己看到红花檵木，有感而发吟诵这首诗，抒发情感一样。

费尔巴哈说："假如你不让树木长叶、开花和结果，它便会枯死。假如你不让爱表现自己，爱便会呛死于自己的血液中。"如果说世界上有什么花，不停地开放，不停地美化人间，直至生命的最后一刻，那红花檵木算一个，只是它花期没有全年。但开放有力，如流星，如极乐鸟一般，只要开花，就是全心全意地付出，就能让生命的能量发挥到最大。它是否休息过？估计睡也是睡在风中的。可见它是多么的热爱这个世界，喜欢这个地球，热爱这个人世间。

红花檵木是湖南珍贵的乡土彩叶观赏植。据考，红花檵木的模式标本采集于1935年春，是从湖南浏阳大围山移植的野生植株。这棵模式标本树现尚存，树高已达5米，胸径20厘米，冠径为42平方米，树龄达到了150年，是名副其实的老寿星。湖南浏阳市因而被授予"中国红花檵木之乡"称号。

据悉，现野生红花檵木资源已濒临灭绝，被列为湖南省重点保护植物。福建有一片原始的檵木林，由于稀有，这里的檵木给人带来的是古老和珍奇的感受，植物学家将此林称为"植物中的大熊猫"，弥足珍贵，分外看重。1938 年，红花檵木在长沙天心公园被著名的林学家叶培忠发现并命名。2001 年，林昌梅主编出版了据称是我国第一本红花檵木专著的《红花檵木栽培》，在时任湖南省科协主席的袁隆平院士协调下，由省科协资助其出版，袁隆平还亲自为该书作序，出版后还鼎力支持推荐此书。

在中药方面，它也是功效很多。《植物名实图考》中说："其叶捣烂敷刀刺伤，能止血。"《湖南药物志》记载："治中暑，喉痛，风热目痛。"《湖北中草药志》说："清热利湿，收敛止血。"也许我小时候曾把它放在嘴里嚼几下，黏糊糊地吐出来放在手上止过血。

红花檵木又名继木、桎木，桎木、檵花、纸末花、鸡寄、大红伏。株洲市市花就是红花檵木。《福建民间草药》称它为白清明花，这是指白花檵木，清明时节有人会将它的枝条砍下来，插在坟上，上面系上白布，以寄托哀思。《湖南药物志》称檵木为土墙花。还有些称它叫火焰木，特别形象。鸡寄即鸡窝，指它的外形跟鸡窝很像。但我觉得它倒更像鸡冠。纸末花，纸末即指纸的末端、纸屑之类的，加上一个花，即指花的形状有点细碎、有点小巧、有点瘦削细长，如流苏一般。"如翦素纸，一朵数十条，纷披下垂，凡有映山红处即有之。红白齐炫，如火如荼。"

红花檵木寓意着热烈、豪放、红颜如火，满树的花儿姹紫

嫣红，从骨子里透出热烈、豪放。

它的花语是发财、幸福，还有相伴一生。在发财和幸福这两个方面，这跟它的特征有点不搭，不过都是美好的祝福，人人喜欢。看来在这个方面，它还是非常讨人喜欢的。

至于相伴一生，可以理解为执子之手、相伴一生。据说白居易的《长恨歌》中"在天愿为比翼鸟，在地愿为连理枝"，其中的连理枝即是指檵木枝。说两棵檵木一旦相连，就永不分开，相伴到老，至死不渝。"千年檵木铮铮骨，万朵素花淡淡香"，原来这檵木还能代表如此热烈的爱情，据说科学家在它们体内提取了一种叫链式黄酮的特殊物质，这种物质使它们能如吸铁石一般互相吸引，由此解开了连理枝在科学上的谜题。但是我还是相信，它们之间在心灵上应该是心心相印、心有灵犀，而自愿在一起到永久的。

## 十三、"圣草"吉祥草

按照原先的思维定式，通过人类情感来梳理顺序，下面的去向就很清晰了。接下来的植物将代表喜悦、幸福。吉祥草就是给人带来喜悦幸福的植物。

它是圣草，排在前列，估计排后面的不敢吭声，还有谁比圣大的？中华民族 5000 年的历史，英雄辈出，但称圣的有几个？

湿地里有许多吉祥草，聚成一团，叠成一簇，在每一片草坪、森林和岛屿上都会出现。20 厘米的它太矮了，有时候给我的感受是它好像地衣。因而，极不平凡的它，会让我误觉它是地面上最为基础的组成部分之一，跟青草、杜鹃花和油菜花一样，很平庸很平凡，然而又避之不及地进入我们的视线，让我们不得不关注它。

人不可貌相，海水不可斗量，植物也一样。它有如海深的容量，深不可测，不可妄加猜度。它长得很美，清清爽爽，兰之血脉，气质超众。得要慢慢地抽丝剥茧出它的庐山真面目、真性情。

"佳名谁为锡佳祥"，从名字可知，作为百合科吉祥草属多年生常绿草本植物的它是喜感的。《种子植物名称》《中国植物志》也将它称为吉祥草，而它敞开心扉的样子也如名字一样。

我最喜欢看茎秆匍匐于地上的它们跟阳光相接时候的样子，一大片簇簇拥拥，伸开四肢，眯缝着眼睛，用头轻轻触地，或者点头、摇头，整个伸向空中，或者俯向地面，表示感谢。

每当此时，我总会想起顾城的诗："我多么希望，有一个门口。早晨，阳光照在草上，我们站着，扶着自己的门扇。门很低，但太阳是明亮的。草在结它的种子，风在摇它的叶子……有一份天空，一份月亮，一份露水和早晨。我们爱土地，我们站着，用木鞋挖着泥土。门也晒热了，我们轻轻靠着，十分美好。墙后的草，不会再长大了。它只用指尖，触了触阳光。"在诗人的眼中，在自己的房子前，太阳晒进来，有草，还有叶子，叶子变成风的手或者脚了，还有天空、露水、清晨和土地。一些看似最为简单的基础性的情境，但在诗人的笔下，处处是诗意，处处充满着生命的光辉和乐趣。这不就是一株吉祥草带来的气息?

　　它总是不断地用草尖接触阳光，它是想借助阳光来一场盛大的舞会、一场史诗般的演出，要永载史册，要翻新认识，要推销自我。即使它们是草本的，绿白色根状茎是匍匐着的，节上还有膜质鳞叶，可也是常绿的；即使在阴湿山坡、山谷或密林里，可是株形优美，有完美的身材，叶色青翠，"嫩叶暗青云""南华瑞霭绿云铺，白石和悠久"。让它引以为傲，视为安身立命之本的叶子，有时候也会跟天上的云彩发生化学反应，都可以使云颜色变暗。当然，它是祥瑞的，铺成的绿云，定是人间大福。

吉祥草

　　也有露水，无论大小的露水，它总能接得住，罕有滑到外面掉了的。它还能使露珠在叶上滴溜溜地转，像吸盘一样吸着它们，像地心引力的磁场一样吸引它们。露珠在草上面，好像在一个天然的游乐场里，无论是天空之城、摩天轮、旋转木马，还是空中飞人、空中激战等，都套得上，刺激不会缺席，安稳也不会退潮。露珠可以在上面摸爬滚打，跳舞荡秋千，骑马射箭，率领千军万马横渡黄河，或者翻越阿尔卑斯山，而不会摔落到水里或者地上粉身碎骨、魂飞魄散。

吉祥草顶上有天空，如同地球上万物一样，尽管不像高头大树那般与天空近在咫尺，但它想拉近跟天空之间距离的愿景，却一直没有改变。等着、等着，它的脖子都变长了。

也许在亿万万年之后，它也能树高千尺，手可摘星辰。

湿地上的它，给我的感受是像笑面虎，在似笑非笑之时，人家没来得及反应，就被它侵吞了地盘。它似乎扯着大旗，一呼百应，英姿飒然，率领着千军万马席卷整个地面。但是它带来的美感，却也是有口皆碑。我看到高垟河岸，它们在水光中点点渗透，又平静安详。它们在樟岙大桥边形成的波光，几乎可以跟大罗山峰顶千年古茶树的风情相媲美。即使在低洼之处的河岸上，它也能随着风而起舞，在水波中轻摇，如一群伸长头颈的小鸟，在跟水和风嬉戏着，又如蒲公英在风中一样，杨柳拂腰，蜂腰猿背，"门掩鳞鳞水不流，窗含冉冉云初冻"，甚是热闹。

关于它在历史长河中的痕迹，据清代《花镜》记载："吉祥草，丛生畏日，叶似兰而柔短，四时青绿不凋，夏开小花，内白外紫成穗，结小红子，但花不易发，开则主喜，凡候雨过分根种活，不拘水土中或石上俱可栽，性最喜温，得水即生，取伴孤石灵芝，清供第一。"石灵芝是一种中药，绿油油的，

颇似野草。作为个体，吉祥草是喜欢暖和的地方，但成片栽植的话，不喜欢阳光过于强烈的地方。叶子像兰花，叶簇生根状茎末端，中部还有叶簇，基部有淡绿色的部分，渐狭成柄状，有娇媚的色彩，形色兼美。"幽花分紫绶"，它是非常有喜感的养眼的，四季常青，夏天开花。它喜欢跟石灵芝在一起，看来花草也有灵性的，也有取舍钟爱的。

吉祥草又名松寿兰、小叶万年青、竹根七、蛇尾七，有润肺止咳、固肾和接骨之功效。人们觉得它有点像蛇的尾巴，故名蛇尾七。小叶万年青应指它四季常青，"绕砌青青耐霜雪"，砌可解释作台阶，定是吉祥草的叶子一张一张展开，盖过了台阶。

"得名良不恶，潇洒在山房""山房犹复畏炎蒸，长掩柴门媿老僧"。一股禅意满满地送过来，对其名字进行了强调，是良名、佳名，如其名，没有恶的成分在里面。吉祥草有吉祥如意、神圣之意，有些人也叫它瑞草。

说到这里，相信吉祥草花语的答案，不难猜测，那就是喜庆临门、福禄双至，这算是给人祝福的最高峰了。其实活在人间，不能要得太多，要得太多了，反为不美，人生总是要留一点缺憾的，这样才是真实的实在的。哪能天天喜庆、福禄占全啊。所以聪明的人，懂得舍弃和奉献，而不是要得很多。当然，此花语仅是一种理想的祝愿，并没有劝诫世人之意。

吉祥草花不易发，开则令人大喜。大喜又不太好，好像过了的意思。我没看到它开花，其实不用开，这个整天笑哈哈的叶子就是最美的花，就够喜人的了。因而，它给人观赏主要是靠叶子。

## 十四、披金戴银的银叶金合欢

快乐总是短暂的，稍纵即逝，植物也有这样的语言。

将暮未暮的岁月里，春光还没出现，或者仅出现一丝，这思君令人老、岁月忽已晚的感受，委实令人不快。所以，我在恰值初春的时候，一个人来到湿地，为了寻一些春的模样，对照着，比较着，看能给我多少惊喜、忆想和愉悦。

我喜欢一个人去，想去哪儿就去哪儿。一双自由的脚，随着心意在走，丝毫不受约束。湿地西大门几个植物板块的建设，让我眼前为之一亮，不由得多走了几圈。总的感受是，这里有了深度，有了专业，有了层次，有了广度。

但我对要进行深度探访和观赏的植物，只能选取有限的几种。银叶金合欢就是我在花溪花岛、林荫探步、风车花海和婧姑桥边等景点相继发现的。有意思的是，花开饱满、朵朵鲜艳和满枝压低的它们，往往单独生在一些地方，除了地上的小草，与四周树木、其他各类植物都相隔着较远的距离。乍一望去，因为花朵，带来非常惊艳之感。它开在还只有梅花，桃花等春天的使者都还没有出现的时候。

它单着，估计是纯属偶然。想来无论在哪一个群花丛中、哪一季的花开盛宴中，它都不会逊色，还会独领风骚、风姿绰约、鹤立鸡群。这与生俱来的容颜、天生丽质的姿容，岂是他花想比就能比下去的？因此，它该是心有底气，实力使然，不惧怕任何形式的比较和比拼。

有人说它一年四季没有丑态。它会一直美下去，风雨雷电和岁月的摧残都改变不了它如昔的容颜。"质本洁来还洁去"，"零落成泥碾作尘，只有香如故"。世上有些生物就是这个样子，跟美扯不断的，永远地美着。

不开花时，常有人当它是尤加利，尤加利即速生桉。作为小乔木的它，身高可以达到6米，可以高耸天际，俯瞰众生，傲视群雄，独当一面。树冠伸展开来，可以达到3米，足可以做一个树亭，甚是大方大气。人在下面尽可避风雨了。

银叶金合欢的整体形象颇似一个美男子。年少时，它的叶子似轻柔的白羽毛，在枝条两侧密密麻麻对生出来，在微风中如片片飞絮，如棉花盛开。世间的哪个角落、哪种风景，能少了如此美艳的它呢？少年时除了有最美的年华外，还有最美的身姿。长大后它虽然呈现出来的是椭圆形，好像在形体上有点长残了，但是叶子上的银绿色，掩盖了全部缺陷。这种罕见的绿色，闪闪发亮，荧光熠熠，就能迷倒一大片，倾倒众生。

这叶的生命过程跟梅颇像，晚年时叶子就会消失不见，独有叶柄长得粗壮起来，向两侧伸展开来，承担起叶子的所有职能。

说它也是一位高富帅、世界名模，估计不会有人反对。它有着卷曲的金色头发，有着挺拔健硕的身子，不胖不瘦，也有着笔直硬朗的叶子，当风吹来时，虽然叶子唰唰地响，但身子纹丝不动。它还有与生俱来的落落大方、雅致亲和的气质。这骨子里的高贵，使它的枝条可以做贵重的器物。

当然，世人爱它的主要原因是它在冬季和早春盛开出金黄毛球状花。这花如在湿地里亮起的金黄色的灯光、如在银河里点亮的星，霎时照亮了还处于发芽阶段的其他各种植物的所在及周遭。

它的花球如一团熊熊燃烧的火焰，明媚耀眼、猛烈热情，为春的奢华盛典开了先路，打了前锋。

爱美之心人皆有之，花儿跟美人一样，如罗敷、如赵飞燕般魅力超凡、令人着迷。

所以它的球状花是无人不爱、无人不喜的。花朵在枝头明艳诱人、浓烈如火，远远地就让人看到了。无论在哪个视角，倾斜着的、正面的，只要给露出一丝的空间、一点的光亮，此花朵就能夺人眼球、摄人心魄，就能在人的视线中定格，让人们蜂拥而至，欲一饱眼福。

"叶似含羞草，花如锦绣团"，在最高枝头上，花还是小花蕾，一颗一颗就已经冲锋在叶子前了。一出来就是金黄色的它，质纯无瑕。我用手机仰身拍了一个完全在枝头绽放的它，此角度的它，跟远观的又不一样，多了许多的动感，给人以无穷的想象。金黄的色泽，霎时布满了天空，如燃烧着的火焰，一团一团地，如火烧云，如彩虹山。看得人血脉偾张，叹为观止。

一朵朵的球花，掩住了叶子，让整棵树全部成了金黄色。它是可爱的，看上去太有喜感了，又是俏皮的。这是个性使然，无伤大雅的调皮，无可厚非。它总是咧开嘴冲着我笑，而且笑得很是真诚，很是美艳。或者如小风车上的轮子一样随风打着转，有诉不完的喜、唱不尽的歌、跳不完的杂耍。反正就是高兴、开心和快乐着。

银叶金合欢

　　在树上组成一簇一簇的，排成一片一片的，拼成一块一块的，聚成一堆一堆的。不要说这色彩，就这组合，也给得出多样性来。

　　它的颜色过于绚丽，如北斗七星，镶嵌在黑夜的天空，但是我怎么总觉得，无论怎么摆，这黑夜不会来临，它的光，虽然弱于阳光，却强于星星，跟月光并列，还会超出那么一点点。

　　银叶金合欢可以用繁杂来概括。花朵从头到脚都是，如天上花雨一样洒下来，形成的这个纷繁复杂的整体，真的是"砌下落梅如雪乱，拂了一身还满"。倒是像梅花初开时，朵朵挨挤着，瓣瓣在摩拳擦掌着，争先恐后，竞相开放。小球花多了，一簇一簇挨挨挤挤，就会拧成一个大花球。一个个堆着，真是"乱花渐欲迷人眼"。

这就是银叶金合欢花的特点魅力，堆积方式的不同，使其呈现不同的形态，在观感上也就千姿百态、气韵万千。"韵"着万千风情、无穷生命、无尽活力。

它又被称为珍珠相思、真珠相思、昆士兰银条等。昆士兰是澳大利亚的一座城市，银叶金合欢原产于此地。据说还是澳大利亚的国花。名叫珍珠是因为它的花苞，在注目远视着它时，好像一串串的珍珠挺立在枝头，别致、尊贵。关于此树名字中的相思，明代袁宏道曾写道："东风香吐合欢花，落日乌啼相思树。"相思树之名可能就由此而来。

人间美好的事物流逝得总是很快，特别是在人到中年的我们的眼里。时光一去不复返，人生经不起许多的折腾，就是这个道理。

银叶金合欢的花语是稍纵即逝的快乐，以及享受当下的时光。我似乎在桥头看到了它。"笑语盈盈暗香去"，它可是也有香气的哦，它会不会在灯火阑珊处出现？也在河边见过它，"逝者如斯夫，不舍昼夜"，它肯定在河边也有开放着。还在阁楼上望过它，"闲云潭影日悠悠，物换星移几度秋"，在阁中，在槛外，在长江上，是否见过它？这样一想起来，不免又是一阵伤感涌上来。

它说，要享受当下，听从命运的安排。任由它去的道理自然是懂，但也免不了感伤。这劝诫语，也是深意满满啊。它是在说，要我们珍惜它，享受当下，看到远方，也要顺其自然。

在湿地里追一番、寻一趟，在山远观眺望之时，在水的隐秘掩护之下，在陆地、群岛布置的迷宫之中，甚至于在白云的布帘之内，晚霞落幕之时，在梦和现实之间，在人间和天堂交换时，在真实和虚幻并列的时候，无论结果如何，也能了却心上它附着的许多美妙的梦境。它的色彩太过明艳，过于浓烈，注定不会长久地相伴，虽然花期较长。

我心想，这个落花我是不忍看的，它太美了，谁愿见它的残花败落呢。就这样留住它的美好、它的倾国倾城、它的沉鱼落雁，是多么幸福和美妙的一件事情。就如汉朝的李夫人，至死也没将病中的容貌让汉武帝见到。

## 十五、铁骨铮铮的八角金盘

植物有诸多的特征和个性，在观赏过程中，需要抓住它们最突出的特征和个性进行探索。"巉岩容仪，戍削风骨"，这便是八角金盘给我的感受，这便是它铁骨铮铮风骨的体现。

在湿地五福源德福径的石头旁，我看到了五加科八角金盘属高可达5米的八角金盘。它的名字使我好奇，我不由得非常俗气地数起它的叶来，发现它近圆形的大叶上还真的有8~9片带有光亮的金叶。它的青绿色、色泽度，跟其他树上的绿叶相比相差不大，但它会发光，阳光微微一斜，似乎都能感受到叶子上反射过来的亮光，而且还显露着微微的金色。也是，不发光的能叫金子？

所有金叶都敞开着肚子向八个方向袒露着，像一个个放在桌子上的小盘子，其"八角""盘"之称，就来自于此。我似能听到金子从麻袋里倒出来的声音，在加勒比海，在高深府邸，在宏伟墓地。它叶子的边缘会有一点点的金黄。叶子很薄，三星堆出土的金面具，估计也是这么薄。

在当下这个数字货币流通的时代，我更愿意称它为"八盘八"，即小时候在酒席上摆放的冷盘，有固定的菜系，其实倾其所有拼凑而成的也就那八个菜。在桌子上它们有固定的摆法，有特定的含义，其中包含着美好的祝愿。这属于我小时候的记忆，属于温州一代人的记忆。其实挺让我魂牵梦萦的，特别是其中那个一片片薄如纸的五花肉片垫得高高的菜，每一片里面都深深地镌刻着往事，记录着味道。一想起这，我都会不停地吞咽着口水。对于此味道的向往，一辈子都不会变。

日本人叫八角金盘"天狗的羽团扇"，因为形似蒲扇。天狗是日本神话传说中的妖怪，有又高又长的红鼻子与红脸，手持团扇、羽扇或宝槌，天狗身材很高大。天狗的羽团扇类似于孙悟空的金箍棒、哪吒的风火轮，是神物，因此日本人认为八角金盘有驱邪的作用。

在动画片《平家物语》中，制作者以八角金盘的变化来表现时间的流逝和季节

八角金盘

的更替，暗示片中主角和平家众人之间情感随着时间流逝而发生的变化。由此可见八角金盘在日本人心目中的地位。

它的枝叶摊开来，看上去油光青翠、绿意盎然、郁郁葱葱。叶子像个手掌，在轻风中摇摆时，让我想起郭靖的降龙十八掌。

如今八角金盘在这个有无数条河流的湿地里，叶尖轻轻拂动，似是武林高手的掌尖，伴着瘦高直立的树干微微晃动，在若有若无、轻风拂面、云淡风轻之间，在沉香暗袭、暗河涌动之时，跟一汪汪的清水来一场玄机的对碰。禅定也好，神思遨游也罢，拈花一笑也可，没有火花四溅、舟河论剑，却也已经暗潜入海、搅天动地了。水的进退，不知跟它有没有约定呢？水的驾驭，应是熟知的门路了。因此，此时的它是安静的，是内敛的，是如水纳物的。

水在湿地里安静平稳、一日如一日地流淌，是不是因为八角金盘这个定海神针一叶定乾坤？谁又能信誓旦旦地说不是呢？

护坡的八角金盘点缀着仙浃河，万绿丛中，也是个独特存在。草坪边缘及森林的中央地带是它的营地、堡垒，它也有千军万马，也有凤鸣岐山、舞动山河之能力。

它晕倒在荷花池中，斜着身子，不停往下坠落，墨色淋漓，水波荡漾。它也平躺在莲花池中，轻解罗衫，月满出浴，自是风情万种，风月无边。

还有它在10月才开出的黄白色、白色的花朵，"众叶凋零始献花"，为小颗粒似的簇生。在秋雨绵绵之际，状如一把打开的小伞，非常俏丽可爱。我看不到她的脸，或者是水汽，或者是伞沿，遮住了她。只见她着旗袍的身姿，在琼华廊桥上婷婷而入，又袅袅出来，倚在栏杆上凝神远眺，或者俏立在画舫的船首，迎着江南的烟雨，在水波不兴、轻舟荡漾中，进入南方一隅。这是诗情的所在，画意的首选。

我该如何找到这伞下面的她，一起踏过这江南的烟雨、这南方的春秋？

八角金盘属于五加科，是中药的良材。它的根、叶、花和果均可入药，有活血化瘀、化痰止咳、散风祛湿、散瘀止痛等功效。《台湾药用植物志》："叶及根白，治跌打损伤，祛瘀血。"清朝吴仪洛在《本草从新》中说："（八角金盘）泻、破瘀。苦、辛，温，毒烈。治麻痹风毒，打扑瘀血停积……取近根皮用。"其有疗效的病症大同小异，就这几种类型。

八角金盘富有生命力，象征坚强、有骨气。它有八片金叶，其花语也是平安吉祥、迎八方来财、聚四方才气、更上一层楼。有高升和财源的意思，非常入世，又非常积极，有儒家的风范。它虽有八个角，却没有八面玲珑、左右逢源，而是坚强奋发，铁骨铮铮，不改本色，不忘初心，做一个顶天立地的好汉，是一个谦和忍让、勤勉上进的谦谦君子。委实难得。


## 十六、温州市花——茶花

温州市民对它太熟悉了。它在此才姗姗来迟。把其位置往后挪一点，深挖出它的独特品性，供人欣赏、品味和借鉴，才是最为重要的。

茶花即山茶花，也叫玉茗花、耐冬花。在温州，开红、粉、白花的茶花最为常见。在冬天绽放的它，在寒风凄雨中仍然凛然开放着，"山丹丹花开红艳艳"，无论从色泽，还是气势来说，它一点也不会逊色于其他各类在春天竞开的花。它"雪片似江梅，血点般山茶"，每次都会使我想起梅花。茶花是一点一点的、一瓣一瓣的，独立而不矜持，孤冷而不孤傲，而不像梅那样一片片一团团的，清高自傲，孤芳自赏。

作为这座温润城市的市花，茶花是小小的、矮矮的，在街角、公园，在路边，在山野，随处可见，三三两两，或多或少，散兵游勇式的，却哪儿都没有缺席。

在高树林立的湿地，茶花也是如在平常城市里一样，随处可见。除了顶生红色、无柄、6 至 7 片花瓣、倒卵圆形、子房无毛、蒴果圆球形、花期 1 至 4 月的花朵，下面的枝干确实不那么引人注意，再加上它又没有专植的茶花园，单独的它很容易会消失在茫茫的植物林中，泯然众人，如一滴水滴入了大海。

虽然有一字相同，但它跟闻名世界的茶树，相差太远。因而我很少把它的景观跟其他的景连在一起观赏，包括跟水，跟山，跟树，跟草。因为它都是独立地进入我的眼帘，让我去分析它、解读它。经查找资料，我发现茶花的花语是高洁孤傲、深沉谨慎。"百朵彤云啸傲中"，由此可知它只独生而不丛生的原因了。它开花的样子，在我看来并不孤傲，深沉是存在的。

"东园三月雨兼风，桃李飘零扫地空。唯有山茶偏耐久，绿丛又放数枝红""严冬能独秀，浑不藉春风"，那个冬天，下着一场冬雨，绵绵的，淅淅沥沥，一点也没有暂停的意思。在南仙堤上，在阴沉沉的雨帘中，在借着雨势作浪的风中，茶花树的整个形象都是萎缩的，整个身子都是耷拉着的。它飘着几根嫩枝，半枯黄的叶子在簌簌发抖着，在有意无意地侧身躲避着，也在奋战抗争着、不屈不挠着。

我知道树在抗争，因为我看到了单瓣、多瓣和重瓣的花朵，虽然红艳未匀，或者半瓣枯烂，但"烂红如火雪中开""独放早春枝，与梅战风雪""雪深红欲燃"，早春就绽放了，如一团火，在雪中开起来，有傲立，有抗争，有不屈，也有勇气，浑然一副"舍得一身剐，敢把皇帝拉下马"的凛然胆量。

但它"既足风前态，还宜雪里娇"，既能在风前玩转所有的姿态，表现所有仪态的美，让肢体把美表现得淋漓尽致；也会在雪里撒娇，忸怩作态，崭露风骚。那在雨水中透出来的光，红色的光或者白色的光，红色居多，一点都没因雨而减弱，一如它在整个冬天坚挺摇摆着一样。仿佛是黑夜里的一道强光，可以使整个夜晚发亮的那种，也是暴风雨中的一道闪电，霎时点亮了整个大地。它在捍卫自己的主权，表达自己坚忍的意志，即不怕失败，不会妥协，抗战到底。"像黑色的闪电，在高傲地飞翔……愤怒的力量、热情的火焰和胜利的信心……箭一般地穿过乌云，翅膀掠起波浪的飞沫……它深信，乌云遮不住太阳，——是的，遮不住的"，茶花也是海燕呢，在黑夜里面大声叫喊："让暴风雨来得更猛烈些吧！"

因此，即使在苍茫萧索罕见鲜花的冬季，湿地的茶花也不会让你失望。它的花朵都能捧起整个湿地、整个冬季了，使它不至于被冷落、被抛弃、被闲置。它总是静静地守候着这片土

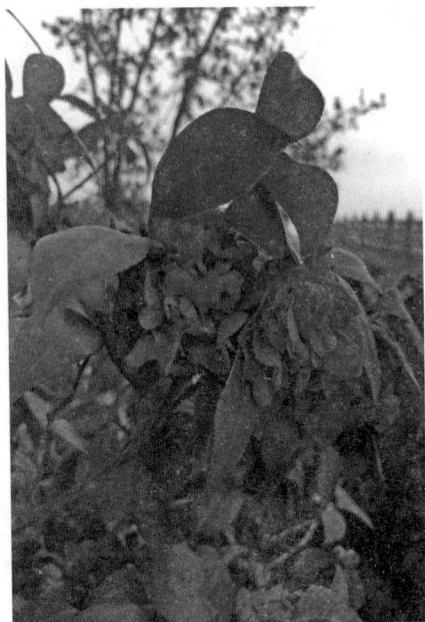

茶　花

地，在时光的最深处，等候着我们的脚步。在岸边的角落里，在堤旁的小径上，在北大门的花坛上。

在没风雨没霜雪之时，"山花山开春未归，春归正在值花盛时"，它自然会开得更加鲜艳，更加火红，更加欢畅。毫不夸张地说，它一旦认真起来，活泼开朗起来，跳动活跃起来，那是可以使河水泛红，天空染红的，偌大的湿地成为一个红红如霞的世界，如火焰山，如金山银山，亮堂堂的，闪亮亮的，风起云涌，气象万千，境界全开。可以跟任何一种花树较一下高低，掰一掰手腕的。

"一年三百六十日，风刀霜剑严相逼"，它即使凋谢了，也不是整个花朵一齐掉落下来。"瞥向绿珠楼下见，坠残红"，花瓣一片片地慢慢凋谢，慢慢枯萎，慢慢落下来。即使掉在地上了，也还是红艳如血、洁白如玉。因此在那个时候，地上嫣红一片，枝上也是嫣红一片，或者地上一朵二朵三四朵，枝上也是一朵二朵三四朵。如同战场上勇猛的战士，前赴后继，破釜沉舟，断了后路，不到最后一刻，绝不放弃。直至生命的完结，才画上了句号。让人倍觉伤感、惨烈，不忍心它们就这样暴尸地上，同时还感到敬佩和叹服。"天尽头，何处有香丘？未若锦囊收艳骨，一抔净土掩风流。质本洁来还洁去，强于污淖陷渠沟。尔今死去侬收葬，未卜侬身何日丧？侬今葬花人笑痴，他年葬侬知是谁？"我在轻轻地吟着，倒真的有了要持着花锄或铁锹来挖坑埋葬它们的冲动。同时也在安慰自己，这就是茶花，无可救药地执着，天性自然地追求。

茶花跟南诏国有关，它的广泛栽培就是从南诏国开始的。南诏国是公元 8 世纪崛起于云南一带的一个王国，由蒙舍诏首领皮逻阁于唐开元二十六年（738）建立。唐光化二年（899）有一幅绘画作品《南诏画卷》，上面画有云南山茶。这是中国绘画中最早出现的山茶形象。

南唐张翊在《花经》中，用古代官衔等级来对花卉进行品评，山茶仅被列为"七品三命"，可见在当时，茶花的品级是很低的。后来明代张谦德在《瓶花谱》中，也以官衔等级的方式标准进行品评，将滇茶评为"一品九命"，从七品到一品，这是跳跃式的。即是对云南滇茶的历史定位和它的王者之气的认可。

徐霞客在《徐霞客游记》中《滇中花木记》篇说："滇中花木皆奇，而山茶、山鹃杜鹃为最。山茶花大逾碗，攒合成球，有分心、卷边、软枝者为第一。省城推重者，城外太华寺。城中张石夫所居朵红楼楼前，一株挺立三丈余，一株盘垂几及半亩。垂者丛枝密干，下覆及地，所谓柔枝也；又为分心大红，遂为滇城冠。"大意是说，云南一带的山茶花属于最为奇特的花木品种之一，全省最多的是太华寺。而昆明市里最具有代表性的，是在朵红楼前的两株，一株三丈高，一株枝叶等垂下来占地达半亩。垂枝者为昆明市名副其实的茶花王。

云南省和昆明市分别将山茶作为省花和市花，当地的一种香烟的名字也叫红山茶。山茶花还位居云南八大名花之首，也是中国传统十大名花之一，17世纪引入欧洲后获得"世界名花"的美名。

爱美之心人皆有之，茶花在获得推广以后，得到了大家的认可，它同时也是重庆市、宁波市、京山市市花和大理白族自治州的州花。

茶花在云南名利双收，甚是得宠。它在古时绍兴，地位也是挺高的。唐宰相李德裕在《平泉山居草木记》中说："是岁又得稽山之贞桐山茗。"贞桐山茗即茶花，而且花朵是单瓣，即原生品种的那种。《会稽续志》中说"在唐，唯会稽有之。其种今遍于四方矣"，进行了印证。

李时珍的《本草纲目》中记载："山茶，其叶类茗，又可作饮，故得茶名。产南方。树生，高者丈许，枝干交加。叶颇似茶叶，而浓硬有棱，中阔头尖，面绿背淡。深冬开花，红瓣黄蕊。"说到茶花得"茶"名的原因，自是跟茶叶有关。还进一步阐明了它跟茶叶的区别和差异，还说它的根和花都能入药，也是一味中药。

茶花的花语还有可爱、谦逊、谨慎、美德、理想的爱、了不起的魅力等。"不是寻常儿女花""愿希葵藿倾忠胆，岂是争妍富贵家""颜色不淫枝干古，洛阳牡药只为奴"，葵藿指葵性向日，比喻下对上赤心趋向。这里是说茶花肝胆相照，一片赤诚。茶花跟世俗中的花不一样，在品性方面，它有傲气的一面，是独立的，充满着魅力的。如果再详细描述，白茶花是纯真无邪、清雅，红茶花是天生丽质、高洁理性，粉白茶花是时髦，粉红茶花是克服困难，等等。说法大同小异，但都是美好的、纯真的、赤诚的。

茶花开得奔放，"恍如赤霞彩云飘，人道郎江花如锦，胜过天池百花摇"，而且优雅，品性高洁，意志坚强，不屈不挠，深受西方人的喜欢。小仲马以《茶花女》为题创作了一部长篇小说，为茶花奠定了在世界文坛的地位。小说中主人公玛格丽特是一个妓女，一直偏爱茶花，外出都随身携带着茶花。因此大家都叫她为"茶花女"。她虽然从事为人所不齿的职业，但是跟羊脂球一样，灵魂纯净，品质高尚，如白茶花一样质地亮洁，里外剔透。

## 十七、"公主花" 巴西野牡丹

在植物界，巴西野牡丹代表着自然美感，出尘脱俗，不事雕琢，天生丽质，如美神维纳斯。它的品性就是自然之美。

选择写巴西野牡丹，是因为看到牡丹这两个字。大凡跟牡丹有一丝牵连的，无论是野的、荤的，还是素的，都会吸引到我，都会让我有进一步了解进行比较的冲动。牡丹毕竟是真国色，毕竟是花中第一流，雍容华贵，气场盛大，花魁皇后级别的存在，不能不引起高度的重视。因为它是避不开的，毕竟姿容在那。

但是使我意外的是，属野牡丹科蒂牡花属的巴西野牡丹在种属上竟然跟牡丹毫无牵连，牡丹是芍药科芍药属的多年生落叶灌木。难道巴西野牡丹是挂羊头卖狗肉，攀亲附贵？

但是万物必有关联、必有缘由。解开这个谜团的是它娇艳妖娆的花朵。顶生的深蓝、紫色的花，大型，瓣多达五片，且密集。花萼也是五片，红色披绒毛。一年可多次开花。由于花是紫色，它又被称为紫花野牡丹。正是由于花型有些像野生牡丹花，加上原产巴西，所以人们就给它取名为巴西野牡丹了。

野牡丹在野花丛中也是最为貌美、独占翘楚的。虽然带野，但是一看它真实的身份，也是吓人一跳的。此花有时被人叫作公主花，或者荣耀灌木。它总是生在距离中心广场和群花荟萃之地遥远的野外。

它还有一个远房堂姐妹叫印度野牡丹，开的是白花。

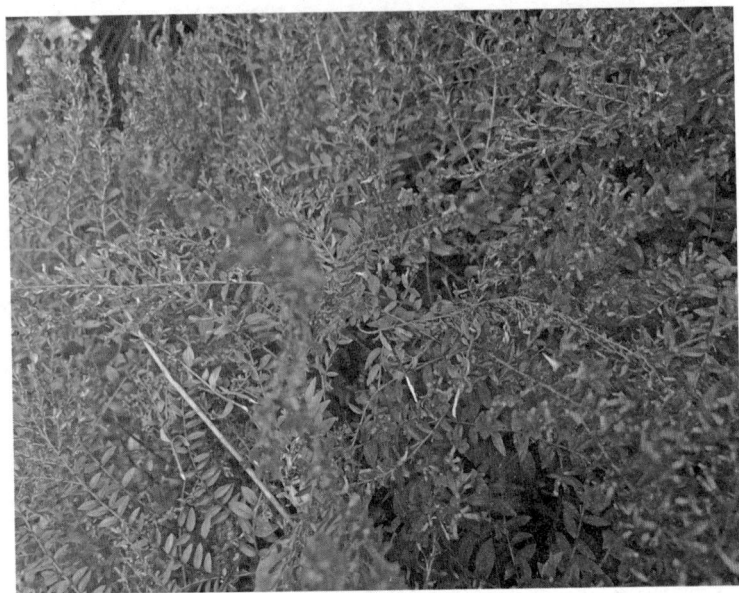

巴西野牡丹

巴西野牡丹出现在南仙堤上圆底段的花圃中，个子只有0.5~1.5米高。吸引我的自是它的伞形花序的紫色花。在红褐色枝条之中，在对生、椭圆形至披针形、两面具细茸毛的叶子上生出来。这几束紫色，顿时使它的整个植株清秀起来、皎洁起来，身价自然也是倍增。《中国植物志》形容巴西野牡丹"具有很高的诱目性"，堪称是一针见血，精确到家了。

此花8月始进入盛花期，一直到冬季谢后，又陆续抽蕾开放，一直开到第二年的4月份。因此，此花在四季里都有开的，光鲜亮丽，常盛不衰。

来源于南美巴西那片神秘土地上的它，自然也自带桑巴舞的热情、足球的奔放，由此养成了直率真诚的品性。律动挥洒，华丽沸腾，阳光都忍不住为它伴舞，风儿"自甘堕落"归它驱驰，自是占得人间几许清明，夺得凡尘几多风光。

它太矮了，我要蹲下来拍摄它。将背景设定为圆底河。从水底冉冉升上来的它，身形不停地晃动，浑身上下弥漫着一种妖艳之气。"金衣荷珠翠碧衫，照水佳人雾中栖"，使我不由得想起希腊神话中的海妖塞壬，她鸟首人身，游荡在礁石和孤岛之间通过唱歌来蛊惑人心，使水手倾听失神，航船触礁沉没。她的歌声里充满魅惑，令人难以抗拒，"没有一只船能驶过美丽的塞壬岛，除非舵手倾听我们美妙的歌声。优美的歌给你们快乐与智慧，伴随你们平安地航海前进……我们的睿智如普照天下的日月，深知人间发生的战争与爱情。"美跟恶只在一念之间，一个差池，美会反其道而行之，成为了作恶的工具和便利条件。

如果把背景换成大罗山呢。那是从山里腾空而起的仙女，衣袂飘飘，仙气腾腾，整座山都能仙风道骨、云蒸霞蔚起来，仙雾弥漫开来。又或如山间的一道紫色瀑布，如一道白练嵌在深山之中，娇媚多姿，腾空欲起。还可能是灵芝仙草，长在最高山顶，游目四顾，睥睨四方，尽显王者霸气。

它没有蓝色妖姬的深紫，一抹淡蓝添在了里面，"粉光深紫腻，肉色退红娇"，使它在浓郁之外，另有了一层朦胧淡然、削肩萧然之美，有了清新秀丽之韵。就是这样淡淡的、酥酥的，使它如梦似幻，让人心醉神迷。

在开花过程中，它有的花瓣底部白色渐渐变成粉紫色，"金蕊霞英叠彩香，初疑少女出兰房"，如披在姑娘身上多彩的霓裳、多色的裙衩。还有的花瓣中点缀着白色的花蕊，一种雅致清丽和别致风采呼之欲出。它在多个品种混合栽种时，整体上可以产生层次不同的紫色，不同色彩和光泽组合后产生强烈的美感。而这也就使它在不同背景的拍摄之下，呈现出不同样貌。

阳光下的它，是最为真实的，来不得半点虚假。"我是梦中传彩笔，欲书花叶寄朝云"，它是浪漫的，那一缕光芒给它亮出的底色，使紫艳向红光转变，虚虚实实，实难辨析，反而增加了奇幻之感。

"华幔依稀凝玉露，晨晞初照半颜开""映叶多情隐羞面，卧丛无力含醉妆"，华幔指华丽的帏幔，它也是多情的，时不时情愫顿生，情不知所起，一往而情深，难免惹上许多的情感纠葛。即使有华幔，晨曦也还只是初照，但也已经是半颜开了。一颗心，真心诚意，敞开心扉，日月可鉴，这是它的可贵品质。因此在相处的过程中，它会全心全意投入。

但它也是自爱的、自尊的、自强的，并非滥情无度，没有下限。它只是喜欢这种被捧在手心的感受，喜欢这种被宠被怜的感觉。

巴西野牡丹还有许多其他名字，地域不同名字名异。在台湾，它叫山石榴；在广东叫大金香炉、猪古稔；在云南叫豹牙兰。另《中山传信录》中称野牡丹。

它的花语是自然之美。一切都是浑然天成的，想要不自然也难。那一抹蓝，就如人的肤色，改变不了。因此它也许在倡导一种原生态的美，天生丽质，自然得体，落落大方，不矫揉造作，不涂脂抹粉，一切都是最初原始的样子，最为美丽和端庄。

其实，关于巴西野牡丹，我只想说，回首的刹那，野牡丹正年轻，我找了它两次。我要给它特别的表达，深情的表白，念念叨叨再来一通。

我在秋冬之交，从西门进的溪地，沿着南仙堤往前。途经垟河段时，布置在堤正中围栏景观中的野牡丹吸引了我。在密不透风、如藤蔓缠绕着围拢着的绿叶之间，绽着几朵深蓝和淡红花朵，灿若繁星，艳如妖姬，花形极似小时最为常见的莲藕花或者喇叭花。

在这里，我喜欢用"绽"，那是一种力量，一种力争上游，但没有肆意讨好的意思。

老实说，探究它的原因，在于它的名字，我本就对于花草树木认识不多。但对于牡丹我和大多数人一样，是最为熟悉不过的。它是真国色，名动京城，还被一个女皇帝贬了。但在世人的心中，这一次被贬，因祸得福，从此名动全国，其地位有增无减。一直以来以富贵、锦绣和光耀的面貌站在人间众多佳丽的前面，独占鳌头，引领后宫三千佳丽。

其实，纵览这布置得纷繁复杂的湿地，巴西野牡丹在里面的地位是尴尬的，是不太受待见的。属于常绿小灌木的它，湿地里的品种身高只有 1 至 2 米。矮成了它的尴尬、它的短处。

明眼人一看就知道，它既没有莲和梅的婀娜腰身，也没有牡丹的绝世容颜，对于承载着一千多种植物的湿地而言，它只是一层遮丑的表皮。人们只注重它的功用，而不会对它进行专门赏玩。

因而，它能够标榜的，也只有这一朵朵小小的花，很小很小，需要定睛细看，需要停驻良久。但却是它的春天，它的精神支撑，它的希望所在。花也能在脸上露出，在万千绿荫之中，觅得空间将不同之处展示出来；也能伸到行人前面来，在同其他种类的群花簇簇拥挤着争艳时，这情感的表达，也是浓烈的、热情的，一点也不含糊。用几条如龙须般的花蕊，来拉拢，来传递，来进献。

它长得长长的叶柄，虽然纤细娇小，看上去弱不禁风，但还是托起了它的整个身体。它的花单生或组成圆锥花序顶生或生于分枝顶端，有五片花瓣，身子骨小大大限制了它跟牡丹争艳。

我最喜欢的是它的深蓝色，这种颜色并不多见，就在整个湿地里，整条南仙堤上，它所属的整个花系里，也仅是寥寥几朵。这种忧郁的蓝色，直接让我想起地中海的蓝、东海的蓝、太平洋的蓝。而涌上的这层忧郁，也让我想起普希金高贵的灵魂，对于情感的执念，对于浪漫主义的舍命追求，除了奉上生命之外别无他法。因此，这一滴蓝色，是表明态度，即它虽处于蓬蒿之地，但心灵是高洁的，是高贵的，是不能随意践踏和欺凌的。

　　紫红色的巴西野牡丹跟蓝色颇为相似。这一个紫，可不仅仅表示忧郁哦，还代表了内在的丰盈和富足、凛然不可侵犯，自有拒人于千里之外的底气和气质。我想，这可能就是人们叫它野牡丹的缘故吧。这一个"野"，除了生长地外，在花上淡雅了许多、平庸了许多、贫乏了许多。如果将牡丹与它摆在一起，那魅力四射、震慑全场的肯定是牡丹。

　　3100米的南仙堤上，盛开的巴西野牡丹以淡红色的花朵居多，这让我甚为欣慰。如果它太红，那太土太俗了，沾了牡丹的尘俗气息。就是这个淡红，烘托了它的轻施脂粉、淡抹轻匀、恰到好处。生于凡尘，又不混于凡尘，不淹没于凡尘。这里面有娇气，有小巧，有玲珑，也有轻欢愉悦的笑靥尽开的神色、飞扬向上的姿态。

　　它没有紫罗兰的火辣和浓密，但它这一抹淡红，没有粉红的粉嫩与娘气，自是也没有深红的俗气和霸道，既没有全然攫住路人的眼睛，进入他们的心里，却也不会让人忽略到视而不见的程度，"随风潜入夜，润物细无声"，在若有若无之间，不失时机地介入。让人既没有沉重感，也不会太随意，就这样轻轻地悄悄地达成夙愿。

　　更为重要的，巴西野牡丹是秋冬里的点缀，反季节的成功，自是占尽风流，"唯我独享"。当百花杀尽，梅未来时，它独当一面，孤勇进场，倏地一下就进入了人们的眼帘。如南方城市的雪，在万众期待中，飘飘洒洒姗姗来迟，下个点滴，落个形式，让人们浅尝辄止。

与之形成强烈对比的是牡丹，四五月开放的它，正开在群花争艳你死我活之时，处处是战场硝烟弥漫，处处是战鼓声声、刀光剑影。需要多少的精神和力量，多少的心计和谋略，来抢占空间，抢占地盘，吸引关注。在生存和毁灭之间挣扎，在体面和平庸之间相搏拼杀。为了一夜成名，为了珠翠环绕，体面风光地开放一次，不惜相爱相杀，大义灭亲。

但在秋冬时候，牡丹即使奉旨也开不了，即使被贬异地，也无可奈何，就如公鸡不下了蛋一样。不然以它的个性，这等千载难逢登顶至尊、君临天下的机缘，怎能错过？

我在堤上一路走来，无论是由北向西，还是由西向北，巴西野牡丹的花朵总是在不经意的角落呈现。一个转弯，一个变道，它在众绿簇中笑。迈上一个桥头，它迎面而来，给你一个猝不及防，却又使你欣喜万分。长长的直道上轻裘快马，秋冬得意，它也在丛中笑，有欢迎的示意，有媚眼的抛掷，诱而不惑，媚而不俗，有暧昧的表达。在河边岸上，它也似是在盈盈一水间绽出，缓缓浮上来，千娇百媚，风情无限。难得天时地利人和的机会，它怎么会错过？

不经意地，真的是不经意地，我回眸了，在秋风猛烈时，在秋水起皱时，在隐隐有它的目光凝注时。一刹那，我看到了它的笑意盈盈、万般姿态、千种姿容，笼络住了所有的秋风、所有的寒意。整个湿地的光景，霎时定格了，它是世界的中心，是这个季节里最美的公主、最靓的皇后、最有权力的女王，差点就在翩翩起舞之间，占尽江山的荣耀，夺取江山的宝座。

试想，此时的它，哪一点比不了"花开时节动京城"，哪一点比不了"占断城中好物华"，还有"争玩街西紫牡丹""一丛深色花，十户中人赋"。

席慕蓉说："在我们的世界里，时间是经、空间是纬，细细密密地织出了一连串的悲欢离合，织出了极有规律的阴差阳错。而在每一个转角，每一个绳结之中其实都有一个秘密的记号，当时的我们茫然不知，却在回首之时，蓦然间发现一切脉络历历在目，方才微笑地领悟了痛苦和忧伤的来处。在那样一个回首的刹那，时光停留，永不逝去。在羊齿和野牡丹的阴影里流过的溪涧还正年轻，天空布满云彩，我心中充满你给我的爱与关怀。"

我不由得想，从诗人的笔中，方知它曾处于偏荒清凉之地，这诗意的表达，也是地理学的一个证据。我知道，我走过的山、蹚过的水，一定见过它，只是我跟大多数人一样，错过它了。尽管它也许曾经渴望我的关注；渴望我如诗人那般的一眸、一顾、一回首；渴望脚从旁边经过，脚步轻轻地，没有吵醒它的美梦，还用手抚摸过它的脸。

诗人看到了它，并记录了下来。它被安排在了溪涧的岸边上。是啊，它本就是野生的。因为它自有野生的去处、野性的地方，寒冷、冷清和偏僻，是它对于生它养它这片土地的印记。但是又有什么关系呢，英雄不问出处。它不也进入了诗人的眼睛，在回眸的那一刻，不也跟着诗人对时光的逝去、对痛苦的淡漠、对回忆的珍惜，进行了一番深刻的反省、思索和评估吗？野百合不也有春天吗？

如今的它，不也是腾笼换鸟，在湿地公园的主干道上占尽

风流吗？这锦绣、繁华世界里的恩宠和疼爱，这群星拱月的荣耀，会不会使它忘乎所以、胡思乱想？这当初的家乡，跟眼前的待遇相比，哪个更胜一筹？

它有一点肯定不变，总是那么年轻。无论是枝条，还是花朵，总是一副年轻的模样。待枝断花败时，也是年轻壮硕的身子，淡艳新鲜的花瓣。年轻时来年轻时去，不曾给人间一点叶残色衰。永远让年轻相伴洒落尘间，舒舒服服、清清爽爽，无论处于沟渠，还是处于繁华，跳出的是年轻活跃的舞蹈，就连歌声也飞扬。

一阵淡淡的清香袭来，直钻入我的鼻孔，我知道只能是野牡丹，这芬芳已经伴我一路了。

## 十八、圣洁的深山含笑

在湿地有一种花，它代表着圣洁。

"风来绿树花含笑"，春天来时，在湿地的圆底老人周转房西侧、五福源、福滋园和花溪花岛等景观处，都有或多或少稀稀落落的深山含笑在开怀笑着。

在获知这个充满诗意的名字之前，我一直把它当成广玉兰，傻傻地分不清楚。后来再三查询，反复甄别，才知道它是深山含笑。其实它俩都属于木兰科，是近亲关系。广玉兰在湿地垟河、张严冯等处均有种植，有些地方会跟深山含笑混合在一起。可见植物世界的广袤无垠、种类庞杂和数量之多。

为何叫含笑？"因花朵开放时呈半开状，很像浅笑的小嘴，故名含笑"，或者是"含笑花，因花生于叶腋，若女含笑，故名含笑""花常若菡萏之未放者，既不全开而又下垂"。至于深山，应是指它来源于深山之中。

它给我的感受是圣洁的、洁净的，不染尘烟，不沾戾气，立在高高的树枝上，离地似有十万八千里，清清爽爽，干干净净。除了自家的几片叶子或里或外，或上或下给个遮掩或避风什么的，其他各种凡俗的污浊，就再也攀附和污染不了它半点。还有一个原因自然是它的颜色，它的花太白太净了，白得耀眼，白得发亮，白得令人肃然起敬。每每见到，我几乎要两脚一并啪地敬个礼了。它是我最舍不得摘的花了，连动一下都下不了手。所以，你没有纯洁的感受还真不行，那就是对它的玷污和不敬。

而且它的出场，往往出人意料，总是很突然的，"忽然地出现在街角的咖啡店"，一头撞进怀里，有点莽撞和无礼，但也挺引人遐想的。我在岛上的森林里转来转去，它在前方后方，在左手右手，在东南西北方向，意外地出现。那闪着白光的花，

深山含笑

没有人可以躲得过，没有人可以做到视而不见，没有人不对它珍爱如宝。

"南方花木之美者，莫若含笑。"而身材高大强壮、容颜瑰丽的它总是三三两两地出现，零零星星，独立成林。这其中的缘由，我想设计者可能就是为了这点散着的美，一着而境界全出，一花而持有整个季节、整个世界。有时候，美堆砌得过多，反会使美受到损害。对于单独就已经美到极艳的深山含笑而言，尤为如此。过犹不及，恰到好处，适可而止，是美至高境界。

在圆底湖的岸上还没长出绿叶的杉树林里，我在里面漫步，踩在枯萎的杉树叶和新生的野老鹳草上，视线投向这片林子。我是一个孤独漫步的遐想者呢，还是爱山水爱得无可救药的瓦尔登湖中的梭罗呢？反正就是一个人走着走着，没有过多的胡思乱想，也没有诸多的杂事挂碍在心上。我只见到鸟儿突然间从树梢振翅而起，在阳光下隐去，应是我惊扰到它了。在全是杉树荒凉但气派的这片林子里，其实我也害怕，虽然不会出现巨型猛兽，但是一种幽暗和森严，使我不免有些惧怕。在森林的尽头，我看到了一位垂钓者，六十多岁的他钓得好专注啊，定是看到我进来了，但头都没抬一下。这个样子，不免又使我想起梭罗，那时的他在湖边的林子里，不都是这样子的吗？

"我步入丛林，因为我希望生活有意义。我希望活得深刻，吸取生命中所有的精华。把非生命的一切都击溃，以免当我生命终结，我发现自己从没有活过。"突然，《瓦尔登湖》中的这句话出现在我的脑海。生命的意义、活着的意义。在梭罗的笔下，走入森林才是灵魂洗礼的方式，才是生命升华的样子。

几乎在同一时刻，我抬头一看，深山含笑的几个花瓣笑意盈盈地出现在我面前。高达 20 米的它，这垂下的枝条上的花朵，竟然差点撞上了我的头。这就是生命中的精华、大自然中的精灵吧。跟梭罗的整个森林相比，不免过于渺小，"我浏览一切风景，像个皇帝，谁也不能否认我这拥有一切的权利。我们都拥有欣赏一切、享受一切的权利，不要忽视这项权利哦。"他真的是爱着瓦尔登湖及其四周的每一寸土地，每一簇花朵，每一棵小草。是啊，在这里，他是王，是帝，他的心灵充盈着这里面的一切，多么富足、多么丰盈啊！

此时的深山含笑，就像在沙漠中的清泉、黑暗中的光明，霎时点亮了整片森林，还是风情万种的光亮，多么诱人，多么使人倾倒。看得我口水都流出来了。在它面前，高下立判，对比明显，我瞬间觉得自己身上太多污秽了，都不好意思久待了，手都不知道放哪里，一种手足无措的感受。

我细细地瞧着它的样子，似在观察一个宝玉。花被片 9片，基部稍稍呈现淡红色，淡雅高贵，雅致清闲，外轮是倒卵形，顶端具短急尖，基部是爪，内两轮则渐狭小。近匙形，顶端尖。它的花丝宽扁，淡紫色，总会让我想起瓷器精致的美感。"天青色等烟雨，而我在等你"，它这是一下子俘虏了我，这种淡雅和精致，自然姿态在此闪亮出现，内敛、含蓄，只需这一抹紫色，就令人不禁畅想开来。此时我还会想唱，"北方有佳人，绝世而独立。一顾倾人城。再顾倾人国。宁不知倾城与倾国。佳人难再得。"

"涓涓朝露泣，盎盎夜生春"，花是带着芳香的，馥郁清爽，沁人心脾，盛开在春季里。花在深绿色有光泽的叶子丛中露出所有的体态，没有一点保留。但无论多么密集的绿，都掩不了花的白。花在丛中轻笑着，在枝头高傲着。这傲人的风姿，浑身的雪白。没有谁有办法让它低调内敛点。而且还没有办法伤害它，因为下不了手。不要说人心，估计飞禽走兽，也会在此停驻，向它敬礼，忘了吃草觅食。

"破颜一笑，掩乎群芳……"它还娇滴滴地微笑着，只会惹人怜爱，而不会让人讨厌。无论是瓷器、玉石，还是珍珠、宝物，都没有它娇贵。这世界上如它这样的东西，就是用来疼爱的，用来珍惜的，而不是用来摔碎破坏发脾气的。

看"含笑花堪画堪描"，它化影幢幢在水中荡漾的样子，盈盈一水间，婉约多情，轻描淡写地安在下面，似也点亮了这水中的黑暗、水中的光景。这到达龙宫的路径，算是给出来了。在画家的笔下，真的是需要好几笔来细细描绘的。

"绿叶素容，其香郁然……有香蕉气味……凭雕栏而凝采，度芝阁而飘香。"我似也能闻到它的香，是暗香，沉郁的、深沉的。"让心在灿烂中死去，让爱在灰烬里重生，烈火烧过青草痕，看看又是一年春风。当花瓣离开花朵，暗香残留"，我不由得轻轻哼着。想来深山含笑如果枯萎了落到了地上，肯定也是暗香四溢、质本洁来还洁去、从生到死不改本质。

它还有别名叫光叶白兰、莫夫人玉兰。莫夫人在一部电视剧中出现过，深山含笑为何又叫此名，不得而知。而深山含笑之名，还流传着一个美丽动人的传说。

宋时，临安府（今杭州）有一对小夫妻，彼此恩爱，相敬如宾，幸福地生活在一起。但是平静安详的日子被入侵临安的元军打破了。为躲开元军的追捕，他们只好分开逃难。临别时，丈夫摔破一面镜子，二人各拿一半，约定如果在乱军之中还能生还的话，每月十五日拿着碎镜片到各个逃难地方的集市上去寻找另一半，作为他们寻找彼此下落的线索，若能重聚，视为破镜重圆之意。五年以后，历经磨难的他们终于通过破镜得以团聚。回到临安后，他们重新过起了之前的宁静生活。后来他们相濡以沫一直活到八十八岁高龄，而且还在同年同月同日同时离世。在其合葬的墓上长出一株树，花开洁白，形似含笑，伴有芳香。据说这就是深山含笑。

原来它还代表坚贞、忠诚和长久的爱情。

由此，我们也能推测出来，深山含笑的花语是矜持、含蓄、美丽、庄重、高洁。是啊，她确实是眉目带笑、洁白肌肤的美人。"花开不张口，含羞又低头，拟似玉人笑，深情暗自流。"可能它希望自己矜持、含蓄，但这美艳，天生丽质难自弃，却是一点办法也没有的。

### 十九、以美报恩的玉兰

滴水之恩，当涌泉相报，这是中国传统的思想。至于相报的方式，则不是非要钱财的、物质的，而可以是古雅的、庄重的、赠人以美感的，还要符合礼数。即使礼轻也意重，也意义非凡，价值难估。另外，它还有立志的蕴意，这非常具有能量，一下子让人精神振奋起来，跟着这河水奔涌往前。

"色白微碧、香味似兰"，白色上面有一点点的碧绿，微微地透着光，香味如兰花一般馥郁清雅；"花中取道，香阵弥漫"，香溢四方，沁人心脾。这是玉兰得名的由来。

中国的古人把它誉为"玉堂富贵"之中的"玉"；其他的有海棠，即"堂"；牡丹，即"富"；还有桂花，即"贵"。这谐音哏真是世上无双、巧妙无比了。这也表明玉兰之珍贵，毕竟列位"四大名花"，属于封王拜相的级别。

此等地位的花，自古以来就受到人们太多的关注和喜欢，其传说故事自是免不了的。所谓的传说，就是把花拟人化了，有了人的色彩、人的意念和故事。而这也是玉兰花得此名的另一个缘由。

传说在很久很久以前，张家界深山里住着三姐妹，分别叫红玉兰、白玉兰和黄玉兰。她们靠山吃山，种植一种会开洁白花和散发香气的树。那时正值秦始皇赶山填海，在冲突中杀死了龙王的掌上明珠龙虾公主。只是海里称霸的龙王爷无法向拥有整个天下的秦始皇报仇，就柿子拣软的捏，跟因赶山填海而形成的张家界成了仇家，欲报复住在张家界的人们。于是他凭借掌握食盐的大权，不对张家界的人放盐。致使全境发生了瘟疫，大量居民因此死亡，一时民不聊生，张家界百姓到了生死存亡的非常时刻。热心肠的三姐妹有一次出山，发现了事实真相。决定铤而走险，为民请命，救民众于水深火热之中。她们先后三次到龙宫向龙王求救讨盐，说明百姓是无辜的，龙虾公主之死跟他们毫无关联。但均被仇恨冲昏头脑的龙王严词拒绝。明着来不行，得来暗地智取。三姐妹合计后，突然心生一计，有了一个大胆冒险的计划。决定对看守盐仓的蟹将军下手。她们潜到盐仓边，用自己的花香迷倒了蟹将军，迅速用事先准备好的工具将盐仓凿穿，实行开仓放盐。张家界百姓有了盐后，瘟疫也就消失了，他们得救了。三姐妹由于逗留时间过久，来不及逃离，被龙王发现。残暴的龙王就施法将她们都变作了花树。

人们为了纪念她们拯救张家界百姓的大恩大德，特意将她们变成的花树取名叫"玉兰树"，将树上开放的花叫"玉兰花"，将她们酿造的花香也变成了玉兰树花朵的香味。从此玉兰花有了香味，一直香到今天。

在圆底湖宅小河边，我看到了四五棵玉兰树，零零散散地树立在阴暗的河岸上。洁白的花朵在树上盛开着，看上去神采奕奕、精神百倍。透过树叶和树杈射下的斑驳的阳光，它们是独立的存在，又是融于其中的一分子，但是卓尔不凡，有一种虎落平阳、可怜美玉陷泥淖的观感。

有人说玉兰花"玉雪霓裳""羽衣仙女纷纷下""君子之姿""不受缁尘垢""点破银花玉雪香""堆银积玉"等。由于它的洁白无瑕，它在这条阴暗内敛的小浃河边，仍能银光熠熠、白光闪闪，使我想要一睹它的风采的愿望更加强烈和热切。想要细观它的姿容的想法，时不时地浮上心头，成为一个心事。如果没有它在，估计只有一米来深的这小河水，很快会成为一汪死水，或者一道暗水，就此沉沦、消散。也许河水活着的意义，就是为了它的来临和常驻，如果它不在了，那河的泪水流完后，也就枯竭而死了。

因此，我仍然站在树下面，没有挪动步子，这是一个最好的方位，在我看来，虽然是在树下，但最为亮堂，便于多方位观察它。

玉 兰

我在等待一缕阳光的到来。阳光照在它卵圆形、先叶开放、直立芳香、花被片 9 片、基部常带粉红色、雌蕊狭卵形的花朵上。"绀缕堆云，清腮润玉""霓裳片片晚妆新，束素亭亭玉殿春"，这是千娇百媚，是惊艳人间，是丝雨翩翩，是白玉纷纷，展示出它的绝世容颜。那人间的尤物、世间的精英，独占人间季节和空间的美，独领白花风骚洁白的美。

它跟阳光接触后反射出的盛世光华，太独特了。此刻，林子中间泛着的微光，被河水一接纳，俨然形成了光怪陆离、斑斓壮观的天空。小小光芒里面藏着大宇宙，是这光线的力量，还是玉兰花的功劳？而更为重要的是，此光使小浃河的水摇身一变，形成大海的波涛，挟着湿地里无数条河流、雄踞城市北侧的八百里瓯江、城中贯穿而过的四十里塘河，向东海奔腾着。

还有两侧石泥铺就的河岸，筑成金色的沙滩，真的是银光闪烁、金光莹莹。令人恍然觉得手可摘星辰，脚可踢明月，头可顶太阳。

有人说，那幽寂何在呢？这可是湿地重要的意境之一啊。我说，这个不用担心，玉兰花也是会变化的，除了花色之外。只要阳光隐去，玉兰花花瓣自会收拢一些，哀怨、伤悲和愁绪，还有暗香，"微风轻拂香四溢"，自会笼在它身上，使它不胜憔悴、楚楚可怜，"憔悴损，如今有谁堪摘"。它这一倦容，捎带着香气，清香自来，不胜愁怨。刚一出来，就像是窦娥一样，天地为之动容，冬雷阵阵，为之鸣冤，树木低头为之哀悼，河水凝滞，忘了流动。

这里的幽寂，都变成凄寂了。但是由于玉兰在，还幸存着凄婉，空气中还有动感和气息。但此时的它肯定是瘦了，还捎带着离别，就如我挪动着步子离开时的那样。"离烟恨水，梦杳南天秋晚。比来时，瘦肌更销，冷薰沁骨悲乡远。最伤情，送客咸阳，佩结西风怨"，夕阳下泛在涞河上的那抹淡淡烟气，不知有没有恨这一汪小水？但花定是瘦削了，这日子的牵牵绊绊，几乎已是豁出一辈子了。

一直相信它会"生如夏花之绚烂，死若秋叶之静美"，让人惊叹之余，明白残酷也是一种美感。明白有些生命，美就美了吧，还"春蚕到死丝方尽"，还"鞠躬尽瘁，死而后已"，让人肃然起敬。

它并非徒有供人观赏的外表，还是一种非常实用的药材。2010年版的《药典》将玉兰的干燥花蕾称为辛夷，记它能祛风发散、通鼻窍，用于治疗寒头痛、鼻塞、鼻渊、浊涕等病症。因此，也深得中药研究者和医生的喜爱。

我觉得它在湿地中植得太少了，在其他大批量植物丛中，只有稀稀落落的几棵，显得倍加孤单、冷清和寂寞。

同时也使我明白，越美的东西，就越稀少。现在能够看到健康的它，是幸运的。谁又能保证它在来年，在将来的某个季节，还能有如此的风姿和仪态呢。或者干脆就消逝不见，到告别的时候，连句招呼都不打。

2000多年前，屈原说"朝饮木兰之坠露兮，夕餐菊之落英"，早晨我饮木兰上的露滴，晚上我用菊花残瓣充饥。可见，当时的玉兰已经开始了栽培，因为玉兰跟木兰同属木兰科。能进入屈原的笔端，可见它从来就是独傲于世的。

"五代时南湖中建烟雨楼，楼前玉兰花莹洁清丽，与翠柏相掩映，挺出楼外，亦是奇观"，可见五代十国时期，古人喜欢将玉兰种植在楼台或者房子的前后院子里。这个传统一直延续下来。西湖上天竺法喜讲寺庭院内植有一株500年以上的古玉兰。

好的美丽的事物，由于太耀眼，就会有人争着要，"自是花中第一流"的玉兰，自是大家争抢的。一旦沾上，就是荣光披身，身价倍增。最终由河南省南召县摘得了"中国玉兰之乡"的荣誉。此县是玉兰的原生区和发源地，仍保留有500年以上的天然植物群落。这里的玉兰树干高直，叶阔繁密，花的芳香浓郁，拥有红玉兰、黄玉兰、白玉兰、紫玉兰、四季玉兰、菊花玉兰等十多个品种。

玉兰花的花语是报恩，"已向丹霞生浅晕，故将清露作芳尘""千古芳心持赠君"，我想这可能是它觉得自己天生丽质，美丽出众，这一副好皮囊拜上天所赐，要懂得报恩，懂得感恩。而报恩最好的方式，就是回馈人间、给养大地、滋生土地。所以它能够将花叶都抛还给大地，将所有的美丽都奉献给人间，无论身在何处，都能秉着一颗平常心，安心宽心，安身立命，做好本分，没有抱怨半句。

## 二十、"水红花子"红蓼

湿地的红蓼太少见了，我兜兜转转，在南仙堤南仙桥的南侧，才发现粗壮挺直的它。它顶上或者腋下的花序呈穗状，花瓣紧密，微下垂，花苞片呈宽漏斗状，草质绿色，花淡红色或白色，花被片椭圆形，花盘明显。花序是小小的一条，如流星的尾巴，如女生系在头发上的红丝巾，比杨白劳扯给白毛女的二尺红头绳都要小。

湿地所有的植物，只要有机会，我都会把其跟水联系起来。因为岛是它们的根基，是物质基础，而水是精神之源，是精神文明、意志力量。也可以说，水负责梳妆打扮、花枝招展，体现出美感来；而岛上陆地，则是负责吃喝拉撒、生命的旺盛和延续。二者是缺一不可的。有时候这二者在美感上，甚至在物质上也都是相互促进、协调和融合的。

蓼科皆美人，婀娜的身姿，我喜欢红蓼在岸上垂挂到水面的样子。"金钩细，丝纶慢卷，牵动一潭星"，在水中垂钓，悬挂在水面上的是细钩的丝线，慢慢地从水中拉起，把倒映在水中的星星，也给牵了起来。作者诗中虽是写自己一人夜半孤舟垂钓，但我更愿意把其看成是描写红蓼，它垂着细细的线，似乎牵动起了倒映水中的星星。

它的许多花朵一齐盛开时，如一条条红鱼，在水面上欢欣鼓舞，只需风来，就能齐整地在枝头摇头晃脑，扭动身子，作势齐跃龙门。"织条尽日差差影，时落钓璜溪水中"，此时我想它们肯定是知道了前方有喜事，故作姿态，争先恐后。

它们的花朵太热情奔放了，即使低下眉眼，我也看不出它们有心事。因此，我更愿意让它朵朵盛开在水中。和着下面一片片宽卵形、宽椭圆形或卵状披针形，顶端渐尖，基部圆形或近心形，微下延，边缘全缘，叶柄长，具开展的长柔毛的叶子，做一场红蓼的水上道场。

"秋波红蓼水，夕照青芜岸"，蓼染红了粼粼清波，红艳点水，总是逃不了的，这水波之上一抹红、一片红，或是一串红，总还是坚如磐石般存在着。

临河照水，如在镜子中顾影自怜一样，它恰如其分地花枝招展和美丽艳丽。

有点弯曲细长的花朵，有时会朵朵竖立。垂在水上是一种风度，而直立在水上，又是一种风流。如小红鸟儿，微微点着水，在水上姗姗而来，容光焕发。如红头小鸭子，双脚掌似小木桨，划水而来，突突地溅起小波纹，一条条长长的。"红蓼一湾纹缬乱，白鱼双尾玉刀明"，水湾处红色的蓼草就像纷乱的丝织品，跃出水面的双尾白鱼就像玉刀一样明亮，蓼草如丝织品般精致，摆放却是纷乱的，其实是指其太密集了。"秋到润州江上，红蓼黄芦白浪"，秋天到时，蓼也就红了，似是延伸到了遥远的天边、无穷的世界、未知的将来。

在秋季里开花的它，"数枝红蓼醉清秋"，它可以令人沉醉，令人着迷，只要数枝即可，不需要一大片一大片的，它的厚积薄发，它的风姿，可见一斑。"犹念悲秋更分赐，夹溪红蓼映风蒲"，风蒲即蒲柳，诗中说红蓼映红了蒲柳。它也带来了秋，是秋的标志。由此不可避免地夹带着悲伤和愁绪。

但是也有"秋色在何许，蓼花含浅红。客情禁不得，归兴逐西风"，归兴指归思，回乡的兴致，即是乡思。诗中说，秋天到了哪个程度，已看到了浅红色的红蓼花。在异乡的自己情不自禁想要回乡，追着西风趁兴而归。想来诗人在还乡后，该是"春风得意马蹄疾，一日看尽长安花了"。可见红蓼的容貌在令人着迷之余，也能令人乡思。

《礼记·内则》中称："濡豚，包苦实蓼；濡鸡，醢酱实蓼；濡鱼，卵酱实蓼；濡鳖，醢酱实蓼。"《本草纲目》记载："蓼实即草部下品水蓼之子也。彼言水蓼是用茎，此言蓼实是用子也。"这里面指的是春种时期，人们在烹制鸡豚鱼鳖时都"实蓼"，实蓼是指将蓼填塞在肉里进行烹饪。贾岛的诗中说"食鱼味在鲜，食蓼味在辛"，意指红蓼可以作为调味品。辛指红蓼有辛辣之味。因而，它的花语是立志，就是指要不怕吃苦，对于自己立下的志向要勇敢前行，不轻言放弃。

此意在《诗经·周颂·小毖》中也有体现，说"未堪家多难，予又集于蓼"，集蓼即为遭遇苦难。

　　而红蓼苦难立志的故事，还牵扯到中国历史上一位著名的历史人物和一个著名的成语。中国人都知道越王勾践"卧薪尝胆"的故事，一种解读认为薪不是指一般的柴草，而是红蓼秆，即蓼薪。"目卧，则攻之以蓼薪"，指越王每每在疲劳困倦、双眼想要闭着睡觉的时候，他就用红蓼花秆的辣来刺激一下眼睛，眼泪出来了，就不犯困了。他用这种方式，时时刻刻提醒自己不要忘了复国大业，一定要奋发图强、含辛茹苦、实现目标。其志之坚，非凡人可比。

　　还有《诗经·郑风·山有扶苏》云"山有乔松，隰有游龙，不见子充，乃见狡童"，游龙指红蓼，此名来自外形，它的枝节很长，在水边铺陈开来，如一条在游动着的龙；隰是指湿地；子充指郑国的美男子，也指好人、良人。诗人把红蓼与乔松作对比，责骂自己的男人，不够正经，全无承担大事的担当。可见，也是有立志的含义在里面。

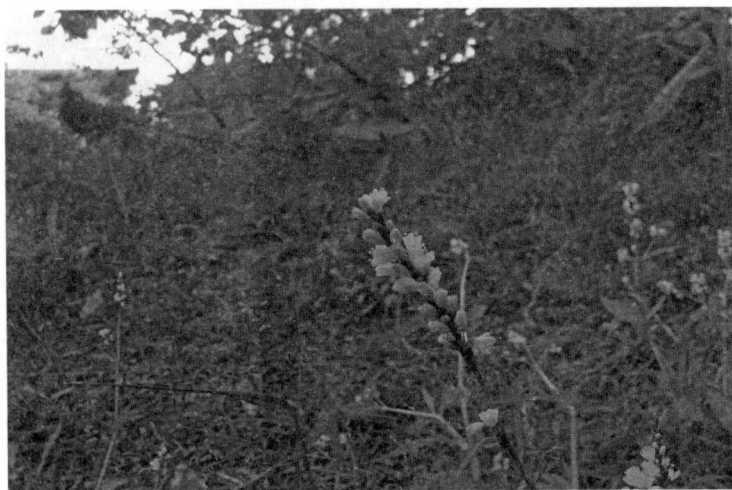

红　蓼

红蓼的花语还有思念。"红蓼滩头秋已老，丹枫渚畔天初暝"，初暝指夜幕刚刚降临。这里面含着秋思呢，老了的秋，红蓼也要退场，交给红枫了。但作者似有一种怅然后失落之感，一种时光飞逝不回的感慨在里面。而这一感受的产生，定是有思念在里面，无论是对过去的怀念，还是对将来的迷茫，思念在心中升腾。不然怎么会感慨秋的。

红蓼曾被称为"离愁之花"，说它是清欢浅愁、红颜薄命，说它营造离别、相思渡人，还有说它在风吹来时，花枝摇曳，如在挥手告别一般。如"河堤往往人相送，一曲晴川隔蓼花"，指码头堤岸上人们在送别，最是不忍，这个伤悲的情景和水边的蓼花互相映衬，似是也在和蓼花进行着道别。"莫更流连好归去，露华凄冷蓼花愁"，说不要再留恋这里，早日回归山林吧，那山间的露水已凄冷，蓼花正愁着呢。这首诗的题目是《秋莺》，这里劝的是秋莺，其实也是劝人，回归山林对人而言，指的就是回归家乡。这首诗甚是缠绵悱恻，情思断人肠。

红蓼的传说故事，牵扯到帝王将相的，还真多。据说汉景帝刘启将他的儿子刘发封为长沙定王，孝顺的刘发因思念去世的母亲，建了一座高耸入云的台子，供自己站在上面遥望母亲的坟墓，寄托哀思。另外，他还在宫殿中建造了一个蓼园，里面种满红蓼，以示思念母亲、寄托相思。

红蓼还有别名红草、大红蓼、东方蓼、大毛蓼、游龙、狗尾巴花等。大毛蓼、游龙、狗尾巴花都非常生动形象、栩栩如生，可见它的独特的形状。

红蓼是画家笔下的重要素材，从古至今许多名画家、大画家都画过它，可见它自有过人之处，自有一番风韵，能进入大师的法眼。一种看法认为古画《红蓼水禽图》为宋徽宗赵佶所作。他还另画了一幅《红蓼白鹅图》。清代马荃画《红蓼野菊图》。近代齐白石画过《红蓼双鸟》《红蓼群虾》《红蓼珍禽》《红蓼青蛙图》《墨叶红蓼》等。

## 二十一、报春菜——荠菜

最后一道题的答案，想来也不难猜到，那肯定是湿地里的功能植物了。因此，我找到了荠菜。当然，每一棵植物都是功能齐备，全身是宝，入药的、食用的，为了人类舍生忘死，粉身碎骨。

作为湿地发现的唯一一种食用野菜，十字花科的荠菜生长在圆底河的前里岛水杉林里。还没开花时，它们看上去软绵绵的、娇嫩嫩的，我们都绕道而行，不忍心伤害它。其实我挺想躺在上面，感受它的绵软，体验它的体香。

我们每个人都可以跟大自然接触，甚至是沉浸式体验，都够格。所以对于市中心的湿地，千万不要吝啬脚步，用脚步去丈量它，用心灵去体验它，用灵魂去感知它。

想来生长在雨水丰润、水土膏腴的长江流域的它，在北方应属少见。煦暖的春风、温和的阳光、应是它的标配。因为它太敏感了，对于春的感知，如鸭子对于水、山羊对于草一样，第一时间就能够本能感知到的。

花有报春花，菜也有报春菜。荠菜就是报春菜，这个知道的人可能不多。"城雪初消荠菜生，角门深巷少人行""东风消尽门前雪，又见墙阴荠菜生""唯荠天所赐，青青被陵冈"，冬天的雪刚消融，在深巷和墙阴处的它就生长出来了。因而它又有一个名字叫报春菜。荠菜是上天赐给大地的，第一时间使陵冈披上了青色。

"春入平原荠菜花，新耕雨后落群鸦""城中桃李愁风雨，春在溪头荠菜花"，荠菜的主要特点是白花开得很漂亮很俏丽。作为可以端上餐桌的野菜，细小倒卵形的花一朵一朵盛开时，洁白无瑕，一片一片、一堆一堆团聚。它们如天上的星星，"溪上星星小白花"，在春日的阳光里闪烁着。如地上的萤火虫，一天之中，无论处于何时何地，都眨巴着眼睛，不停地飞来飞去，似在招呼着人，也在笑迎着人。

它的花还是森林中的精灵呢，围绕着树轻歌曼舞。花朵也是小鸟雀呢，当轻风来时，似乎能听到它叽叽喳喳的声音，还摇头晃脑呢。风吹起了花朵，它们成了一片小小的花海，如在地面铺着的小河浪，哗哗地从脚边跑过去了。我想拦住它们，却无能为力，它们太快了，如小兔子、小松鼠一般，"噌噌"几下就跑过去了，转瞬即逝，踪迹全无。

当春天来时，它的花已开满平原。"城中桃李愁风雨，春在溪头荠菜花"，荠菜花初期是黄绿色，再到深绿色，接下来是外绿内白，到生长期改为白色，在成熟期则为绿色。此时我见的，只是白色。小小的花形成的花海，给人的感受却也是花浪汹涌、激情澎湃、豪情万丈。它们在微观世界里、微小森林中，"也随春色斗豪奢"，掀起的波澜犹如千军万马，巨浪滔天，气势宏伟。甚至在那里还有点作威作福，不可一世，势不可当。是这花海太密集了呢，"春风只在园西畔，荠菜花繁蝴蝶乱"，这蝴蝶都乱了，你想该有多少的花挨挤在一起，还是这白色太耀眼了，使蝴蝶都看花了眼？

荠 菜

　　它极似满天星，那种为了衬托玫瑰花做护花使者的，或者是做做服侍工作的小兵。女人收到玫瑰花，在将其插入花瓶之前，一般都会将满天星扔进垃圾桶里的。

　　"拨雪挑来叶转青，自删自煮作杯羹，宝阶香砌何曾识，偏向寒门满地生"，说它在雪中就已经开出绿叶了，有点梅的凌寒傲雪，可以用来做羹吃。羹的一般食材是荠菜、豆腐和冬笋，以及鸡蛋。在味道上，这四者是绝配，"金风玉露一相逢，便胜却人间无数"，味道鲜美，清香溢远，极易入口。荠菜没有如堂前燕一样纷纷涌向豪门，攀附权贵，而是喜欢在寒门寻找落脚点进行生长，为住在寒门里的普通大众服务。可见，矮小得不起眼的荠菜，却有着高尚的品格、高尚的情操，有着高山仰止的风骨、不贪慕虚荣的气节。如华佗一般，有怜悯之心，有关心关爱基层劳苦大众的胸怀。因为它有独特的本领、独特的味道，能够独领风骚、独步天下。

"无奈国风怨，荠荼论苦甘。王孙旧肥羜，汤饼亦多惭"，肥羜指肥嫩的牛羊，是说荠菜做成的馄饨，跟王孙贵族所吃的用肥嫩的羊肉做成的汤面相比，竟然毫不逊色，一点也没有相形见绌。

《诗经·谷风》中说"谁谓荼苦？其甘如荠。宴尔新昏，如兄如弟"，谁说荼的味苦呢，它跟荠一样香甜。它们如新婚燕尔，如亲兄亲弟。可见，早在先秦时期，荠菜就被用来食用了。

据说在唐朝，荠菜开始成为新春新年的节日美食。就连高力士也说"两京作斤卖，五溪无人采。夷夏虽有殊，气味都不改"。北宋的李时则说"盘装荠菜迎春饼，瓶插梅花带雪枝。劝了亲庭眉寿酒，旋裁春帖换新诗"，说在吃春菜的习俗里，有荠菜这道大菜。南宋洪咨夔说吃了荠菜馄饨后，"日斜摩腹睡，自谓葛天民"，在早春的太阳底摸着肚子睡觉，那种惬意愉悦，心无挂碍，如同神仙一般。这个说到境界了，有点神乎其神了。不过表达出他们的悠闲生活里，荠菜占有重要地位。

苏轼在给友人的信中写道："君若知其味，则陆八珍皆可鄙厌也。"人间美味除了山八珍、海八珍之外，还有陆八珍，指陆地上的八珍，为什蟆、驼峰、口蘑、玉皇蘑、凤爪蘑、玉米珍、沙丰鸡、松鸡。作为美食家的苏东坡对荠菜进行了高度评价，称其味比陆八珍都要好。这是多么高的评价啊。

说到境界，说到食物药理，荠菜厥功至伟。"三月三，荠菜当灵丹""春食荠菜赛仙丹""荠菜春秋两头鲜"，指此时的荠菜富含叶绿素、膳食纤维和矿物质，再加上味道鲜美，以及药用效果显著，可以跟吃了长老不老、得道成仙的仙丹相媲美了。

它又名护生草、地菜、地米菜、菱角菜、鸡腿草和清明草等。叫护生草是因为李时珍在《本草纲目》中曾说"荠生济泽，故谓之荠。释家取其茎作挑灯杖，可辟蚁、蛾，谓之护生草，云能护众生也"，大意是说，荠菜能够惠泽于社会，因此叫荠（济）菜。佛家用它的根茎做灯杖，可以躲避蚊子和虫蛾，叫它护生草，有护卫众生免灾免难的意思。

地菜、地米菜好理解的，紧贴地面生长，并且植株比较矮小。菱角菜是针对它的叶子的形状而言的，类似于外国人称此菜为"牧人的钱包"，因其极像牧人那个菱角形的钱包。叫它鸡腿草也有个来历，荠菜的根茎挖出来像个鸡腿，还含有淀粉。过去农村里的人拿它充饥，小孩子拿它当鸡腿吃，味如鸡肉，大家非常喜爱。据说当时一些人还用它来治痢疾，疗效非常显著。

它的花语是为你献上我的全部。非常有意思的花语，类似于现在的网络语言。想来它每一寸每一丝的根茎叶，都可以食用和药用，真的是"春蚕以死丝方尽，蜡炬成灰泪始干"，鞠躬尽瘁，死而后已。它的全身都是宝，对人起着非常大的作用。这并非无根据乱说一通，而是有证有据。

《别录》说它"味甘，温，无毒"。《千金食治》说"味甘涩，温，无毒"。《日月本草》说"味辛甘，凉平"。《得配本草》说"入足厥阴经"。《本草撮要》说"入手少阴、太阴，足厥阴经"……

综上可知，其对痢疾、水肿、淋病、乳糜尿、吐血、便血、血崩、月经过多、目赤肿疼等有一定疗效。弥足珍贵。

# 第四章 湿地滨水植物

　　湿地滨水生的植物与水近在咫尺，这种不远不近特殊的距离，酝酿了太多的爱恨情仇、悲欢离合，有你侬我侬、相见恨晚、恨夜太漫长，有亲密无间、相依千百年恒不变心。也有相见过频，因爱生恨，独自凋零枯萎的，令人想起"寥落古行宫，宫花寂寞红。白头宫女在，闲坐说玄宗"，这种凄凉水也是可见的。

　　它们的关系，是彼此相互成全、相互依恋、互惠互利的。除此之外，这朝夕相处里头，自有别样的情愫、复杂的情感纠葛。她一抬起头，就看到他俊逸的样子，看到他在岸上或玉树临风，或顶天立地，想搂他入怀、揽他入水，怎奈横亘着这一条堤岸，是银河，也是山川，是万万不能突破的。因为他一入怀，生命就要倒计时了。除了脱胎换骨、改换门庭入住她心里，别无他法。因而，他们之间，相望相见相思，独不相亲。所以，他就要不停地长，枝叶越来越茂盛，枝条越来越细长，只为垂到她的面上，拭去那一滴因想要相拥而生长出来的泪波。

因而，如果有人说到湿地看的是滨水植物，不会过分的。每一处都风情万种，每一株都各有千秋，把水也美成了花。

## 一、榕之乡愁

它对于三垟人情感上的纬度，超过其生产生活上的物质供给。

138 条河流 161 个小岛形成了水乡，里面有达 100 岁以上高龄的 100 来棵植物。这几年，当它们陆陆续续与 12000 多户的原住居民分离时，将以怎样的方式承载他们的乡愁，是枝蔓天空的纬度、叶镶蓝天的经度，还是眉垂河流的水面？

榕是跟瓯柑、黄菱，还有樟岙山、衙底弄山和黄屿山等一起，作为一个具象，让乡愁经过、逗留、起航或者归航，寄寓和托付在上面的。它的乡愁自然也是深沉和难以抹去的。

作为温州的市树，水乡里的它生长在波浪轻荡的水边，滨水而居，依河而立，一年四季常青常绿，枝繁叶茂，冠大如盖。它们纤巧细腻，似是镶在天地间的一颗明珠，又是伟岸威严的，雄踞一方，盘地而立，不怒自威。枝干上的气根条条下垂，细小的一条条长长地垂挂下来或者飘扬在半空，形似古代女子闺房的珠帘，"卷珠帘是为谁"。粗重的直插在地上，生成了立根圆柱形粗长的根，形成了一根根魁伟雄壮的支柱，好似一座古城铜墙铁壁般的防御工程，犹如雄关漫道、一夫当关万夫莫开的气势，是风雨年华里屹立不倒的标志，与佛神共存在，与流水共徘徊。

传说、神话等故事在岁月里慢慢汇成了乡愁。张严冯岛只有30来个平方米，四面环水，在3000多平方米张严冯河的中央，上面有一个叫水莲营的小庙宇，南面有一株300多年的小叶榕。此岛此榕此庙是此水的形象代言人，一度出现在各种书籍报刊、网络等宣传资料上面。

榕苍老遒劲迂回盘旋的枝丫的上面，一片一片舒展、一层一层叠放，缜密无缝的叶子，分隔了天空，隔开了外面的世界。它在水波上荡漾着，似水莲花不胜娇羞，似水上花园富贵雅致，似天空落花轻泛波间，孤独不胜清冷，高傲气吞山河，载浮载沉在水中央。从外面进来，会想唱"我愿顺流而下，找寻她的方向，却见依稀仿佛，她在水的中央"。

榕 树

张严冯村的人说，当时天上的仙女偷偷下凡和三垱地上的情郎相会，二人欲私订终身，结成秦晋之好，思虑周全秀外慧中的她，看到这里碧波荡漾、河水浩渺，觉得只带解决生计问题的瓯柑和黄菱种子还不够，于是还带了一个契合这片水域制造出美景的榕种子下凡。自此以后，小叶榕就在这片水乡河岸上蓬勃生长壮大起来，成为水乡画卷上的一笔重彩。

榕与樟岙周转房旁的樟在一起，历经200多年的风雨，仍然甜蜜如初，站在同一个位置，保持一种姿态。樟岙人都说，左侧挺拔的小樟为男生，右侧柔婉的榕树为女生。好多好多年前，它俩原在对面的樟岙山上，青梅竹马，两小无猜。后来山脚的小浃河发大水，传说里面有小妖龙出来祸害樟岙村民。一时鸡犬不宁，村民魂飞魄散，惊恐万状，纷纷逃离村庄避祸。为拯救苍生，它俩决定下山，经过一番苦斗，将作威作福祸害一方的妖龙打败，镇压在河底下。为了使其永世不得翻身，不再出来兴风作浪，它俩决定移居在小浃河的南岸，分担寒潮、风雷、霹雳，共享雾霭、流岚、虹霓，永远告别了山上肥沃的土壤。村民为了纪念它们，在小浃河上造了一座小桥，名曰夫妻桥，还选好日子，给其穿上花衣、披上红绸、盖上红盖头，为它们举行了结婚仪式，办得热热闹闹、正儿八经。世世代代对其精心培育，使其一直枝繁叶茂、朝气蓬勃。山下坦村的三个小岛上，植着5000多棵小叶榕，村民们说，这是它们爱情的结晶，世代繁衍不息，子孙满堂，血脉绵延。

榕一枝一叶总关情，在盈盈一水间，哗啦啦倾入了满满的河流。当春泛起了河上的清波，吹落了黄叶，迎来了青叶，一瞬间榕新陈代谢的开始，便枝枝相覆盖、叶叶相交通，也是小孩上树下树的开始。哪一个鸟巢在枝丫间出现了，里面小鸟飞出去了一只，哪一个枝头小麻雀的声音响亮了许多。地上的蚂蚱一晃一晃跳动在阳光里的影子，摆好手型，凝神静气，等待合适的距离手到擒来。青蛙上岸来了，后腿很长很长，前几天还是小蝌蚪在找妈妈的它们撅着小屁股伏下身子，一步一步蹦着追赶……

人们将一个下午待在这里，倚靠在三四个成年人才能合围的大树上酣然大睡，会忘了生物钟关于时间的表达和暗示，任那河流奔去。人们仰躺在粗壮的枝丫上，片片叶子盖着，安稳地睡着，好似被它们托举了身子，在半空中浮沉，鸟儿在耳边飞过，知了在耳边鸣唱。如空中花园一般的一簇簇一团团叶子，似一张帘幕，掀开它，看到外面如浓絮般的白云正在悠悠地飘荡，身子如在它们中间穿越而出，或静候它们飘忽而过，白云的后面就是碧空如洗的蓝天了。这里的声音，从莺莺低语初试啼声过渡到响彻云霄万音竞飞。知了声声，不停地与耳膜进行着碰撞。鸟音吟吟，不断在与阳光和树木的光影合成里低旋起伏。

渐渐长大的他们，很快能够"让我们荡起双桨，小船儿推开波浪"了。阳光瑰丽、水天一线时，就划着一艘艘小水泥船在水波微兴的河面上徐徐而驶。无论划多远多久，中途或者终点的驿站都会停靠在榕树下，下船来在树下坐一会儿，或躺一会儿，跟它说一说伤悲，分享一下欢乐，沟通一下心事。关于个人的、他人的，公开的、隐私的，都可以倾诉。还可以几个人一起，就村里的大事小情，坐在下面的石板凳上，围着一张水泥桌子，商量着办，从芝麻绿豆到人生大事，从家庭琐事到村级决策，都在这里得以解决、得以安排，如水的流向一般，畅通无阻，如榕的宽厚一般能容则容。这是一种习惯，也是一种情感上的皈依，包罗了困惑、困难和困局。乡愁就体现在情感上的波澜上，如果没有榕的陪伴，好像心灵被抽空了一块，五味杂陈，尝遍苦涩。

榕在家门口静穆和屹立，离别也在它的见证下黯然销魂。一个个晨曦微露的早晨，小船推开水波，向着远山的方向泛行。他们在榕的身前身后告别的背影，难掩脸上的忧伤和心里的牵挂，而在晚霞中归来的身形里，有绽开的笑颜，让榕也见证着团聚的喜悦。

月上榕梢头，人约黄昏后，有情人的两个身影，跟水面踏波而行的鸳鸯、跟枝头你侬我侬的斑鸠在一起，欢喜无限，情意绵绵，恨光阴太短，怕天色将亮。

作为这片土地上坚守的一部分，榕让他们的心牵之、念之、挂之。他们也会时常过来，谈谈思念，回忆过去，说说在新的城市居住的感受，虽没有了朝夕相处，但根脉在情感上却一直牵扯不断。

## 二、秋冬似火的水杉

从榕到杉，是一个融合、接洽和整合的过程。

水杉，顾名思义，会跟水有着紧密的渊源，肯定是扯不断理还乱、手心连着手背的关系。果不其然，它栽在水里，而水边岸上也可以存活和栽培，是少见的两栖植物。

一个跟水的缘分，从中生代白垩纪和新生代，便与众不同，作为植物生存的见证者，一活就是上亿年。

但我生命岁月印记中的它，隐隐约约，若即若离，似真似幻，它是风情万种又是优雅清高的，每一根枝条都是明晰晴朗而又清风明月般的，每一片叶子都似精密裁剪的冰绡，轻叠数重，淡著胭脂。

该如何来揭示它的庐山真面目呢？

在三垟湿地圆底岛和垟河岛上，种植着一大片水杉，对，是一片杉树林。这是圆底河和垟河交汇的地方。远远望去，颇似李冰父子造就都江堰时三江交汇的地方。水杉也就在这里，在两条河流时而滂沱、偶尔激越、大多时候平面如镜的中间地段，那每一片叶子、茎脉，甚至绿意都蕴涵着高贵的灵魂。它是要在此站牢脚跟，守住江山千秋万载的。

"杉松高拔千万尺，寒泉引望峭青山"，它们有些在岛上陆地中，有些在水中。《植物物语》上说它的枝干挺拔，欣欣向上，直立生长，因而花语是充满希望、积极向上，其寓意是义无反顾，努力往最好的方面发展。多么具有正能量的花语啊。

但客观地讲，它的魅力，就在于根植在水中部分的万种风情，在于陆跟水相连时相互映衬时多维度的多姿多态。湿地的水是清的，能容下万千乾坤、千里江山，能接纳所有美感，也能造就钟灵神秀、绝美山水。而水杉，是一树一树地花开，也是一叶一叶地焕舞。春的媚，在绿的妖娆里，在沉水的倒影里，有闺阁之帷，有琵琶遮面，有梅嗅和羞，有长袖半掩。这娇羞，于一缕阳光中在水上铺展、编排，调整成精细的角度时，在水上亮出粼粼明光时，待要再行遮羞时，恐怕不能如愿了。它必将走上这一趟道路。

"自载五杉如碧凤，欲看春雨舞庭阴"，来年时，春回大地，阳光明媚，桃红柳绿，水杉在如西湖般热闹非凡多姿多态的湿地里，自然不会缺席。那碧绿的嫩芽，镶在枝条上，也羞答答地出来了，长出如一瓣瓣扁豆般的叶子，齐整地生长在枝条的两边。上面的棱条，看上去又如一条条三叶虫，这亿万年前出现的物种，难道变异成一种名副其实的叶子、在水杉上面来安身。这一个千古的谜题，不知道总是写地球流浪的刘慈欣能不能解惑。

在湿地里，属于春的盛宴不止 108 道，1008 道都有可能。春寒之下梅影坡中梅的破骨绽放，在阳光下成功地投怀送抱第一道倩影。桃花岛上的桃花在春风之中绽放，它捕捉到了最好的时机、最好的场合，松开它的瓣，在众芳之上、在万众瞩目之中登场，宣告属于自己的翩翩盛宴正式开始。

水杉是不能缺席这一年一度盛会的，有邀请函、桌签，有加长林肯，有红地毯。

水　杉

因为它有资本，在这一季的年华，虽然没有垂下绿丝绦，但有这铮铮骨架，容光焕发，没有一刻懈怠。在与水的对接里，氤氲了全部的精神。

此时的岛上，是杉托起了遮天蔽日的绿意盎然，是杉笼起了整个小岛的绿意熊熊、装点了它的诗意肌理，是杉跟垟河、圆底河的你侬我侬眉来眼去，直接走入了心里。在这二河的交界汇流处，画一道"U"形环线，用一支蘸着浓墨的笔来运行，一笔重重落下、轻轻起笔，着色相宜，就此定格。

其实对于水杉而言，这一切的亦步亦趋、眉眼张开、时隐时现，即使被排在末尾，它也不会在意。人们都是附带看看它的，并非专门为了它而来。因为它知道，它的重头戏在剧终，是在秋的萧索里、冬的寒风中，在万木凋零之时、万花归尘之时，在肃穆里、在寒峭中。它前面的一切只为了秋冬的盛颜，秋冬才是一场最后的演出，也是终极的。它拿出了所有的本领、所有的花招，为了攫住这属于它的光阴，不至于虚度，不至于为了它而来的极盛摆设成为空架子。

"水意很凉，静静让错乱的云踪霞迹，沉卧于冰清玉洁"，原来云是错乱的，杉是洁净的。

冬的沉郁，化成骨骼，在冰水里冰肌玉骨、冰清玉洁。这风骨，是赵飞燕的掌上舞之美，柔若无骨，轻似柳絮枝条；是宋徽宗的瘦金体，也是张旭的狂草。我没有靠近，因为需要划船，也不知道人在其中，会有怎样的感受。是千缕万缕的枷锁困住了我，还是千条万条的丝绦，虽然不是绿色，但久经风霜，布置成岁月的风刀利刃，与季节抗衡的钢筋铁骨却又不失为柔丝坚韧、细腻风流。

它是开花的，也会结果。它毕竟还是需要传宗接代的，只是我们都忘了它的花，它的花果也吸引不了我们。但我喜欢把它的叶子叫作花，火花最为适宜。难道你没看到呢，它在转红的时候，一夜的秋风，半天的寒风，像谁的大手一把抹过似的。此时的整个岛在"燃烧"着，整棵树在"燃烧"着，艳如晚霞和夕阳的互为表里，喷薄而出的绚烂。整个水面在"燃烧"着，尽管恰似那遮不住的红山隐隐、留不住的红水悠悠，壮丽、奇伟，我都看不出，古往今来的山水画，有比这眼前水中实景还要漂亮的吗？只是我握不了画笔，不能描画而已。

比线条，这中国山水画的骨架，条条脉脉，丝丝缕缕，暗线明线，一笔泼墨炸开的国画怎么比得了？在此时的水杉身上，端的是要什么有什么。直竖着的线条，粗细不同的枝条一律昂扬向上。这是它的特性，杉之所以为杉的重要标志。至于它枝条的内在结构，看得人眼花缭乱，宛若一战索姆河的铁丝网。画龙画虎难画骨，这是画家最难以下笔的"骨"。这是在地球上存活亿年的水杉，对于温度、湿度和环境，所做出的最为顽强地生命抗争时，不断演化、进化、调整出来的版本。

所以，枝条、根茎这些铜枝铁干，坚实地站立在这大地上，挺立在这碧水中，不因风雨雷电而弯曲，不因天崩地裂而俯首，经过岁月，经过历史，经过天荒地老，一脉相承，一直没有改变。

只有这样，才能托起这漫天飞舞的红叶。从青绿到此，之前堆砌和沉淀的过程，至此实现了华丽的转身，没有脱胎换骨，没有羽化成蝶，这颜色一转，就是世界大变。

只有这样，才能顶住这最烈的火烧云、最美的夕阳。这夕阳、晚霞，也不过如此，水杉在此其实还没有缱绻的仪态、妖娆的体态。它有骨骼清奇的壮美，有红杉簇簇点点的雨露均沾抢滩的强悍之美。

　　最烈的火烧云，也不过大笔一挥，让每一滴墨汁飞起来，再用笔从空中接住每一点，从南到北几笔，从东到西几画，全凭一时之气，这绚丽斑斓、壮观奇伟的气象就出现了。或者是把一幅丹青和油画拼凑起来，徐徐展开，平铺在天空，谁也看不出真假和虚境实境。

　　但杉不一样，它要经过多少的风云际会啊，15至20年的风雨方能独当一面，方能直立云霄、傲立水陆，方能让人看到它的摇曳风姿，方能在密林里占得一席之地。它的叶脉也要经过多少面目全非转换的苦痛啊，方能把最美的时刻呈现给大家，把最炫的风采留在人世间。在最为风干的沙漠最为贫瘠的土地上开出的花才是最美的。这伤痛的美，对于本尊而言，是如一块石头经过千刀万剐成为玉璞所致。这是修行，也是追求美的极致过程。

　　殊知，这已是叶子生命老朽之时，这是告别的盛宴，是最后的晚餐，也是谢幕的演出、弥留之际的遗言告白。是穿着一袭壮美的葬服的告别，在最美时跟尘与土、魂与肉、色与光，一起埋于地下，或者灰飞烟灭。谁又能说清明年的它，还是不是那个当下的它。范·蒙塔古说过这个DNA完全一样，是单线隔年传递的呢！

　　只是它也该是美的，"不知道，你曾有一个水杉的名字，和一个逆光隐去的季节，我不说，我不必说我曾是你的同类，有一瞬间，那白亮的秘密击穿你，当我叹息着，突然借你的手凋谢"，也是美好的结局，谁又能不是呢？这流星的瞬间璀璨芳华，不也惊艳了许多人吗？

我其实想坐着快艇沿着圆底岛绕过去。穿梭不进去，就在外围兜兜转转，时快时慢，时缓时急，停下来都行。

在那下面的盛世美颜，一伸手就可以打开南天门，或者进入时光的隧道，陷入百慕大的漩涡，揭开金字塔密道的盖子。

而在静窥杉林里面的世界时，亿年前的原始森林的模样，碧绿的草地，比人高的灌木丛，遮蔽着不透一丝空间的路径，跟现在相差不大，幽深、寂寥和神秘，我看着看着，隐隐之中，似有巨兽张着血盆大口，呼啸着飞奔着而来。"哇"，我几乎要叫出声来，吓出一身冷汗。

站在岛屿西首的大象城六楼看下去，整个岛是一团烟火的红，看久些，它似是要噼里啪啦烧起来。

如果我站在大罗山上看下来的话，它该是一朵小红花，在水面荡漾着、漂浮着，可是左左右右、前前后后，就是走不出这个圈子。

## 三、水长花白芦苇荡

有榕，有杉，还有芦，想起来就觉得是在开联合国大会，安理会常任理事国全部到齐。场面浩大，壮观华丽。

"蒹葭苍苍，白露为霜。所谓伊人，在水一方"，更多的时候，我把芦苇作为佳人，或者是爱而不得、弃而不舍的恋

芦苇荡

人，有一种隐痛、悲凉和伤情在里面。植物反映的就是真实的人间百态的事。因此，关于芦苇，可以归类于爱情。

在《大话西游》中，歌曲跟着电影红遍大江南北，但世人只记得第二部片尾曲那唱断人肠夺人心魄的《一生所爱》，殊不知第二部一开始的乐曲叫《芦苇荡》。它用悠扬、略带感伤和轻柔的乐声，唤出初来人间的紫霞，伴着她用长篙撑着小船在水中向青草更青处漫溯、在芦苇之间翩翩而来。此时的她天真烂漫，幻想满满，愿望美好，浑不知人间除了有人，还有追过来的仙，以及无处不在的魔。乐曲从头到尾都氤氲着如倒春寒里的风般的伤感，预示她的劫难也会一直相伴相随。

　　"蒹葭苍苍，白露为霜。所谓伊人，在水一方。溯洄从之，道阻且长。溯游从之，宛在水中央。"诗中的蒹葭即指芦苇，作为水生植物，芦苇跟水具有天然的联系，依水而居，傍水而生。这是它的生活常态，生长常态，荣枯常态，一生常态。

　　三垟湿地的轮船河、沙河和仙浃河等大大小小200多条河的岸边，都有大量的芦苇。它们或矮小如轻柔的棉花，开着淡白色的花儿，柔软到了极致，如心肝，如泪珠，每一个人到它们跟前，都不会忘了用手去触摸它，甚至用脸去蹭它。它来者不拒，轻轻地拂拭他们的毛孔、肌肤，让如丝滑般的感受，浸润进去，细腻柔润如斯。仿佛被上帝的手摸过一样，撩拨起所有绵软的心思，激发出人生全部的怜悯和爱怜，挑动每一寸神经末梢的悸动。这就是它的魅力，独特的，与生俱来的品质。牡丹过于富贵，不敢过于亲昵，生怕毁掉它的身价；玫瑰又过于娇艳，不敢过分亲近，担心深陷进去难以自拔；菊花又太脆弱，不忍心接近它，稍有不慎就会造成伤害。

　　在一份恬淡和静谧之中，氤氲着的诸多温存和柔情，其实也是属于芦苇的。

　　但事情都是多面性的。比如秋天是属于芦花的，芦花也开得身强力壮、毫无顾忌、大胆招摇。湿地里无处不在的它们，只要一点风吹、一点草动，就能撬动整个湿地，看到湿地神秘的背面。就能扛着湿地移动，重如一个城堡、一座庄园、一处小城，轻如一艘舟楫、一地鸡毛、一个盆景。

　　高大笔直如水竹的它们，对于岸边风光之地的占据，外表上则是张扬和高调的。特别在晨风和晚风中，不论是哪个时节哪个季节的风吹来时，总能摇起它的风姿，总会将它凛凛的气韵升起。即使是寒风和霜冰蜕去了它的表皮，一毛不剩，但光秃秃的秆还在，那份在高空上方的摇曳，在波光之上的晃荡，一种鹤立鸡群的孤傲屹立一直会扑面而来。

它在跟西南方遥远的白云山示意，等候或者送走那晨曦和晚霞，跟咫尺之遥的大罗山微微颔首，还有用俏丽清欢的叶子跟西北、东北方向城市的灯火挥别。它所在的这方水、这方河岸，本就与中心城市是两个世界的产物，这个界域，即使仅隔着一泓河水，即使芦苇的头也还是朝着河这边的。至于其他的阻隔，比如古桥、公路和小径，隔着的心理空间，可就大得去了，甚至是无垠的。这就是一方花草一叶绿荫世界里的无穷魅力。

提到芦苇，不能不提白鹭，好几次看到白鹭从它怀抱中起飞。这是常态，是周而复始的。白鹭是柔弱的，也是狂放的，产卵、做窝、觅食和休憩，芦苇荡是它们最为安全的避难所和休闲场地。

在湿地圆底桥的北岸两侧，东西贯穿而过一直延伸到场河岸上，西环线内花溪花岛上，芦苇在此搞了一个聚会，给出的景点名为芦苇花海。这里的芦苇棵棵都很高大，齐整风流，伟岸雄奇。在风的借势下，在轻风的吹拂里，枝上的一排排芦花一会儿成浪成海、波涛汹涌，一会儿微波轻舞、点点颤动。在阳光的斜照下，像个翩翩起舞的少女，像个飞扬奔袭的少年。既有民族舞的柔美窈窕，会芬芳四溢，天地动容。也有西洋宫廷舞的优雅美艳，会一醉方休，颠倒众生。

谁在牵着它的一片花瓣，将脸贴上去，留下一张不用修饰的美照？这个背景白得令人揪心，令人叫绝。这个色，构成了它的唯美，它的独一无二，它的绒白和绝色。任凭电脑软件有怎样超级的力量，也修不出来这人间的真色。

芦花虽不是桃花，却也相映着人面、反衬着人脸，将人透视得无可挑剔、美丽动人。但凡女人，谁能不"为君持酒劝斜阳"，且在此花间留下晚照呢。因为它的明艳，足可以涤荡四周所有的不足，让容貌得到超级大升华。

其实此时此刻，我很想浊酒几杯，跟夕阳、跟晚霞干一杯，诚挚地挽留它们。我多想待一会儿，下山的路慢慢走、慢慢走。再跟河水干一杯，在不息的年月里，独有它的陪伴，永远在身边。最后再跟芦苇干一杯，感谢她给这个世界带来的丰富多彩。

其实此时此景，我想喝醉，不是微醺，而是酩酊大醉。酒精兴风作浪时，把所有的见闻说给她听，特别是芦花的开放。躺在芦苇秆上、花香丛中，在这里美美睡上一夜。不闻外面的人声和汽车声，不管外边水声一阵一阵陆续响起来，跟这山河同醉、这光景同睡。将这景象告诉她，这是一种多么美的享受，这是从小到大质量最高的安眠。

谁又在花海里蹑足着，不惊动风、不搅动雨，也不摇动花，只是让一个心仪的人来找。他轻轻地，悄悄地，毫无知觉地出现在后面，伸出双手献上一个拥抱，那熟悉的体香、气味、气息扑鼻而来，渐渐漫溢全身。或蒙住对方的眼睛，没有出"猜猜我是谁"的声音，那手上的温度，轻轻碰上就能明了答案。或者出其不意地在前方的一簇花海里一跃而起，手里捧着一大簇的芦花，一下一下迈着方步，正面迎上来，口中还念念有词……这人间啊，烟火当中升起的璀璨，在此地此景下，有了更多的感发。

它是雪花呢，一直在这个维度飘着，不像矢车菊飘得那么远，还凭着娇艳不断在撩人黏人，处处留情，人人诱惑，惹人厌了。它虽然密集，茂盛，虽然也会花枝招展，但也就守住自己的三分田，做好本分，没有越界和僭越，"你见，或者不见我。我就在那里，不悲不喜。你念，或者不念我。情就在那里，不来不去。你爱，或者不爱我，爱就在那里，不增不减。"这就是芦苇、芦花，没有傲骨，却有清骨，没有招摇诱人，却尽展现表达。有自己的底线思维和原则立场，也有融入世俗招人待见的一面，出世入世而不入流，外化而内不化，看透而不说破，更不合污。

远远的，我要躲得远远的，才能看到白鹭一上一下拍着翅膀从远处点水而来，或者竖着翅膀从空中俯冲而下，停驻在芦苇荡里。有双脚踮在芦苇秆上发呆的，有在花团锦簇下面的阴凉世界里左右前后一下一下薅羽毛的，还有的悄悄进去入窝的。那些振翅起飞的，翅膀啪啪地响，震动着丝雨一般的花瓣微微飘落，如烟似雾，如丝如絮，带来丝般的感受。一柔到底，一滑溜烟。跟周边的水流，跟比它矮小的植物，有"惹烟轻弱柳，蘸水漱清蒲"的朦胧。此时，我只想唱"天苍茫，雁何往，这里是温暖家乡"。

芦苇荡中的芦苇倒映在水中的美感，似是几座连绵起伏的山峰，影影绰绰，若隐若现地在水中起伏不定，载浮载沉，是海中的仙山蓬莱呢，还是天上云端深处的宫殿？

"一川芦苇画图中"，它在水下，是秀气的、内敛的和纯净的。一河清水，把它洗净了许多，几抹水汽，又给扮上了一层淡妆。如画家手中的画笔勾勒而成，淡淡几笔，虽然绵密紧凑，集束密凑，但线条清晰，疏朗有度，毫无凌乱之感，还会隐隐透出典雅别致、轻扬之风。

水光潋滟之间，它们在水里相互一枝一枝紧紧挨着，一整片一整片地倒伏着，随着水波的移动，集体摇晃着，时而模糊，时而清晰。佳人也会从里面袅袅婷婷地出来，一举手一投足都是万千风情，每处眉眼、每个神态都是万里风光，阅尽山河。

河边的芦苇，也是一排排的，齐齐整整地排在水面下。是一道风光、一处景观，给了我想象的空间。我有时候会觉得走在虚拟跟现实之间，行在绿水青山之道，一下子竟也难以分辨得出不同世界之间的界限。这本来就没有界限的，好不？

## 四、代表坚贞爱情的蒲苇

把蒲苇写在这里，是不会使人意外的。这也是我的一个重大发现。原来在植物界，也是你侬我侬、情情爱爱的事层出不穷，还寻死觅活的，如琼瑶阿姨笔下的纯美爱情世界。不知有没有耽误了正业，还有待于深查。

蒲苇长得很密集，一条条一簇簇一团团紧挨在一起，几乎密不透风。"湿萤不照蒲苇<u>丛</u>"，一个手掌都动不了它们分毫，我怀疑蚊子和蜻蜓都飞不进去。

在高大粗壮、高 2~3 米的芦苇秆支撑下，它的神态和整个样式，甚是凶悍。每每一见到它，我都要作势躲避一下，然后才小心翼翼步步惊心般地接近它，生怕它气势汹汹地扑过来要打一架或者上演一场拳击赛全武行似的。

它的凶神恶煞体现在凶风八面，即使朝向河水的那一面，也是虎视眈眈，根根枝叶毛孔竖起，目露凶光。"台下弥漫百万湖，丛生蒮苇伴菰蒲"，它在形成千军万马的阵容时，更为壮观华丽、气势如山，

跟芦苇一样同属禾本科的它，一度被我视为是芦苇的弟弟。它突出的特点，跟芦苇一样，表现为它们个性突出、长相特别的花朵和叶子。

叶舌有一圈密生柔毛，叶片质硬、狭窄，簇生于秆基，长达1~3米，边缘锯齿状、粗糙。它们挨挤在一起，如刀剑林立，刀山火海，剑戟怒涛，剑雨遮天，一阵冷意升上来，顿感阴森恐怖。

蒲 苇

与此剑拔弩张形成鲜明对照的是它的花，"溪头蒲苇各萌芽，山梅最繁花已堕"。梅落蒲长，是它们在季节里面不同时段的见证。可见它的生长期在梅落之后，它的花期跟芦苇一样在 9~10 月的秋季。而它的花色，除了白色，还有粉红色等。每一种色彩都会充分地展示，360 度无死角地表达。它的花显得温柔和秀气许多。雌雄异株的它，圆锥花序大型稠密，雌花序宽大，雄花序狭窄。小穗含 2~3 朵小花，雌小穗具丝状柔毛，雄小穗无毛。颖质薄，细长，白色，外稃顶端延伸成长为细弱之芒。丝状毛是它的特点，像一小狗狗身上的毛发，柔顺光滑，质感细腻。

它的花比芦苇的还要绵软，如果芦苇是山羊，那蒲苇就是绵羊；芦苇花是海苔，那蒲苇花就是棉花。那握在手心里面的感受，真的不需要一点点防备，带给我惊喜，情不自已。那仅仅只一点点的痒，一点点的刺，其他都是蚕丝般绵软的，如貂尾扫过，如鹰毛落下，不会惊起一丝的波澜。

有人说它是一个清秀少女，特别是圆锥花序。在河岸边，它随风轻舞飞扬，婀娜多姿，全身上下清丽素雅，不沾烟火之气，像极了一个端庄秀丽清纯脱俗的少女。

关于它在湿地里充分的美感，还要借助于风，也可以说离不开风。"细柳新蒲日日风""渡头灯火起。风弄远汀蒲苇。香冷虚堂窗儿"，它太张扬了，所以一有风吹来，无论多么小的风，就笃定要动，如风帆一样，所以是"日日风"。当风吹来时，有着长长花期的圆锥花序随即会纺锤状地转动，唰唰地响动着，带动茎秆在挨挨挤挤的空间里来来回回、上上下下地摇摆。如山将倾，河将倒，水将泄，整个天地都会山摇地动、昏天暗地，整个如摇篮般摇起来，还轻轻地哼着曲子。

又或如草原上的姑娘，会跳肚皮舞的她们排成几队，舞姿蹁跹，手脚协调，动作优美。整个草原大地都随着她们的节奏在动，在舞，在和。

"颠披蒲苇乱，抑压乌鸢噤"，此诗的名字为《大风怀林柏农》。此诗表现大风像疯了一样，不讲道理狂乱地猛扑到蒲苇丛中，使蒲苇乱成了一团，发出"唰唰"的声音，使乌鸢吓得都不敢出声了，噤若寒蝉。

"我有一池水，蒲苇生其间"，这是我们拥有的江山呢，一汪清水，几株蒲苇，一座小岛、就能拥抱山河入怀。

而花上面的那个纺锤，我似乎看到了黄道婆手里的纺锤在飞舞着旋转着，震荡着历史的回声，响在1000多年后的大地上。在飞驰的速度中，这个革命性的成果，随着时光的隧道，如飞鸟一般，抛掷过去，跑向了未来。

"长风过雨蒲苇净，水色淡淹沾人衣"，而雨来的时候呢，和着这雨点在水面上发出轻微的叮咚声，雨滴敲打在蒲苇长条叶子上，一声一声啪啪地响着，在黑夜里，会在河面上泛着亮光、制造着幽深，在这荧荧灯光里，风吹来，它摇去，来来往往。如果在白天，蒲苇则会收敛起光芒，一声不响，垂下双手，双脚立正，如在接受洗礼。能治服它的，只有雨了。

但是在更多的时候，风雨之中的蒲苇，是怡情的，是优美的、静谧的。"风簌簌生蒲苇，小雨霏霏湿芰荷"，说风吹来生成了蒲苇，雨淋湿了菱叶和荷叶。想象一下，在风雨之中，河岸上突然出现了蒲苇叶，它们在轻轻晃动着，凝视着水中被淋湿的芰荷，此时的它们，构筑了中国的一幅山水画，或者是一首山水小诗，白描的，写意的，黑白分明，光影暗藏，层次感强。

"与时屈伸，柔从若蒲苇，非慑怯也"，则引申出来一个中国哲学的命题，有幸扯到蒲身上。说它能屈能伸，柔顺得体，而不是胆怯内缩。在身体的其他部位都已经威风八面、张扬傲娇了，有的部位要内敛一下，否则身子恐怕会炸裂。

跟风雨酿成的诗意，足够醇厚，足够猛烈，足够盛得满满，使我喝上千年，醉上万代，灌入千古愁。

蒲苇在文学作品中，曾被誉为坚贞不渝的爱情，而这也是它的花语，主要是来自《孔雀东南飞》。该长诗中说"君当作磐石，妾当作蒲苇。蒲苇纫如丝，磐石无转移"，刘兰芝认为焦仲卿是大石，她自己是蒲苇，二者都坚硬如铁、岿然不移，代表他们的爱情也会如此二物而坚贞不渝，共同来抵抗世俗偏见。她这是在劝焦仲卿，对于他俩的将来要有信心，信念要坚定，不要一遇上挫折，就要放弃。而她对于情感的追求和坚定信念，令人动容。但后来府吏反驳她说："磐石方且厚，可以卒千年；蒲苇一时纫，便作旦夕间。"大石方正又坚厚，千年都可以不变。蒲苇一时柔韧，就只能保持在早晚之间罢了。他的理由是，大石永恒不变不假，但是蒲苇只存在于旦夕之间，其坚硬是非常短暂的。言下之意是蒲苇有其坚韧的一面，但只是一时，维持不了永久，这跟磐石的永恒不变相比就差多了。说二人之中只有一个是坚定的，充满信心的。但感情是两个人的事，光有一人远远不够的。

其实他们是在辩论，论一个迄今仍没有标准答案但一直在辩论不休的主题。在现代诗歌的演绎中，蒲苇还经常被诗人用来表达恋爱要坚忍的品性，还用作一种深入情感、坚决维护感情的爱情宣言。

汉乐府似乎偏爱蒲苇，一首《战城南》的汉东府民歌读来荡气回肠，其中有"水深激激，蒲苇冥冥，枭骑战斗死，驽马徘徊鸣"，说清澈透亮的河水在不停地流淌着，茂密的蒲苇显得更加的葱郁，骁勇善战的骏马在战斗中死了，健在的疲惫的劣马在战场上徘徊悲鸣着。将豪放壮烈刀戈不断的惨烈战场描写得淋漓尽致。战场上的蒲苇，"雪余蒲苇衬沙黄，野水寒清雁半翔"，有一种大漠中胡杨的悲凉，给人一种腥风血雨中仍坚挺着树立的无畏无惧之感，镀上了一层壮烈的悲情。蒲苇是一种见证战斗惨烈和杀戮无情的植物。

蒲苇还有落落大方的意思在里面，说它不会做作、磊落大方、简单直率，怀着一种开放豁达的心胸，不会有遮遮掩掩那种小家子气。

在蒲苇的功能方面，它可以做席子。蒲席在古代称为莞，春秋时期可只有贵族家庭才可以铺用，一般人家还不给用的。《诗经·小雅·斯干》中说"下莞上簟，乃安斯寝"，夜里燥热，有一张莞簟，方能安睡。莞簟，就是指蒲席与竹席。莞簟也用来表示生儿育女的吉兆。"蒲苇所以为席，可卷者也"，不用的时候，可以把它卷起来，不占空间。我们日常所见的大多为竹子做的席子，在白洋淀、盘锦、奉化和玉田等地，其蒲苇席比较有名，奉化还有"苇席之乡"之美誉。有因产地出名，也有因工艺出名。

小时农村最为常见过的便是蒲扇，即用蒲叶制成的扇子，拿在手里轻轻软软，风势又足，新制的还有一股淡淡的干草清香，使人神清气爽，酷热已消一大半。手巧的人，还可以将它制成帽子和蓑衣。

其实它全身是宝，根茎可以食用，含有蛋白质和维生素。河南周口市淮阳有一道蒲菜，别处的蒲菜都是苦的，唯独淮阳龙湖的蒲菜是甜的。据说当年孔子周游列国时到了这里，当时淮阳属陈国，在兵荒马乱中，和众多子弟困在淮阳，绝粮达七日。他们凭着采食湖中蒲根，才保住了性命。此后蒲菜被当地人称为"圣人菜"。这段生死攸关的经历，还使孔子领悟到了"弦歌不辍"的儒学真谛。"孔子绝粮三日，而弦歌不辍""孔子游于匡，宋人围之数匝，而弦歌不辍"，以琴瑟伴奏而吟诵，表达保持教化育人的精神。

为了纪念这段历史，现今在淮阳龙湖，建有弦歌台。

孔子在他最为得意和名垂青史的劝学方面，也引用了蒲苇，他说"野哉！君子不可以不学，见人不可以不饰。不饰无貌，无貌不敬，不敬无礼，无礼不立。夫远而有光者，饰也；近而逾明者，学也。譬如污邪，水潦灂焉，莞蒲生焉，从上观之，谁知其非源泉也"，后一句是说，浊水不流的地方，雨水、积潦都归趋到那里，芜草、蒲草都生在那里，从上面看去，哪个知道他不是活水的源泉啊！孔子说学习要成为个人的日常行为，不可耽搁的。而且这种日常行为要潜移默化，惯常进行，让人看不出来的。

另外，蒲苇在药用方面价值也挺高，其花粉是蒲黄，具有消炎和利尿等功效。

## 五、随风旋舞的风车草

跟芦苇挨在一起的风车草，有真爱、健康和幸福的寓意。

风车草会让我想起蒲公英，因为信手拈来蒲公英小小的花朵，拿在手上用嘴轻轻一吹，它的絮和种子就能随风飘扬在空中，飞达万里，落在万水千山。为此，蒲公英看起来可爱又俏皮，活泼又生动。用同样的方式，可将风车草拿在手中，也用气吹它的长叶，或者用手揉搓它的茎秆，它也会滴溜溜地转。转山转水转佛塔，只为来生与你相见。它能带我转动整个地球，在宇宙中轻轻晃荡，如浮萍，如飞船，如方舟，而我在另一端的边上静静欣赏。

风车草的大名也是经过查询对照后才获知的。小时候不知它叫什么草，但肯定有一个俗名，或许更加形象和生动，不管是从功能还是从外形上取得的。只知道它是一种遍地皆是的野草，还是我的好朋友，如今再次相见，在外形和容貌上，却已是记忆全无。我在反思，如果我生活在遍地植物的地方，就能延续小时对于一些相关植物的记忆，延续对它们认识的深度。如今能够圈定眼前的它就是小时候的它，在于经过外表求证，求证那个一直在村子和城里交叉来往的少年朋友，再行查询资料进行对照，最后才圈定了它的类别。

那个往事是在那个年代，那时需要持着柴刀上山砍柴和割草给家里烧饭和给五六只羊过冬的我们，对于风车草如仙草般的作用铭刻在心、永不能忘。我一直想，它该是跟白蛇偷盗的用来救命的灵芝草地位不相上下。

想当初，重达10来斤的柴刀不慎砍在才10来岁的自己稚嫩如笋的手指上，鲜血自然如流水一般涌出来。我们不慌不惊，镇定自若，一边用手按住长长的血红伤口，一边从一种茎短、粗大、高达150厘米的野草身上摘下椭圆形或长圆状披针形的叶子，放在嘴里咀嚼几下，将一团嚼碎的叶子粗粗地抹在伤口上。神奇的事情发生了，本来涌出来如泉水般的血，竟然止住了。又名"止血丹"的风车草绝非浪得虚名。指上的伤口，用不了几天，也就痊愈了。只是伤疤很大，由于伤口过大，没有采取针缝合的手段，它永远像一条条山岭横亘在"五指峰"上。风车草如一颗痣，永远地留在了心里。给只有寡淡的童年加点醋，加点糖，加点柠檬。

作为莎草科的风车草，它在湿地的各条河边都有涉及，最为密集和多见的是在五福源的轮船河岸上、花涑漫堤的河两岸上。它们没有芦苇那样高挑、高调地跟湖水调情，也没有如美人蕉那样明艳，暗暗地跟河水、高树说不清道不明地来往。圆柱形茎秆直立的它只是把枝叶展开，在要名要利的它们中间，毫无畏缩淡然。在11月份把花开掉，该绽放的绽放，该撒播的撒播，该结果的结果，即使不明艳、不漂亮，也无意苦争春，也不会自轻自贱，更不会妄自菲薄、自惭形秽。这让我深为欣赏。

"红日半竿人世闹，倚阑亭上晓风轻。"日上三竿了，人间开始热闹起来了，但太闹了，让人不得安宁，这也充分反映出人间太浮躁了。但后一句"晓风轻"，一下子有了代入感，一下子风轻云淡、春和景明起来。作者在此，应是指风车草的悠然和自得、松弛有度、来往自如。虽然叫风车，却从来没有那种如风车般的速度。

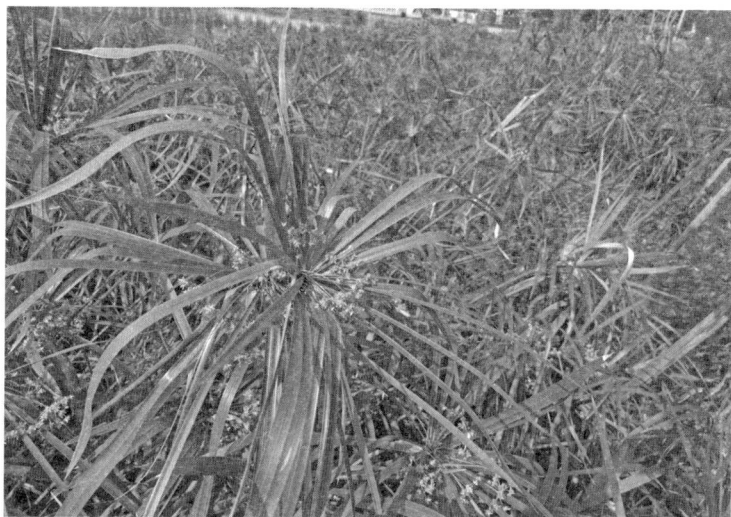

风车草

　　人间万事，世间万物，都有各自特点，都有各自安身立命之本。不能有歧视，虽然有偏爱，但也不能抵制它们的墙角自香。所以即使如风车草般，也能够自开一方，孤芳自赏。

　　在湿地里也一样。风车草的自有天地也是美丽的、风流的。矮壮的它向河水伸出的橄榄枝，不是为了讨要它澎湃的资源的施舍，也不是借助于它的光影，反衬自己的光鲜，而是为了将自己的风姿展示给水，让水的样子青绿起来，让水波褶皱的纹路里，有了生态的生存，有了清明的影子。宋代的胡宏有诗曰"白沙波底石苔青，水草摇摇自在生"。此中的水草即是指风车草。这绿青相映、水波隐隐，该有多么深邃的意境？同则还写了自在，　针见血写出它的悠然，它自由的特性。有了这一层的关爱，水的流向里，藏着千里峰峙；水的深渊处，有着碧潭幽幽，一叶成龙。水面上，有着朦朦胧胧轻轻诉说或者曼妙歌舞的意境。

自然，它也不否认，它要依水而生，它喜欢水，找这一份淡泊和清静。这清水中的自己，也是级别最高、技术最为先进的美图。因而，这是一种互惠互利的关系。谁也没占谁便宜，谁也没欠谁的，谁也没独自捞到好处，是一种自然界的生存法则，即你好我好大家好。

当然，它赖以成名的便是风，是风让它卷起来、飞起来、舞起来。"叶如箭镞，风吹能环转如车轮"，叫它风车，我总会想起蒲公英，从茎端发散出来的叶片，颇似一个车辂辘，也是仰面朝天四脚乱蹬的风车，青翠、修长的枝叶里，有隐隐的雷声响，伴有呼呼的风声，还有风驰电掣般的速度。

"迟日江山丽，春风花草香。"它被风飘起旋转时，我只想站在上面，在亭亭如盖下，在敞篷的飞船中，在旋转的飞车上，随着它起起伏伏，升到云端、外太空之外，降到下面、伏地而行。我只想扶着它的臂膀，任凭这风有多大，速度有多快，它带我在眩晕里、在迷糊中，在人类速度渴望的最大极限里，得到关于肾上腺发挥和激扬的最高程度的体验。

它自有温存的一面，而且还是极度的，腻歪了的那种感觉。在它全都敞开的叶心的地方，开出花，结成果实，这是多么奇妙的现象啊。犹似一个托盘中开出一束花来，一个画在青花瓷托盘中的花活了。受到花神的眷顾，它鲜活了，这肯定是跟它的前世有关，跟画下它的、制作它的那个人有关。"你隐藏在窑烧里千年的秘密，极细腻犹如绣花针落地，帘外芭蕉惹骤雨门环惹铜绿，而我路过那江南小镇惹了你，在泼墨山水画里，你从墨色深处被隐去"，这个结局被月色晕开了呢？花的叶片就在遮遮掩掩之中，欲掩还露之中，使它开完了花，结完了小如梧桐子的果，这黄棕色花穗的风采，也定是不会让人失望，尽管花瓣小巧了一些。

它还有一个名字叫伞草，小小的它，四面叉开，杆杆强硬，条条笔直，龙心坚挺，篷盖如纸般细薄，如丝般韧度，能撑起整个天地，挡住所有的风雨雷电。放到姑娘的手上，走在烟雨的江南小巷里，逶迤隐匿而去。这种情境种下的诗意，在合适的时机，在突然出现的那个相似的点，就会发芽成长，酝酿成果，绵绵无尽，延续百年。

它有个别称叫紫苏，那是借用了另外一种植物的叫法。至于原因，可能都是可以入药的缘故，至于有没有其他说法，不得而知。世间万物都有道理，都有内在的逻辑规律，不然不会毫无理由地称予它。

就名字而言，我其实挺喜欢叫它风车草。"传语风光共流转，暂时相赏莫相违"，因为它是动感的，是韵律的。当春风来时，它就是一段胡旋舞，有腾、踏、跳、跃等动作，"疾如风焉"，它是在为季节欢呼，为温暖为春风而欢呼。当春雨来时，它就是一段江南扇舞，舞动山河，"坎其击鼓，宛丘之下。无冬无夏，值其鹭羽"，敲起鼓来咚咚响，宛丘低坡舞翩然。风车草是在接着雨水，一滴一滴，吹气可破，而不是躲避，掉在地上冰魄银针一般簌簌作响。不管寒冬或炎夏，洁白鹭羽一直在手中舞着，双腿也一直在跳着。所以它是美的，在动作中表现出来的。它也是雅的，有风度，有雅量的，有气质的。如一名真正的舞者，只为风而来，只为雨而遇，一辈子只为追求这单纯的理想，携手追凉风，放心望乾坤，而不管世俗的纷扰和引诱。纯粹、直白和执着。

它的花语是真爱，健康，名誉，幸福。在花语中提到健康特别有意义，这个时代已经到了大家都将健康视为第一重要的时候。风车草作为一种最为常见的药物，没有为自己涂脂抹粉打广告，而为祝福人类要健康。一棵小草，这怀的是多么宏伟的胸襟和格局啊。

"名誉"应不是指人人追逐的虚伪的名声，而是指名节、节气和风骨，即为人要高风亮节、重视名声、尊重民意、人正为范。"幸福"是好理解的，用在哪里哪一行哪一种植物生物上都行。在这里风车草的寓意应是要我们淡泊名利，做好、管好自己，别管他处风雨、别处风景。

## 六、棕界"二把手"——女王椰子

作为植物界的女王，它出场得有点晚，无论在湿地哪一个场合、哪一个角度，都能看到它的绰约风姿，在深婉动人之外，还自带尊贵。因此，在前方列队的大臣、侍卫，乃至将军全都出来后，它才在万众瞩目之中款款而来，盛耀登场。

湿地垟河水中央的垟河小岛是属于它们的，尽管它们只有七八个同伴，也没有小兵，如萋萋芳草，藤蔓缠绕，绿树林立，一样都没有。尽管垟河小岛四面滨水，有点孤岛的意味，外敌一围上来，退路都没有，只有挨打就擒的份。但小岛的所有权似乎与生俱来就是给它们牢牢把控住了，而且它们还不是原住居民，在登上岸以后，就天然地成为了这个样子。

想起这一点，如果是我，会说，此山是我开，此树是我栽，要想过此路，留下买路财。显然，女王椰子不是混世魔王，是属于乔木状植物的它们在岛上一字排开，树干直立，枝叶展开，高高矗立，迎风招展。无论从哪个角度来看，都有王者之气，都有至尊地位。这绝非危言耸听，或者狐假虎威、装腔作势，那是有证书的。"椰子之身本棕类"，因为它是棕榈科，是世界上 3 个最重要的经济植物类群之一。血脉正统，非是凡物。在此弄个王弄个后的，不算过分。

但椰子树来这里落脚，也绝非偶然，郎有情，妾有意，绝非一厢情愿，湿地定有它的过人之处，小岛也有它的独特魅力，这个就是二者结合之下的深意。"有些海水被系在了椰子里，成为安静的内陆湖。它拒绝参与时光的扎染，像古文中的宾语前置。你只能垂手站立，仰望于它。"这里好像是一种无奈之举，这树跟水的关系已经脱离不开了，河水被椰子套牢，椰子在岛上挪不开步子，那就认命天长地久吧，毕竟不还是有许多人向往着这样朝朝暮暮呢?!何况要使这一片风物深入人心，得需要光阴长期地浇灌、星辰无限期地照耀。

我在岛的这边，即南仙堤南仙桥上看风景，"你站在桥上看风景，看风景人在楼上看你"，就这样跐着一只脚，滴溜转着四顾时，就看到了垟河小岛。它只有 300 来平方米的样子，位于垟河的中间，东南西北都是水，因而一年四季都是处在一种水波微兴、浪花轻扬中。经过沧海桑田之后的剧痛，断手断脚断胳膊的它，在此岛落脚栖息，也算是结束漂泊在此落脚，心有所属了，因此它会铁打不动，牢牢地在此浮沉。毕竟岁月这玩意，太经不起折腾，几个日月转换之间，一晃悠近千年就已经过去了。

整个小岛看上去头尾尖尖，昂首上翘，中间向两侧凸出如鲨鱼的肚子，像一艘舴艋舟，颤颤巍巍，在水中破浪前行。又像是一条巨型的东星斑，从水底冲天而起，在水面上挟风裹雨，滚滚往前。

仔细端详这个岛，最吸引人的还是岛上的女王椰子树。高达15米多的它，身子骨主干粗壮雄伟，直径可达40厘米，中下部呈佛肚状特别粗大，如东海的定海神针一样，串起天地之间的平衡。凛然不可侵犯，天生的王者，浑身上下充满着霸气。它立在了岛屿的东南面，自是第一时间进入游人的法眼。我第一眼看去，还以为是海南的椰子树。

它不仅在此岛的高度和气势是一等一的，就是在整个湿地，论强壮、论气势、论观感，能够跟它掰个手腕的，寥寥无己，寥若晨星。一般它的所在，是波涛汹涌的大海边上，是气势宏伟的高楼旁，是高贵雅致高端大气的别墅群里，而能够在此占一方风情，把一脉水土，定有湿地独特的密码，成全它王霸之气的特有配方。

能抗8~10级热带风暴的它们迎风飘扬，我似乎能听到风吹在它身上唰啦啦响着。它们飒爽英姿，如战旗一般，来标榜先期占有的合法性。又如灯塔，它们风采奕奕，气势逼人，不畏风霜浪涛，总能在最为极端的条件下，也能被海上的人看到，代表着希望之光、期望之所在。除了粗壮强劲的枝干，它的叶长约4~5米，羽状全裂弓形下垂，叶轴每侧的羽片达250片，羽片呈4列排列，线状披针形渐尖。叶脉粗壮的叶子，每一片都浸润着不可一世唯我独尊的气质，天大地大我最大，有万夫不当之勇，有铁壁铜墙之坚。在这片土地上，它犹是古罗马的帝王，是希腊神话中的战神，尽管在它上面还有大王椰。

但我仍然盼望着能登上小岛，近距离地观察它、端详它、研究它，而不仅仅一睹这外观的风采。它的招摇，它的风姿，还有气质，哪一样不迷死人呢？

我喜欢坐在树底下，靠在它的株上，冥思苦想，或者胡思乱想，甚至睡上一觉，等候它的果实落地，印证牛顿引力原理；等候它的枯叶掉下，飘飘扬扬，在肩上，在身上，还有在鞋上的样子。有苍老，也有气质，也有暮年，也有纹理。一条中脉被鳞秕，如蛟龙出海；一条横脉细细密，如宅心仁厚的君子，很温暖。柄及轴上的褐色鳞秕状绒毛有没有脱落呢？

或者进入中国那个很有名的哲学梦境，跟梦来一次现实的交接、理想的碰撞，都是有趣有益的。金榜题名，洞房花烛，试想，现代人不都是一直做着这样的梦，行为着这样的逻辑呢？有多少人能从此梦境中清醒和领悟呢？也许在此梦一次，深入这个哲学逻辑定律，或许能够解开它的秘诀。

就凭这树，小岛就是一道景观，甚至是一道奇观。虽然湿地的每一个角落，每一片田野，每一簇小草，每一朵花朵，都美不胜收、引人入胜。它跟水流的眉来眼去，暗送秋波，一定是你侬我侬、柔情蜜意。跟旁边岛屿、远方山峰的对峙，心里边不知有了多少恨意顿生如杀父仇人国恨家仇的想法，怒发冲冠，潇潇雨歇，十步一杀，不留功名，相约战场，兵戈相见，或"风萧萧兮易水寒，壮士一去兮不复还"。

　　自然，它也绝不缺乏诗意。在晨阳下，夕阳中，晚霞畔，它的每一片叶子，都是肃穆的，安然的，还有淡泊的，都是恬淡的、恬静的，一下子跟周遭融在了一起。在水光中，它也是一位安静立着看河水的美女，雍容华贵，气度悠然，真是"千秋无绝色，悦目是佳人"。她有一缕的忧伤，水波收不走它，还凝在眉间。也有一丝的愁绪，点在微微上翘的嘴角，如美人痣。

　　远处再看，它还在水中静静肃立，扬着头，轻轻摇着身子，素肌不污天真，晓来玉立瑶池里。遥遥地招着手，微微地颔着首，为一番等待，一番相思，今天在此还愿，还是前世积下的怨孽，就此别过，一樽清酒始行杯，就此别过，各自安好，方得释然？因为在这个渡口，说渡口也罢，不会担心看不到它，尽管无论在哪个角度的视线里，它都镀上了层层神秘的面纱，它背后的深邃、无垠，还有豁达，也越加拉大和扩展了。

女王椰子

比它高大的椰树名叫王棕，又名大王棕，果实也要比它大，自是它们地位不同，取名和封号也不同，这天然的差异，哪能没个大小尊卑等级之分呢？因此，女王椰子又名皇后葵、金山葵和克利巴椰子，其言自明了。

关于椰子，沈佺期在《题椰子树》中说："日南椰子树，香袅出风尘。丛生调木首，圆实槟榔身。玉房九霄露，碧叶四时春。不及涂林果，移根随汉臣。"日南即现在越南的中部当时作者就被贬在了这里。涂林果即石榴，诗中用了一个典故，说张骞出使西域时，带着产自涂林的安石榴回国，使安石榴安心生长于大汉朝的土地上。作者流放于当时的蛮荒之地，流放甚苦，他无时不在盼望着能够早日结束归来，但君问归期未有期。这里生产的椰子颇有名气，他想起了张骞，盼望着也能同张骞一样带着果子还乡。为了寄托这种情感，他对着椰子树吟了这么一首诗。

说起乡愁情感寄予椰子的，我不由得想起日本的一首名为《椰子》的诗歌："从不知名的远方海岛，漂来椰子一个。你啊，离开故乡的海岸，相伴波涛数月。生长你的树可仍茂盛？长长的枝叶可仍成荫？我啊，也是大海为家，孤身一人，浪迹在天涯。拾起椰子，放在胸前，离情别绪，新愁又添。默默看，海上的日落，滚滚流下，异乡的泪。波涛啊，无尽的波涛，故乡啊，何日可得归。"深情厚谊的乡愁扑面而来，喷薄而出，读来使人不禁被他带到情境里面去了。试想，天天有机会跟垟河岛上的椰子树相伴，如果某一天要坐船离开时，肯定也会有诸般的不舍，在异乡涌上关于它的深重的乡愁，也会泪水纵横、伤心不已。

椰子之果就不用说了，"椰子之泉甘胜蜜"，清爽可口，甜津润喉，是为人间琼浆玉液。女王椰子的大的果实颜色有红色和黄色，生长时一串一串挂在树上，其状为倒卵形或者球形。形状如人心。在大话西游中，紫霞为了试探至尊宝的话语真假，钻到他的肚子里问心，其称呼就是"椰子"。

女王椰子果皮较厚，跟王棕一个样，厚重的皮囊，是能保证里面的鲜汁甜美的原因之一。一个果实里面有一粒种子。在食用上，人们大多吃果实小时的鲜嫩，"白兔脂凝碧玉浆"，直接生吃，味道甜滑细腻。在果实年老色衰时就榨椰奶、或做点心、饮料，需要加工制作。少有少的优势，老有老的作用。

## 七、香料之王柠檬草

此时要找滨水植物的功能了。

在湿地河流所经的每一个沿岸上，在高大挺拔伟岸威武的芦苇附近，往往分布着几乎是相同数量的柠檬草。身形相似的它们是高昂着头的芦苇骑兵部队的跟随步兵，是疯狂围堵的粉丝群，也是生死相依的兄弟连。所以，有些地方身形、颜色相似的它们混在一起时，你中有我，我中有你，一下子倒难以辨别。

它又名香茅草、芳香草、大风茅、等，属于禾本科，跟芦苇是同一个科。其实，茎秆能高达 2 米的它，身子强壮如牛，也算是大长腿和高富帅了，一表人才，玉树临风，但偏偏选择跟外表都强于它的芦苇们在一起，"叹香闺、一双纤手，比似文心谁瑜亮。"就被比了下去。不过也没选择，它的栖息地在滨水岸边，芦苇也在滨水岸边，它也是没有选择的。在一起是改变不了的啊，相爱相杀，相互火拼，甚至是刀戈相见，水火不容，也要硬着头皮拿着生命待下去的。它虽然在芦苇面前确确实实是低了一等，但属于"群居"植物的它，往往聚在一起。在风来时，集体在岸上摇曳，左右摇摆的身姿，婀娜多姿，体态盈盈，颇似芭蕾舞中的小天鹅。一时风情万种，风姿百态。风，是它的美的使者，如一抹清流，冲动了它的身子，掀动了它的枝条，使其美得不可方物，山抹微云，天连碧草。

从远处观，它有似水莲花般的不胜娇羞，就着咫尺之间的碧绿河水，没有亲狎，却有娇憨；没有玩弄，却有亲近的想法。在痴痴地凝眸时，有纵身一跃，葬身水海的冲动，就如流莺，明知扑火会粉身碎骨、魂飞魄散，也是义无反顾、大义凛然、毫不畏惧。是这水太美了，笼了它全身，是这水太亮了，光影投射在它的身上，绿油油亮堂堂的一片。将它的肌理，照得一清二楚、条分缕析。使它的光阴，除了抬头见风之外，就是观看着自己，细细地端详，明目张胆、毫不避讳地审视。成为世界上最大的自恋者。就凭这，足够使它将生命奉上，足够使它视死如归。

它的倒影在水中，影影绰绰，光影闪烁，再也没有了四面凌厉、威风八面，叶片全都垂了下来，呈"U"字形，似浸润在了水中，没有了"欲与天公试比高"的枝头。水中的它们整体呈一个个花山形状，一座座浮沉着，神秘莫测，变幻万千，如海中的仙境群山。微波之下，轻浪之中，草丛在慢慢地左右摇摆，如浮沉在空中，占着斑斓绚丽的天幕背景，在暗黑深处深度潜行，在不明之处垂下丝叶，究竟有着什么样的风景，有着另外世界怎样的风貌？

它该也有伤悲不知从何而起，也有无法排解的苦恼？是他或者她，或是它心目中的其他，在行经时，没有递过来的眼眸？风雷或者雨雪打过来时，独独抹了一层风尘就扬长而去，其他什么都没留下，致使其病蔫蔫着，元气大伤，没有一丝精气神。还是它在此一直开不出花来，而独自感伤于这不向外反卷、舌质厚、顶端狭长渐尖、平滑或边缘粗糙、内侧浅绿的叶子，顶替不了人见人爱怡情喜娆娆的花朵？

在岸上，在岛上，看到它 30～90 厘米、宽 5～15 毫米叶子，狭长渐尖，我仍有恐惧，不敢轻易地用手去碰它。少时每每在池塘、在溪边和在稻田边一碰到它，就少不了手被划几个口子。有些疤痕至今还在。因而它留给我的印象，在外形柔软之中，藏着大杀器，藏着一击见血一剑封喉的能力，让懂它的人望而生畏、不敢狎昵。不懂它的人，往往会将脚、手伸向它，在付出鲜血的代价后，方能知道其属于厉害的狠角色。

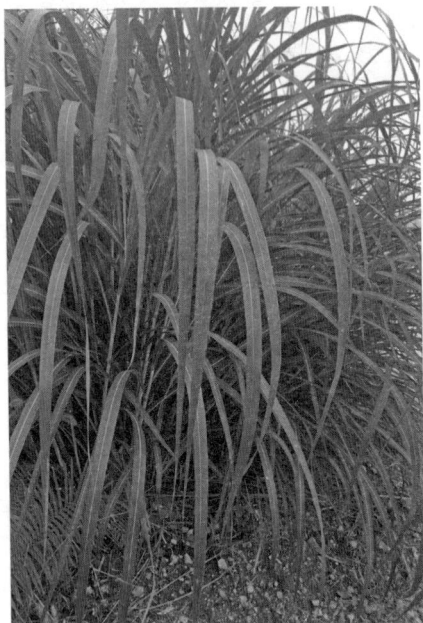

柠檬草

它阳刚的一面，在我小时的心灵中，是一把利剑，是来自湛卢、巨阙、鱼肠之手，或者说这种植物就是它们手工技艺成神了之后幻化而成的，穿云或者十步一杀，天外飞仙均可担任。毕竟那时的我们，也都想能够拿起它们，翩翩起舞，来一场孙大娘的"一舞剑器动四方。观者如山色沮丧，天地为之久低昂"的金蛇狂舞，虎踞龙盘。来一场越王勾践的"天下第一剑"，拿着卧薪尝胆、驰骋疆场、夺回王国。来一场七剑下天山，靠剑术拯救万民于水深火热之中……

它的名字中含有柠檬，是因为其有些柠檬味。宋祁"香茅均奠鬯，锦册不惭辞"，说明香茅很早就广泛用于饮食等各个方面。试想，用柠檬来泡酒，其清香会达到何等程度？如一剂真味，在变成酒的伙伴时，给酒翻天覆地、脱胎换骨的变化，它的品质也就有了相应的升华。

香料之王绝非浪得虚名，美誉还来自它的茎叶能提取柠檬香精，供制香水、肥皂。还可以食用，煲狗肉、烤鱼、蒸鸭、蒸鸡、炖牛肉等名菜，都少不了它的身影、它的参与。嫩茎叶则为制咖喱调香料的原料，如泰国名菜中的冬阴功汤、国内的海南鸡饭等，都是起着画龙点睛、点石成金作用的。

我应是在万象城的五楼饮食区吃过冬阴功汤的。如今提到，我仍似能闻到融在汤里面的香味，沁人心脾，清新袭人，夹杂着一种田野或森林中的野草的清香，自会让人精神为之一振，神清气爽起来。

它虽是植物，却是蚊子的天敌，是天然的驱蚊剂。只要有它在的地方，蚊子都会望而却步，不敢靠近。如蚊香一样。

遍地皆是，跟水相伴的它虽然不属珍稀物种，人们也从没有对它有尊贵的待遇，但处于平常土地上易活易长的它，却全身是宝，可以做药材治疗许多疾病，可以泡茶喝。它在古代还可以做屋檐上的盖层，即茅草屋上茅草的功能。马致远说"落花水香茅舍晚，断桥头卖鱼人散"，洪迈说"许仙初拔宅，灵草进香茅"，何中说"身前旧境余一念，定许邻舍香茅编"，这里的香茅均代指房子。

想来整个房子弥漫着香味，人在香味的里面，自是清新可人，欲仙欲醉，不亚于传说中的琥珀屋、藏娇的金屋、香料做的沉香亭。

如今走在这片处处是画面的湿地中，我只想择一片旁边是柠檬草的芬芳青草地，躺在上面，让它的香气直钻鼻孔，一边尽情地大口大口吸着，一边轻轻哼着周传雄《花香》中的"记忆是阵阵花香，一起走过永远不能忘，你的温柔是阳光，把我的未来填满，提醒我花香常在，就像我的爱"。

## 八、"水上天堂鸟"再力花

它亭亭玉立，飘逸洒脱，每一个毛孔都洋溢着勃勃的青春活力，像一个少女，在最华美的光景里，娉婷而来，也会滨水静立，肃穆安稳，时而含羞带笑，时而微含忧伤。跟人和世界之间，跟风雨寒霜之间，跟阳光星空之间，若即若离，安之若素，尽迎往契合融入之态。

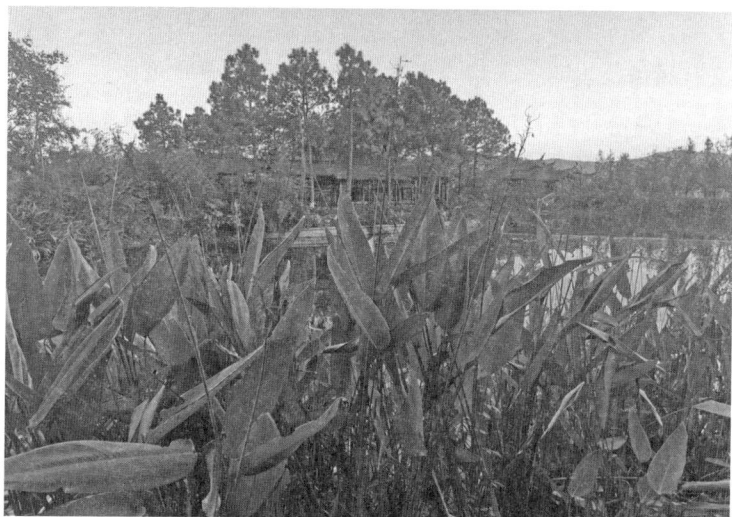

再力花

　　没有如木兰、青梅那般傲世遗立，以及孤高标世，但也没有低眉鼠眼、低头哈腰、卑微地寻一方落脚之处，它实在是只有举案齐眉、相敬如宾、平等往来。在互相尊重的前提下，你敬我一尺，我敬你一丈。

　　在水一方的佳人，依稀仿佛，宛在水中央，是一顾倾人再顾倾城的北方佳人，绝世而独立，它是难再得的佳人。这里的独立，是指佳人的风骨，不依附不攀附，在人格上的独立。不是指它的清高高傲。

　　一看到它的花，会想到鸟，有人说它是水上天堂鸟，在风中飘逸飞扬，不去那索寞的幽谷，不去那凄清的山麓，也不上荒街去惆怅，你看我有我的方向，飞扬，飞扬。

　　它的花序是复总状，小小的花瓣内卷着、缱绻着，经过了极为复杂繁复的过程，笼成鸟的形状。紫堇色的花朵，在高高茎端，多姿多态，丰盈飘逸，亭亭玉立，优雅又有风度，漂亮又有风格，表明了来路，表达了身份，绝非寻常可比。

4月份开花的它，花期也比一般的花要长。这终究是一件好事，想来落花难免伤心落泪，感伤忧郁。

它就是原产于美国南部和墨西哥的再力花，会让人误以为它具有再生能力，误以为它有顽强的生命力、繁殖生存能力特强。名字其实是为了纪念德国植物学家约翰尼·赛尔而取。它还叫水竹芋，高达1米~2米的个子，其中的花梗还要高上0.5米或1米。生长在水中的它，在湿地的大多河流小岛的水岸随处可见。在五福源一带，轮船河、沙河和仙淡河等横贯着的水岸一带，再力花长得郁郁葱葱、朵朵摇摆，组成了一道明亮的风景。

它还叫水莲蕉，跟日本的"水生美人蕉"异曲同工。它的卵状披针形的叶子，片片翠绿，可以维持全年近三季的时间。簇簇碧色，如鹤望兰，跟美人蕉似出同脉。它的叶子比美人蕉稍小，但个子比美人蕉高。体现出一种清新、独立和开朗的气质。既蕙质如兰，又可亲近人。既有拒人于千里之外的威严，又有近人于吐气如兰的亲近。

当我揭开它的生育秘诀时，发现它既不像蒲公英四处播种、处处留情，也不像向日葵通过果实种子进行传统的生育繁衍，它是经历了非常复杂和曲折的过程。

而这个过程，堪称细思极恐，一股寒意涌上心头，让我想起儿子非常喜欢的食人花。这相当于植物界的食人鱼、动物界的霸王龙。再力花的花萼与花瓣不显著，4枚雄蕊组成饰变雄蕊群，但可育的只有内轮1枚。外轮1枚不育雄蕊变为花瓣状，内轮 2 枚不育雄蕊分别变为兜状和胼胝体。花柱成为了它的大杀器，如章鱼用来大杀四方可收缩的腕以及上面的吸盘，如琵琶鱼摆动头上会发出黄、黄绿、蓝绿和橙黄等各种彩光的光带和后面满口獠牙流着口水的大嘴巴。花柱是兜状退化的雄蕊，长长地直立着，天赋神力，主要表现在卷曲功力方面。在美丽漂亮之中，暗藏杀机，如毒蝎，如毒蛇，在使人心醉神美之时，疾如闪电给人致命一击。明箭易躲，暗箭难防，让人防不胜防，不寒而栗，就如食人花瓣。

世界上最小的鸟——蜂鸟，虽然个子小，但在再力花的传宗接代上却起了重要的作用。在美国和墨西哥，再力花就是通过蜂鸟传粉的，而且还是再力花主动，娇滴滴的它对身子瘦小长相平庸的蜂鸟情有独钟，做了一个对自己的拉郎配，将不明真相的蜂鸟拉入。自花开放后，寻生存机会的蜂鸟，钻进了退化雄蕊组成的筒状结构内，触碰到兜状退化雄蕊。花柱的应急开关打开，很快就卷曲了下来，蜂鸟喙被牢牢夹住，柱头的花粉便被蜂鸟携带上了。还有通过这次亲密，白花粉也沾到蜂鸟身上。蜂鸟在能力范围内，飞的飞，走的走，进行了大量的传播。再力花便子孙兴旺，儿孙满堂。

清丽外表的再生花，其花语为清新可人。殊不知它可是净化水质的。这湿地的水质如此洁净，它功不可没，这清道夫的角色，可不是其他娇艳的植物能做到的。因而它还会出现在病人的床头，有祝福早日康复的寓意。

我喜欢俯下身子，多角度多维度观察它、欣赏它。看它跟湿地的契合度、默契度，跟水之间构造出来的潋滟美感，还有跟陆地小岛之间关系的处理，等等。

## 九、扑朔难掩绰约的黄槐决明

湿地西大门，原生态园管委会办公大楼临时所在地，只有二层楼的南北两座楼房。其设计甚是巧妙，经过了一番精心的打磨，在丛丛绿荫之中，曲径通幽，亭阁隐现，小径潜行，庭院深深，不输苏州园林。

2021 年，这个庭院用来作旅游集散中心和旅游景点。"螺蛳壳里做道场"，一个扑朔迷离有点像迷宫的建筑物，仍然风姿绰约。

有一种植物的花，它犹抱琵琶半遮面，"和羞走"又把青梅嗅；它有孤高的枝头高举，但又不会借势炫耀；它有艳美诱人的体态和媚而不俗、娇而不凡的风姿；它想要隐藏自己，还巧妙地进行了一番躲猫猫，但天生丽质难自弃，终是枉费心机，这风情在世间遗落或被发现。一如在它后面的庭院。

在西大门北侧，这种植物除了它簇簇黄花生机无限之外，还有它的枝条和叶子，浓密严实，独立撑起一片绿洲，从而带来了迷离、神秘和玄妙。

它们也长在河水边，只是这河太小了，一汪细水在涓涓流着，如眉间流到心上的一滴眼泪、瀑潭在石上溅出的一滴水珠，每一缕水流动的声音、小鱼小虾的游戏声、蜻蜓点水的声响，都能在耳畔听到。

这应是圆底河的小支流，似乎是一棵参天大树无意中长出的一根枝条，随意地生长出来，长度和宽度都被人忽略的那种。

但微水也能汇成大河，小河也能承担起重大的历史责任。这条河从湿地内续流而来，从北到南横贯整个湿地。

跨过河上的越水桥或近水桥等几座小巧玲珑如故宫金水桥的石桥，从这里就开启了往里走的旅程。桥隔不开空间，也许真正能在心里拉开距离和空间的，是门。

所以，即使是大门敞开着的阅水轩，我也要在迈过它高高的门槛、将门楣挡在身后时，才可以看到碧波宁静的圆底河，上面白鹭正起，如黛的远山，洁白的云朵环绕山顶，还有树木林立的小岛。水杉林正红，萧瑟的树林深处不知还有多少未知的世界。系岸边的孤舟，承受漫长的孤独。我知道，湿地的核心区到了。这心的宽度，一下子打开了，里面积蓄着的戾气，长嘘出来，一会儿就烟消云散了。

因此，这小河从方位上看，颇似湿地的护城河。

此花就长在小河的两岸，所以它是卫士，但又有娇柔的媚态。从外表上看虽然不太称职。但是如果将其一整合，细细看下来，分析研究一下，就如揭开它身后那座庭院的隐秘一样，内里的纹路破解而来的大作用就能呈现。

虽属灌木或小乔木的它，浓密的绿荫是披甲，头部的黄花是头盔，筑起了铜墙铁壁，钢铁长城，如花木兰从军、梁红玉率领的娘子军，巾帼不让须眉，担负起奋勇杀敌保家卫国的重任。

这段猜想并非毫无根据。一过阅水轩，似是《千与千寻》中穿过的那个隧道，《纳尼亚传奇》中打开的那扇门。再往前走，一路在风光中徜徉，到达康乐桥时，可以站一会儿、坐一会儿。此时的远山如墨了，清晰起来，群岛就耸峙着，如直竖

起身子向着我压过来。游船也从角落里开出来，不停地穿梭。河水轻荡着，波光粼粼。整个人一下子心旷神怡，豁然开朗起来。

因此，小河，小花，有大作用，有大意义，这是科学的安排，也有万物的自我调适。万物机理，都有其自在规律，对于美感的应用上也是一样的。

是揭开它身份的时候了，一查它的来历，竟有一个非常专业的名字——黄槐决明。系豆科决明属。

它是行道树、孤植树，怪不得在这个颇为重要的左门"关口"进行装点。它是守卫，是湿地的门面形象工程，有一点代言功能在里面的意思。

黄槐决明

孤植树一般指主景树，树姿线条优美修长，叶色丰富多彩，开花鲜艳，叶子繁茂，香味浓郁。说得直白些，就是上得了镜子和排面，如时尚杂志上的封面女郎、酒店里的迎宾礼仪小姐、超级跑车的车模。布置在池边、道路转弯处等显眼的地方，使其与周围环境相互调和，和谐一致。湿地里黄花稀少，黄槐决明能在此门面显眼位置觅得一席之地，或许其黄花独树一帜、孤傲群芳，还有树姿也颇为漂亮优雅是被选中的重要原因。

它还有其他的叫法，黄槐、金凤树、豆槐、金药树、粉叶决明等。在植物学中，给了它"雨下决明隔幕来，扑朔难掩绰约姿"的评语。天生丽质的它掩不住花容月貌，绰约的风姿无论在怎样的美色丛林中，依然占有一席之地。有点"春色满园关不住，一枝红杏出墙来"的意味。看到它矗立在5~7米枝头的花朵，我总会想起红杏枝头春意闹的情景。

花瓣由嫩黄至深黄色，在层层的长椭圆形或卵形的叶片绿荫中，从一簇7~9对枝叶拓开的圆整树冠最中央开出来，借树的高枝，托到最高。当开到最艳时，也是树巅簇簇黄花堆积，也影响了里面次第的风度，没有愁绪堆积程度的发酵，倒有喜上眉梢的欣喜。因为一簇簇特别明朗清晰，一朵朵特别耀眼诱人，如站在绿叶的枝条上，跳一支热辣辣的舞，引吭高歌一曲。但没有占着地势便利搔首弄姿，更无一番风花雪月、寻花问柳的做派。

"宁可抱香枝头老，不随黄叶舞秋风"，它会刻意地隐藏自己，躲着个脸，缩着个脚，一下下地往后挪。在风来时，顺着势头缩头往后避开锋芒，而不是借此抖落风尘、迎头扑上、展露风姿。

也许是色彩过于鲜艳活泼了，我会想起"满城尽带黄金甲"的肃杀萧瑟。

看到有的花朵稀稀落落、三三两两在绿叶枝头晃动，有"不是花中偏爱菊，此花开尽更无花"的伤感。看到它的花朵枯败落下，似心被割走了一块，免不了感伤。

大多数时候，花朵藏在叶下，隐隐约约里透出淡淡的乡愁，如花香袭来，如微风上身，是"待到重阳日，还来就菊花"，是"遥怜故园菊，应傍战场开"，在这缕缕的乡愁中，在军旅诗人的笔下，伴有浩然的剑气。

它的花语是与人为善，这是明亮的暖色的花朵所致呢，带给我的是心中无愧、空如明镜、尘埃涤尽。因而一看到它，一种安逸平和的心态很快浮上心头。它似在安慰我，当我遭遇不公正对待时，它会说，是生命本来就有要求的，这世间的风景，哪能天天都是艳阳天？哪能事事如意、事事顺心啊？这些只是美好的祝福。因为出来混，总是要还的。无须得失悲喜，不必患得患失、杞人忧天。在固定的河流中到达目的地，平安上岸，不管风光是否旖旎。

我猜想，这类花语一方面指自己秉性上的美好、善良，与人为善，尽使善行。另一方面也谆谆劝诫世人，要多行善事，为人善良，切莫为恶、为虎作伥。它另有一个花语是指春之深爱，晶莹，美丽，脱俗。它的花期很长，这是春之深爱的原因呢，想来定是美丽和脱俗吧。关于美丽，爱美之心，人皆有之，世人不都爱呢。而脱俗，更是难得一见，这是上天的礼物，需要有缘有之人、志趣相投之人方能见到。

# 第五章　水生

　　水生指植物就生长在水中，它俩的关系已经融为一体，在身体和灵魂上，犹如水跟鱼的关系、母与子的关系。鱼对水说："你看不见我眼中的泪，因为我在水中。"水说："我能感觉得到你的泪，因为你在我心中。"母对子说"身体发肤，受之父母，不敢毁伤"。

　　此类植物很特殊，依水而长，依水而活。植物是离不开水的，而水有了植物，也变得很不一样，在容颜上，在精神面貌上，都焕然一新、迥然不同。在美感上，我只想说，我柔柔地笼着你，生怕你受一点点伤害。除非风来，那是我扛不住的。你没看到我只有这么深吧？其实这么浅，还不是为了你的生命更加旺盛或者恰恰好。

　　我们的高光时刻，是共迎光亮，从而花枝招展，美美与共。在共同迎来朝阳时，那是我在为你梳妆打扮；在一起送走晚霞时，那是我在为你卸下妆容。你开成了花，结成了果子，也掉在了我的手上、心里。你枯萎凋零，告别红红绿绿的三季，迎来宿命的挑战。亲爱的，你知否，我也死了，或者冬眠。整个季节里一动不动，虽然没有结成冰冻的固体，但我没有挪动分毫。

这里选取了菱、荷、松和藻，由物及人，有当地重要的生产生活物资的，有里面蕴含着光阴故事的，有表达着挺直坚毅品格的，有生长于潭中的，等等。

# 一、溪地菱韵

2020年一个夏天傍晚，三垟街道樟岙村郑大妈正用短刃剪刀剥着从地里采回来的黄菱，随着咔嚓咔嚓的响声，坚如贝类的半月形壳一片片应声而落，一个个肌白如雪的菱肉从黑暗中滚出来，我喉咙里顿时溢满了口水，吃进嘴里马上满齿生香。

大妈说刚从地里采的，是今年"头水"我买了几斤熟的，尝到了今年最新出炉的黄菱。当它表层一丝丝的韧，里头一点点的糯，嫩里带滑，香中有脆的滋味不停地挑逗和满足味蕾时，我的嘴巴停不下来了。

大妈说，我吃到的这种嫩菱，地里的要比河里的早熟两个多月，清洗后先放进高压锅闷五分钟，再放干锅炒一分钟。

1. 容颜

作为"三垟三宝"之一的菱，是一位仙女为了造福三垟水乡的人们，以及为维护与水乡男子爱情的天长地久，冒着被王母娘娘打入广寒宫的风险偷取下凡的。

"三垟黄菱甲等甲，茶山杨梅红辣辣。"美味跟美颜往往画不上等号，菱凸显了杨梅、桃子的盛世美颜，即使还处于青色时，也仅像一个大号的豆荚，长在田岸、水稻边、河里，或者像翘着两头的小船，在水里慢悠悠地晃向水平面的远方。而在烧熟之后，它整个变了色，黄中带黑，配上五短身材，两头尖尖，弓腰驼背，活脱是一个彻头彻尾的丑八怪。

它的叶子颇似水莲扑在水面，依水而存，凭水而活，两边向上展开像椭圆形的小扇子，颇似水仙花的形状，一簇一簇，抢占了所有的空间，层层铺盖，呈一绿海。

它在水下的枝干粗壮厚实，颇似小捶衣棒或者绕纱棍一般，长长的菱藤长期居于水中。主藤高挑细柔，一沉到底，轻拈着泥土，让自己发芽长果。侧藤蔓条如丝，缕缕散开，如轻纱笼面，青络沾水，可曾是入水扎根长出个个鲜嫩果实的它吗？

2. 灵魂

水是它的灵魂，是最强的依托和寄生，水质必须要清洁净化。

湿地位于大罗山西南山脚。东高西低的大罗山，其清洌的山泉水，注入了湿地128条水流中，与塘河各支河汇入的水相互交汇，如珍珠牛奶一般潜涌，造成水土肥沃，水质独特。水流轻缓平稳，成就了黄菱的成活、成长和结果。

"橘生淮南则为橘，生于淮北则为枳。"菱以三垟的水为最佳，其2000多年的相处，冠得了"菱乡"之名。20世纪50年代，三垟人曾试着扩大菱的种植面积，相继在南塘河、三溪河、梧埏河和白象河等一带撒种播籽，散枝开叶，也不惜驾船运苗远渡到乐清、七都、灵昆、永强、瑞安和平阳等地进行试种，但均达不到预期的收成。

湿地之水也有过劫难，菱首当其冲遭了殃。20世纪80年代初至90年代，是工业区到处林立、遍地开花的时期，温瑞塘河河水变黑变臭，在它怀抱里生存成长的菱藤胎死腹中，产量大为减少。但三垟人也记得两个日子：1997年温州治水令发布，2008年温瑞塘河综合治理第二轮启动时将三垟湿地作为重点保护水域。皮之不存，毛将焉附！通过河岸驳上坎、竹篱作栏修整、旧土换新，通过河中开挖河泥清洁河道，近年来又持续地通过"五水共治""河长制"等强力举措，形成了全民治水、全员护水的氛围，湿地又慢慢地恢复了"落日放舟循橘浦，轻霞人路是桃源"的面容，菱香重新在各个角落飘溢，近几年种植面积均近1000亩，年产量达三四千公斤，湿地内9个村均有种植。

3. 苗芽

惊蛰前后，各条河边小岛旁的水田里，黄菱种悄然被进催芽，"每受天真地秀，日精月华"，水温将是它最佳的外衣。内行勤劳的种菱人每天会过来，从岸上各个树丛、芦苇和水草的角度透过水幕进行窥视，或者悄然拨开水面，直视它的胚胎嫩芽长出、生长情况，为的是判断是否采取移位、加肥和调光等相应措施。

绿芽一点点从母体上钻出来，逐渐形成小花冠状，二三片小叶从长长枝条上凸出来，嫩得能渗出水来、透出光来。小小的生命体，像萤火虫一样，随着水波的晃动，在黑暗中闪烁着。

种菱人也和其他种植农作物的人一样遵从自然规律，靠天吃饭，时节决定着作物的生长和收成。菱的生长，也在温暖的春水中迎来了第二个阶段即公历4月5日前后的清明。此时已经长出尖尖角芽的菱，要长苗了，一个一个被小心翼翼地捡拾起来，放到盂中，搬家到各条河边的浅滩处。

在这个浅河处，它要度过三个月的时间，来完成童年长苗成为少年的过程。苗的生长从酝酿到抽枝，从伸长再到长叶。

4. 长果

时光悄悄进入了6月的芒种和夏至，迎来了菱的第二次搬家。它要移到河的深水里，樟岙大河、轮船河、彭垟河、水潭河和丹东河等与岛相连的部分河面，都成为它们的家。

此时河上出现了一条条竹竿，整齐划一，排列有序，像水泊梁山前的水军。其实它们主要敌人是河里的草鱼和福寿螺，这些处于水中食物链上层的生命，会张开血盆大口来啃食年尚幼细皮嫩肉的它们。种菱人在长期实践当中，采取了拦网养菱的方式，把竹竿插在河底，再把篷布放入水中、捆绑或者钉针固定在竿子上，这样就布置成一个独立的水世界，再在里面放上菱苗。

一个菱钵能生出20多个干枝，而果实也在不知不觉间从各枝条间长出。在水中，它们虽然被菱叶覆盖住了，未能看到它们的真颜，但种菱人自有时节的判断。

5. 收成

菱的成熟讲究"七菱八落"，即到8月就是采摘的月份，这里指的是农历，公历是9月上旬，中秋节前后，"八月中秋菱角肥，湿地菱农笑眯眯"，而如何在菱叶密布的河里采摘，种菱人也想出了好点子。

掰黄菱

首先得将大船开过去，停在河岸边，再从船上搬下圆形采菱盂。采菱人头上戴着斗笠，身上披着雨衣，手上束着手套，带上小镰刀、长剪刀，蹲坐在菱盂里面，在水中的菱叶上面，荡悠悠着，轻晃晃着，伸手到水下捞起一株株菱枝，稍高举起进行观察，再将手往底下一掇，一个个壮实滑坚成熟的果实，就到了手中，再放置到桶中，对于个别筋骨坚韧的，则使用剪刀或镰刀。这样将高 0.5 米、直径 1.5 米能载 100 多斤的盂采满之后，再一一运到船上。采摘完之后的菱，再一一按原位放好，保证上面小的顺利长大，迎接"第二水"。

当年日本人侵略温州时，盂还作为重要的逃生工具，是水上重要的"防御舰"。这让我想起孙犁笔下的白洋淀，有 143 个小湖淀与 3700 多条的壕沟相连，抗日战争时期抗日力量利用这个有利的地形开展游击战取得了胜利。如今在河网密布、群岛林立、菱柑遍布的湿地，在抗战或者其他战争时期，有着怎样的战火硝烟和骄人战绩吗？

采摘横跨了整个秋季，结束时已是立冬。"蜡炬成灰泪始干"，全身是宝的它们，除了菱种之外，除了果实众望所归归入人间美味之外，生命已经枯竭的叶子、藤蔓，还要与河水净化去污、河底有机营养的贡献联系在一起。

6. 风味

"塘河风物香又鲜，老荬菱角真吃爽，朗朗上口饱饭袋。鲜嫩菱肉炒韭菜，味道鲜美胃口开。"菱角的外壳僵硬如铁，水等杂质不侵。它抵御人间污浊，保持清洁本心，自是绰绰有余，是不食人间烟火从上天降临的灵物，不比其他瓜果，长得极其艳丽，却极易受到外界污染和容易腐烂。

菱角含有淀粉及其他多种维生素，曾一度是作为与稻米平起平坐的粮食进入百姓的生活，它的营养不亚于稻麦等主粮。老菱在底下支起木架下面熊熊燃着木柴的铁锅里，被大铲子搅着翻来覆去，让高温不断透过它的表壳，直至里面的肉体烂熟。这最为原始的爆炒方法，弥漫出乡土的芳香四溢来，可以"饱饭袋"。

嫩菱还可以生吃，生剥活吞后在牙齿间的脆响，伴随着上下唇的喷喷声，让我想起小时吃生番薯。老菱还可以煮粥，与大米来一场生死之浴，只为创造出菱之香与稻之香的黄金组合。它粉身碎骨后还可以作菱粉，细白如玉，洗尽铅华，自是孤高清绝。

20 世纪 70 年代，原三垟公社的宪一大队荣获全省"农业学大寨"的先进典型，一时万朝来贺。近几年来，遍布世界各个角落的温州人为解乡愁和分享美味，将煮熟后晒干的菱肉干名为风菱带到全国和世界各地，使其名扬四海。

## 二、荷之光阴

溪地荷不多，却长成了精品，地段和水位都选择得很好。

工作像条鞭子，无休止地抽打着我的身子，倒逼我合并了日夜。

夏日的一个傍晚饭后，我看到晚霞还在，夕阳尚微，偷偷去看神往已久的三垟湿地荷花。

### （一）

荷花池位于仙浃河，面积约有三亩，与南怀瑾书院的西侧院落一水相邻，廊阁驻花，与沙河桥光影激滟，水接一体，与桥北的丽花苑驿站欲见还休，回头嗅梅，南与廊桥遥遥相望，相思尽染。

"大自然是没有直线存在的，直线属于人类，而曲线才属于上帝"，折尺形曲径延伸在池中的各个方位，两边围上白玉栏杆，人无论走在任一角落，都能于荷盖与花影的映照中，自在相融成一体。

花开得不多，零星几朵，色彩却艳，全白的、白红夹杂的、晕红的、粉红的，在一簇簇如脸盆大小绿叶的相拥相扶中，露一星半点，如少女轻启朱唇露出半卷窗帘后的半张脸庞，如女孩旋转舞扬起露出的一袂衣角。它们的点缀，如天上的星雨，璀璨地落在了人世间；如大海中的海鸥，战战兢兢站在波涛中惊魂未定，险象环生。

花总是吸引人的，即使是情花，也有很多人情愿近触中毒。我走近，带着珍惜今朝及时行乐要紧紧抓住的心境，生怕季节、晚风和夏雨吹走它们。我看到白色和粉红色的花瓣层层包裹，呈现一小花球，又有点像更大点的百合，有的大胆绽开，喜气洋洋，在晚风的舞台上起跳；有的微微收拢，欲拒还迎，想要长袖善舞，又有点羞涩难当；更有的仅现一瓣，它在躲藏谁，谁又惹了它的羞，它的风情掩藏背后又有多少醉迷人间？

几个菡萏在绿丛中饱满欲放，有的最下面两片花瓣已经绽开，像一个小小的寿桃，尚处于长器官发育期的青涩年华。它们肯定在盼望快点绽放，"田田初出水，菡萏念娇蕊"，像哥哥姐姐们一样，卖弄风情，弄姿搔首，吸引岸边杨柳的弯腰、树枝的垂头、青草的簇拥。

湿地之荷

还有少数二三个荷莲蓬，翘着一个头，东张西望，诚惶诚恐。它的样子不美，像个外星人的头，或高尔夫球杆，上面还布着蜂窝状，但也是美之前的状态，像刚出生的孩子，从枯荷残枝和万绿丛中脱颖而出。它在等待一场绽放，脱胎换骨，华丽转身，雨滴或者阳光给一个机会，不会畏惧任何程度的剥皮抽筋。

## （二）

我看不到全都开放的盛况，只有想象着它们的映日别样红、荷花镜里香、香泛金卮、翡翠孤高。

池里同在的有残荷，触角处处，筋骨嶙峋，像蜘蛛网散布在擎雨盖的下面，又像几只青蛙腿在悠闲地安放轻置。这是虫子的摧残，还是同伴的挤压，让它在最美时节过早地凋零谢落？它还要绽放美颜，开出花朵，随风起舞，也还要吸尘世之土，纳凡俗之气，不枉人间给予的骨肉，需要归还。

还有几滴露珠在荷叶上随着微微的晚风在轻轻溜溜地滚动，像荡秋千或摇挂钟的游戏一样，它在尽情地享受，属于它的时光度过夜晚是一个考验，待明日晨曦出现时，生命的珠花就会魂飞魄散，融化进入蓝天上空，然后与谁谁的结合、与谁谁的共生，落在哪里，无从知晓。

胡天羽写的"芙蓉"刻在池南边与大藻池相隔的小径栏杆上，而荷花池里也遍种着大藻，与荷花同处一池，整个身子贴着水面，铺成了片片绿地。

荷花的枝蔓，很像莲花，如周敦颐笔下的莲"中通外直，不蔓不枝，香远益清，亭亭净植"，只是我闻不到香气，其身子骨虽比莲之纤细瘦腰要粗重厚实得多，却一点也不臃肿和肥胖；其高枝也要比莲之低矮倾伏、软质娇弱，要勇猛强悍，高耸枝干，昂首挺立。我俯下身子低下头，从叶子下面探看过去，荷是枝枝林立交叉，少有倒伏或倾斜，更无妖艳扭怩作态、搔首弄姿。把叶比作蓝天，像在原始森林里一样，幽深清远，遥之无界，另一个拥有所有元素的空间世界，会不会出现狮王统一天下、猴子跳跃，或者蓝鲸独霸风云、金枪鱼失势。

（三）

天色渐渐往晚上走去，已经椭圆的月亮悬在半空，离大罗山已有银河般的距离。

岸边的芦苇、狗尾草和小石楠，北面的梅影池、睡莲池，都已悄然入睡。我从旁边经过，闻不到梅树香，轮船河对岸的城市人家已经万家灯火，像另一个星空中的璀璨。南面琼芳廊桥上的灯光已亮起。只是水面，也还是最后全盘承接了上天的云朵，水平云涌，波光潋滟，灯光暗合，树木黯然。此时的荷，也敛起妆容，洗漱完毕，快要进入梦乡了。

蛙声也此起彼伏阵阵响起，越来越烈。云端里时进时出半遮半掩的月亮，其光亮也忽明忽暗，忽强忽弱。它与云朵的这几次际会，想不到给人间涂上了不一样的色泽，我看不出暗花的心态，在晚间里是一个调整，还是休整。完成任务的它，一夜过后对于它的意义、两月花期的维系、开败的早晚，有因感慨而泪珠盈出，还是因淡然地承接？它们在池中沉沉睡去，我听不到鼾声，那一瓣偷偷探出头来的白花，被书院的灯光照到，是睡眼蒙眬还是精神万分？

光影只是遮不住青山隐隐，流不断绿水悠悠，这片田地要从沧海桑海进行追溯的话，得要七八百年前。

（四）

荷叶之大，可以做雨伞，一个小姑娘举着它擎在头上，从大树底下一步三摇地跑回家。也可以摘荷过来四周一卷就成脸

盆或小水壶的样子，兜上水来玩打水仗的游戏，一个可以玩好几次，待它病恹恹地如霜打的茄子一样散架时，我们也筋疲力尽了。

不知哪个朝代宫廷中的御厨为了讨皇上开心，突出"卖相"的好，按照水中的荷花之形做了荷包蛋，外形似花苞，蛋黄像莲蓬，因此叫荷包蛋。后来御厨离开宫廷，荷包蛋进入寻常百姓家并广泛流传了。还有说法是荷包蛋是煎单面的，另一边进行对折，呈半圆形，形似荷包，故名荷包蛋。以上的做法现在失传了，在快节奏生活的今天，很少有人承继这个传统。

"荷包"则与荷花没有了关联。

## （五）

古之名人爱莲者居多。莲可以为妻，在于它与梅一样高尚洁净的品格。对于荷，脑海里还没个性定调，得需要一探究竟。

荷之盛开，其美艳姿容羡煞他花，喜爱歌颂者甚众，自是不必多言，但其开败，则大多是隐隐透出悲凉肃杀甚至伤感悲恼，有对时光逝去人生无常的叹息，有对情感失去悲痛欲绝的共鸣。这不同于梅莲，梅是"零落成泥碾作尘，只有香如故""东风谬掌花权柄，却忌孤高不主张"。现代一名作家，直接取名白落梅。

莲是"应为洛神波上袜，至今莲蕊有香尘"，而荷"庭前落尽梧桐，水边开彻芙蓉""此花此叶常相映，翠减红衰愁杀人""菡萏香销翠叶残，西风愁起绿波间""荷花娇欲语，愁杀荡舟人""昔日芙蓉花，今成断根草""江燕话归成晓别，水花红减似春休。西风梧井叶先愁"，如血书一般，不忍再读，也即情感寄寓的基调不一样。

说到荷的基调，我想起《红楼梦》中的荼蘼，"荼蘼之后再无花，落樱如雪换芳华"，更多的是一种季节上的轮换更替，但荷的伤感愁绪，更多地体现它盛放时太美了，所以下场也是引来诸多的惋惜、哀叹之情，虽然"生如夏花之绚烂，死如秋叶之静美，不盛不乱，姿态如烟，即便枯萎也保留丰肌清骨的傲然，玄之又玄"，但这种基调本就客观存在于人世间，会找最具有代表性的物种来寄养，荷生时的芬芳清婉，死时的壮美契阔，最是能代表生时的无悔、死时的凄美，由此引起诸多的叹惜哀婉。

在回去的路上已是华灯初上星光黯淡，原还想与你相遇在全员开放繁花似锦时，但此时怎么会有莫名的忧伤涌上心怀！

## 三、"水衣"粉绿狐尾藻

在一处密林，来探索一个绿潭，是的，绿色的水潭。

林中有潭，一般在深远寂寥之处，是原始的未曾开发的处女地。除了偶遇，或者有探险精神的人专门去探，按正常的行程路径，极少有人能够涉足。

但潭一直笼罩着一层神秘的光环，是因陆地上的稀有，还是因秘境上的关键一环？不得而知。有人说它是天使的一滴眼泪，因为想要下凡得不到允准而伤心落泪，不慎流落在了人间。也有人说它是菩萨的一滴净水，是菩萨有意为之，保佑人间的安好平静。由此便使得它格外地素净和纯洁，特别超凡脱俗、弥足珍贵。一直让人怀着一探究竟、一窥真容的愿望。

在湿地天吴桥的东边，林荫探步密林中，藏有一个水潭。我是往林里走时，阳光照在水面上，反射到林梢，一瞬间捕捉到了我，吸引我的目光过去。发现这片水域，亮晶晶的绿色潭，明晃晃地漾着阳光，看得人有点刺眼。初见的刹那，一下子把时光拉到了几亿年前。夕阳下，一只恐龙在岸边饮水。

说它神秘，自是跟它的位置脱不了干系。它在低洼地带，四周树木林立，萋蒿遍布，绿荫蔽空。它藏得很深，从天吴桥过去，左转进入密林，再往右拐进去，需要穿越林木茂盛的森林、一条高低起伏曲折蜿蜒的大丘陵上的几个小山坡，然后一直往南下行，越过几个花植地，才能到达目的地。没有修好的路可走，也看不出有人走过的痕迹，符合潭幽的特点。

潭该是一清螺，该是"飘飘何所似，天地一沙鸥"，该是"遥望洞庭山水翠，白银盘里一青螺"，该是何等的珍贵、何等的让人意外，让人趋之若鹜。

它能代表什么呢？在我们的念想里、幻想中，在我们的心灵上、灵魂里，总有一个潭呢，有清水碧绿、芳草萋萋、藻类横行，有鸟类栖息、鱼儿游底。它是安静的静谧的，寄居在深山老林之中，繁茂的山林，神秘的角落，但为我们所能探到、寻到。

我凝视着眼前的它，看它跟四周花草树木的牵扯，跟远处山峦峰林的纠结，我感到了安宁、平静，也感到了恐怖、阴森。如果没有阳光，或者天色暗下来的话，我笃定地走。在天

198

使的眼中，潭美得不可方物，惊世骇俗，如天上来客，无论在此待多久都可以，都可把过往忘个干干净净，心境得到平和。来此可能还会有个意外发现，上天降下个仙女在洗澡，玩个心计，藏了她的衣服，然后留下她人。

但在恶魔的眼中，它是恶念滋生的理想场所，是胆大妄为的最佳环境。它隐隐之中透着萧萧寒意，肃杀之气。这使得恶魔会出笼，横着来走一遭，恶灵之剑已出鞘，哪能不留点血呢？

这湿地中的"湿地"让我惊奇。从地势上看，应是地下河跟外面的圆底河相通的，水在对流中，在此低洼之处形成了一个水潭。我刚一进去，脚触碰到了枯萎的芦苇秆，以及岸边的小草，几只白鹭啪啪从水面上飞起来，还有黄苇鳽、大杜鹃和水雉被惊动飞起，或凌波微步，或直飞冲天，或振翅高翔，各色翅膀、羽毛和长尾在西边白云山的午后的阳光下，闪闪发亮，倏地掠过，直冲云霄或者密林深处。闪得眼睛都睁不开了。有两只黑水鸡，该是雌雄相伴比翼双栖的吧，小脚踩在狐尾藻上面蹒跚而行，嘴巴一下一下地在草丛中啄着，时而还会抬起头来抖一抖小脑袋，再慢慢吞咽口中的美食。浑然不觉这个乐园已经闯入了人类。

约1000来平方米狭长如月牙泉的潭面上，密密麻麻地生长着粉绿狐尾藻。株高50~80厘米的它们极像是平铺在水面上、蒙上了一层厚实的青布，使整个水面看上去像是一片草坪，或者绿洲，甚至于空中花园。当水汽朦胧、烟雾弥漫、水雾缥缈时，就形成一个空中花园。花园亦真亦幻，亦虚亦实，或漂浮，或停驻，或静立。

阳光微洒进来，整个潭形成烟笼寒水月笼纱的奇异景色。岸上东南北三侧密植着的萧瑟叶落的水杉团团围绕着它，真是"红树萧萧覆碧潭"，虽然叶已落没有红，但在那向天长啸的遒劲枝头，仍能想象着它披起红衣，光耀四方的风光样子。

但它只是一层如浮萍式的植被浮在上面，比睡莲密集，比荷叶小巧。它的特点在于，一条如针织的羊毛毯，密密地缝制在水上面，明联暗缀，精巧细腻。能穿上它的，也只有这潭、这水。天空都埋进水里面从下往上凝视着它了，是为了看得更仔细。我将脚踩进去拍照时，却"噗"的一声陷了进去。这潭水不知有多深，想来是深似海的，不然它水上的绿萝不会如此茂盛苗壮。

我俯下身去，跟绿荫平行去看整个景致，想要换一个角度，看到不同的世界。水面是平的，在浓密如拉着丝网的狐尾藻的覆盖下，轻微地颤动，细细地挪动，如少女在小秋千上来回地晃着，如手指在扬琴上上下拨着。

水上面的藻，一小撮一小撮的，如小鸟的聚拢，如群鸟参加的盛会。这潭犹如群鸟联袂组成的联合国大会办公场所，或者开酒会、PARTY（派对）的最佳地方。无论是对于狐尾藻形成的假鸟，还是湿地里面的真鸟，都是神一样的存在，最理想和最佳的选择。我想好了，下次来拍鸟的话，一定选择来这里。它肯定不会让我失望。

在这潭上，藻是最为神奇的，毋庸置疑。它属大聚藻，这个大聚，实至名归，有人说它是"草生湖面，直把水塘当绿地"，置潭成地，填水成陆。我想可以当它是水衣，本来水衣是属于苍苔的，但哪能比得了狐尾藻呢，它的全方位包裹，厚薄得当，欲轻还重，"崩石攲山树，清涟曳水衣"，它有时是一层淡淡的绿烟，在风中轻扬缭绕，漂浮水上，"看尽水衣投北岸，方知今、是南风"，有一种淡然安静、恬然自得的美感。有时又是一层薄衫，齐整单臂、双袂或者敛裾地披在身上，"日晚倦梳头""慵整纤纤手""露浓花瘦，薄汗轻衣透"，有一种瘦削、内敛、慵懒之美。

在诗经《召南·采蘋》中，有"于以采藻？于彼行潦"，《鲁颂·泮水》中有"思乐泮水，薄采其藻"，说明它们是可以食用的，而且还是在重大节日宴会上。郑玄《毛诗传笺》"藻，聚藻也"。《春秋左传正义》"此草好聚生，蕰训聚也，故云蕰藻，聚藻也"。有专家推断，一般聚藻即是指狐尾藻。

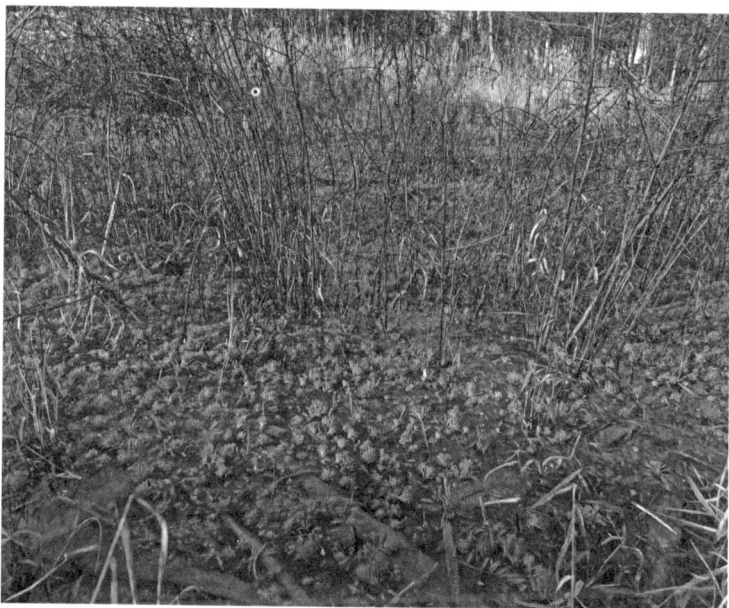

粉绿狐尾藻

　　它是草，茎呈半蔓性。匍匐生长的它，是水面铺绿的重要因素，也起到了清水养水的重要作用。完全张开的如椭圆的叶子是我小时候见过的，摸上去柔软绵密、丝滑细嫩，在手心轻轻扫过，带来微微的痒意。它的叶子分为两部分，沉水叶羽状复叶轮生，每轮4~7枚，小叶线形，比挺水的少。挺水叶羽状复叶轮生，每轮6枚，也是小叶线形。整个叶子极像狐狸的尾巴，下面极少露出来。因而得名。

　　它还叫叶尾狐藻、布拉狐尾、凤凰草。除了几个跟狐相关的，还有一个凤凰草，估计是其一张张细长的叶子，对称着长在柄上，跟凤凰的翅膀相像吧。凤凰不落无宝之地，这个潭属于宝地的结论可见一斑。

　　狐尾藻的花语是"顽强的生命力"，靠水生活的狐尾藻，浸在水中的茎脉在冬天还是活着的，即使水上的叶子早已经败落枯萎、残腐一片。它能够在水中生长，也能够在陆地上生长，是一种水陆两栖的植物。这种顽强，也使得狐尾藻生生不息，繁衍强盛。

　　阳光照在草上、水面上，透过天吴桥桥洞的另一边，便是碧波荡漾的圆底河。我此时才知道，这潭的水平面，跟河是一样的，只不过在这密林中，断了头，久而久之，四周泥沙堆积得越来越高，沧海桑田过后，形成了当前的潭。

　　洞的外面，则完全是另一番世界，一抹河水，清光明亮，巍巍远山，朦胧耸峙，真是"山映斜阳天接水"。当然，视线中也有似驾驭云端之上的高架桥，横空出世，横跨南北。似直达天门天梯的高层建筑，在轻腾着往上腾飞的水雾等纷乱繁杂的烟火人间。

我喜欢带着茫茫风尘，独步寻境，凌波探秘，竹杖芒鞋带着栉风沐雨，脚步匆匆携着清风拂袖，乘一叶扁舟，鼓一桡帆，在圆底河上漂浮而来，"沉舟侧畔千帆过"，穿过桥洞，渐渐进入这水潭间。

## 四、"植物活化石"水松

其实从某一个角度看，三垟湿地的植物都是长在水中的，"垟漂海面，云游水中"，只要大雾一来，水汽一蒸，烟雾之中，眼中所见的植物犹如种在了水中，整个湿地仙气飘飘，甚是壮观。

在湿地有一种植物，就直直种在了水里，水溢了它十分之一的身子，水下面的湿泥，才是它扎根的地方。也就是说，它要立足的话，必须在水中才能完成。它叫水松。

属杉科的水松，"水松状如松"，它像松树一样笔直、高挑，高度有 10 至 50 米，干有扭纹，皮纵裂成不规则的长条片，枝条稀疏，大枝近平展。是我在湿地花溪花岛发现的。

"十里溪边夹水松，竹深花密海云封。"水松所在的地方，是溪、是河，也是水的地方，而且还是跟幽静的花草树木同长的地方。花溪位于木栈道的西侧，胡宅河的北侧，一块面积约1600多平方米的地方。我想取个名字给它，就叫它为"水上森林"。树干通直的 100 来棵水松被种在了这里。"水松，药草。生水中，出南海交趾。""交趾"位于今越南北部的红河流域，说它可以入药，是中草药的一种。我注意到，它的叶片多型：鳞形叶较厚或背腹隆起，有白色气孔点，冬季不脱落；

条形叶两侧扁平，先端尖，基部渐窄，淡绿色。条形叶在水中看起来疏疏朗朗，疏密相间，细如丝绦。

在明朗的天空上，它拉开了丝线，在规则与不规则之间，在明亮与黯淡之间，一竖一勾，一撇一捺，一收一放，一浓一淡，在点缀着。而在这线上，它再用叶子一点一抹、一拓一按、一落一起，星星点点云彩便攀在了上面。

不深的水上有两只鸭子，端着个脑袋伸着长喙在水中一下一下地啄着，过后，伸伸脖子抖抖身上的羽毛，然后再重复端着脑袋等一系列的动作。它们搅动了倒映在水中的整个天空，光影绰绰，渺渺万里，似乎把这现实世界推进到千万里之遥。

我喜欢水松在水面上的影子，水面一有动作，它就或长或短、或大或小、或伸或缩，扭出各种姿态，像个哈哈镜。如果没有风，也没有浪，它竖立着不动的样子，好似从天上伸下来长成千仞的植物，直扑扑地向我们奔过来，我惊骇得差点摔倒了。"青莎被海月，朱华冒水松"，青莎即莎草，多年生草本植物，朱华指荷花或红色的花。说莎草披着海里的月，在朦胧之中，荷花可以冒充水松了。而在树影交叉斑驳、光影瞳瞳之时，恍惚间，似大厦要倾、天翻地覆，我不由得浑身一哆嗦。

"闻道水松三百步，梦随流水到溪桥。""桥夹水松行百步，竹床莞席到僧家。"听说道路两边栽种了很多水松，连绵几乎有一里地，（我）在梦中随着流水不知不觉就到了溪边的小桥。这里，溪水，道路，还有溪桥，在经过水松串联后，都是诗人思乡的组成部分，因而水松在此也成了重要的思乡之物。

水松表达乡思一点也不逊色，有梅的品格。"来日绮窗前，寒梅著花未"，是思乡的千古绝唱。"青松谁剪水云边，梦入频惊逸史眠。龙起乍疑摩碧惊，鹤归犹自认南阡。栽来丹井还依旧，老去青溪不记年。逸响久留贞白赏，幽窗流韵叶冰弦。"逸史，指正史之外记载的人和事，摩碧即指

水松

磨碧，原称茂壁，指地名。姓安的一家人从那里经过。两边为老林，他们就把岩壁上非常茂盛的树木砍掉，故称茂壁。后来随着山林逐渐退化，光秃秃的似磨盘一样，茂壁逐渐演变为磨碧。南阡指南边的小路。丹井指烁丹取水的井。贞白指清正守白。冰弦即琴弦。其诗名为《水松》，大意是说，谁剪去了水松的水边和云边呢，即水松被砍伐了，致使这件事时时入梦来侵扰。龙起来时也受惊了，怀疑是茂壁变成了磨碧。只是鹤归来时，还认得南边的小路。只有丹井还是原来的样子，青溪老

去了，不记得年华。只有松树清正守白的品性供人欣赏赞誉了，叶子如琴声响在窗前。诗人表达了水松被砍后，整个人都不好了，留下的只有记忆和乡愁。可见，水松在他心目中的地位。

相比于水杉，水松更加挺直、高昂，一股英气，一派玉树临风，风度不凡，又有一种孤傲的清高，一副拒人于千里之外的气度。当它们组成一个队列立正站在那里，如旌旗林立，气宇轩昂，不可一世。

它树冠塔形，春夏叶色翠绿，冬季叶色由碧绿色渐变为棕褐色，这点跟水杉颇为相似，只是冬天的叶子没有水杉那么红，它要暗淡一些。

水松是中国特有的品种，笔直健美一表人才的木材实用价值巨大。难能可贵的是，它的材质可硬可软，松弛有度，既可以做硬木材使用，在建筑、桥梁和家具等用材方面发挥很大乃至决定性的作用。在家具用材方面则还有"触感中的珍宝，家具中的珍珠"之美誉。极言它无论做成哪种用具，给人的手感都很好，是难得的良材。它根部松软的木质，则可做救生圈、瓶塞等等。

关于它的药用，《全国中草药汇编》《中药大辞典》《本草拾遗》和《中华本草》等均记载，它的球果、树皮含单宁，可提取其栲胶，用来入药。它的枝、叶也可以入药，有祛风湿、收敛止痛的效用。

晋代嵇含《南方草木状》对水松有记载，"水松，叶如桧而细长，出南海"，桧指圆柏。清代吴其濬《植物名实图考长编》中对水松性状、生长喜好，以及利用价值也有描述。清朝方以智在《通雅·植物》中说："水松，水杉也。闽广海塘边皆生之，如凤尾杉，又如松。"凤尾杉即南洋杉科凤尾杉属植物，原产澳大利亚，亦属濒危物种。

如今它是珍贵的物种，列入国务院 2021 年 8 月 7 日批准的《国家重点保护野生植物名录》，保护级别还是一级。同时列入《全国极小种群野生植物拯救保护工程规划》《世界自然保护联盟濒危物种红色名录》，属于极危的级别。

湿地是它最为理想的家，因为它喜欢"水上森林"，它喜欢这样温和的气候，这样水网密布的地方，这样宁静、安详的环境。

经查资料，发现它出生在距今 1.37 亿年前的中生代白垩纪，同水杉、落羽杉一样，发源于北极附近。水松属杉科，当时种类巨多，主要分布于北半球。到新生代第四纪冰期以后，欧洲、北美东亚，及我国东北等地均已灭绝，水松也只分布于我国南部和东南部局部地区。在生长繁衍过程中，受气候变迁、人为砍伐、种子败育等各种因素影响，水松生长生活的家园不断缩小，数量急剧下降，现主要分布于珠江三角洲及闽江下游。

因此，"石帆水松，东风扶留"的水松成为了珍贵、稀有和濒临灭绝的树种。

种植于 20 世纪 80 年代的珠海市斗门水松林，自 2008 年发现后，被称为世界现存最大的"植物活化石"水松林。广东省韶关市郊的南华寺生长着 7 株千年水松，最高达 47 米，胸径 1.28 米。云南文山壮族苗族自治州富宁县的树龄高达 500 余年，树高 30 余米，胸径达 1.3 米，是本种最大的古树。

2006 年植树节，国家邮政局在福建屏南县首发了一组特种邮票《孑遗植物》，其中就有一张"水松"，呼吁大家要倍加珍惜、加强保护。

水松，民间也称为水莲、水帝松、水杉松、水机等。水莲的名字取得真好，这么高的水莲，构筑的幽境该有何等的层次感呢？水帝指颛顼，即古代传说中的五帝之一。他以水德王，死后祀为北方水德之帝。水帝松即指水松在水中植物中称王了。水机是一种过滤自来水的仪器，在此代指水松净化水质、清污过滤水浊的功能。

水松找不到花语，但它的寓意为纯洁、温柔、勇敢、坚强、品质高尚和长寿。纯洁好理解的，都跟梅、莲和荷扯上关联了，"水松百本映门栽，池上荷花似锦开"，能不纯呢？长寿应从"大雪压青松，青松挺且直"、从"寿比南山不老松"而来。

# 第六章　捡起遗落的珍珠

　　湿地是一个巨大的植物王国，每一片叶子、每一个花朵、每一簇青草，都是不可或缺的部分，都是璀璨的珍珠，共同构筑起这一方净土、这一片天地。它们按照自然经络的安排，择一处水土，各居各位，各安天命，在血脉里畅快地流通，在筋骨上欢快地跳动，共沐风雨，共担雾岚，愉悦地到达灵魂的彼岸。

　　我在采集拾捡过程中，它们在我手机、相机里总是捡了又丢，丢了又捡。诸多的品种、类别，还有寓意，要全部看透它们，一辈子是不够的。但够幸运的是，除了上述外，我在迷茫跟清晰交替、柳暗跟花明并存、山穷跟水尽增程的出路探寻旅途之中，还拍到以下几种植物。它们虽如散兵游勇，却也如一地遗落的珍珠，相继开着一扇扇小门，垒成一个个壁垒，等着我的召唤，成为阻碍我成功逃脱的布局之一。

## 一、野老鹳草

我拍过的其他植物还有野老鹳草。在南仙堤七仙桥南侧的前里岛上，这种草长得最为茂盛。之所以叫它老鹳草，一种说法是说它的果荚像鹳的嘴巴；另一种说法是说药王孙思邈上山采药时，看见一只病恹恹的老鹳吃了这个草，原本不利索的腿变得孔武有力，冲天而起。孙思邈于是就拿这草治疗风湿，取名老鹳草。它的药用价值除了祛风之外，还有止泻等功效，俗称"止泻草"。其药用还被载入明代兰茂的《滇南本草》。

它长得密密麻麻、绿油油的，不给下面的土地一点见光的机会。但我其实是希望其高60厘米的纤细根茎能够竖起来。其叶披针形或三角状披针形，叶片圆肾形，基部心形，叶腋生花梗。花序呈伞形。那一片野老鹳草林，似千军万马，旌旗林立，刀剑猎猎，仿佛能席卷整个大地，似绿海波涛，汹涌澎湃，能够将所有的河流收之囊中。

它的花期在4至7月，花序于叶腋生和顶生，顶生总花梗常数个集生，花序呈伞形状，花瓣淡紫红色，倒卵形。花是淡雅的，如少女穿着白色绣花或者淡绿色织梅的连衣裙，在风中翩翩而来。非常遗憾的是，我没看到它盛开的情景，但相信它定是美得不可方物。

它其实很珍贵，它的生命只有一年。来年生长出来的，是它的儿女，是通过种子自然落地，或者借助于风力等进行撒播而成的。

野老鹳草的花语是不变的信赖，开朗，慰藉。

## 二、麦冬

还有叶窄而细长的麦冬，在每一条河岸上均会出现，或密或疏，或长或短，它像髯须飘过，像大草原来此拜访，又像剑戟林立来此冲锋陷阵。尽管它大部分时间都是倒伏着的，很不争气地成为了天然的蒲垫。应该说，它是天然草场的草料。我会更喜欢它在水里，如果是在水底，那会端出一个水世界，绿意盎然，山水雄峙。在水中浮上来时，可以视为一个绿洲岛。当然，从更形象的方面说，有时候的它，在森林之中伏在地上的样子，如披头散发的女子，或者是凶恶的角色代表，从井底爬上来，一掠开长发，就青面獠牙，十指尖尖伸过来要我们的命。阳光渐渐退后的森林，一阵清幽袭来，我每每都会有一种恐惧浮上心头，脚步不知不觉就放慢了。我生怕遍地的它们也是树精，一条一条突然唰唰立起来，如箭矢一般飞过来，让我逃无可逃，被缠住身子，被扼住喉咙。

然而，在揭开它的真面目后，它却是最为温暖的一种植物，并非捕蝇草那种令人闻风丧胆的种类。

麦冬原名麦门冬，其名源于"虋冬"，先秦著作《山海经·中山经》中之条谷山"其木多槐、桐，其草多芍药、虋冬"。这里的虋冬，即指麦冬。

麦冬不得了，可是非常名贵的中草药。我国第一部中药学著作《神农本草经》就对它进行了记载，说是上品药物。《本草衍义》《本草备要》等均记载麦冬的肉质块茎有养阴生津、润肺清心的功效。还有养心阴、清心热、除烦安神的作用，可

治阴虚有热所致的心烦、心悸怔忡等症。被称为"不死药"，跟仙草灵芝同等地位了。

它的药用价值很高，为"浙八味"之一。笕麦冬是其别名，指植于笕桥一带的麦冬。美食家苏轼曾写过一首题为《睡起闻米元章冒热到东园送麦门冬饮子》的诗："一枕清风直万钱，无人肯买北窗眠。开心暖胃门冬饮，知是东坡手自煎。"

麦冬也被称为"禹韭"，其来历于大禹。大禹治水成功后，由于没有了洪灾，粮食收成了，于是大禹命令把剩余的粮食倒进河中，河中便长出了一种草，即麦冬，人们称此草"禹余粮"。

除了大禹外，麦冬还有一个动人的传说故事。说天冬和麦冬是天上的两个仙女。大姐天冬做事干练灵巧，性格爽直。小妹麦冬外表文静秀气，特别喜欢用淡紫色或白色的花朵来装扮。她们在天上见到人间虚痨热病肆虐得很厉害，人们死的死，病的死，十分可怜。她俩同情人间疾苦，于是就下凡人间。天冬在我国河北、山东、甘肃等地的山谷和坡地疏林并在灌木丛中生根落户；麦冬在我国秦岭以南浙江、四川一带的溪边和林下安家落户。任由人们采摘来治病，赶出了肺胃阴虚、肺胃燥热、便秘的病魔，使人们恢复了康泰。

这是在强调麦冬的中药疗效，其实人间万物，不都是上天赐予的吗？"十年摇落后，麦冬逐年枯"，生命只有三到五年的它，十年后，自然烟消云散。

麦冬草的花语为勇敢、公平、无畏，以及不求回报。

## 三、人面竹

湿地是少不了竹子的，它的风格、风骨，还有个性，以及功用，都是独特的存在，都是不可或缺的存的。在此介绍一下楠竹的变种人面竹。我是在南仙桥上发现的，见其片片枝叶堆叠着、簇拥着伸向水面，让我想起水仙竹、水竹。这水跟竹子的缘分，据我所知，除了毛竹，其他大部分都是在水边。

它们临着丹东河的水，一张张小脸朝着水面，在风中呼喊着什么，声音细腻、婉转低沉，或者是在跟流水说着什么悄悄话，内容被风带走。此时的它颇似少女的身影，苗条倩丽，端庄大方，所以又有人称它为"美人竹"。

我看着看着，不由得痴想起来，他们会在岸上、在水上，就着江南的乐曲，翩翩起舞，长袖善舞，顾盼生辉，沉鱼落雁吗？或者如踏青的姑娘提着竹篮子采花、割草或抓蝴蝶吗？一颦一笑一回眸，亦诗亦韵，都令人陶醉。

取名人面竹是因为其节密而凸，跟人的脸颊为相像。明《五杂俎·物部二》中说："其最奇者，有人面竹，其节纹一覆一仰，如画人面然。"说它的枝节纹理如人面画在上面一样。明《广群芳谱·竹谱·竹一》中则说："人面竹，出剡山。径几寸，近本逮二尺。节极促，四面参差，竹皮如鱼鳞。面凸，颇类人面。"剡山是《山海经》中记载的一座山，说它的枝节四面高低不同，皮像鱼鳞一样，面突出来，像人面。

由此可见，是它下面的枝节长得像人面，不对称肿胀，即节间于节下有长约 1 厘米的一段明显膨大，恰似一张小圆脸凸了出来。而不是它的叶子。湿地内的竹叶太稠密了，完全遮住了里面枝节。"近根节俞促，节节面具戴"，看上去颇似三星堆出土地的面具脸。

人面竹其实挺高的，5～12米的高度，中竿劲直；中部的节距特别长，达到了15～30厘米，基部缩短。当然，它的特征也在于叶子，末级小枝有2或3叶，叶鞘无毛，叶耳及鞘口繸毛早落或无，叶舌极短。

明代郑潜说"白石岩前谢家谷，斫得杖名人面竹"，斫指砍、削。说人面竹可以作拐杖。其实只要大小合适，许多竹子都可以做拐杖。宋代的许及之"共识此君面，谁知面目真。清风犹立懦，奇节仰先民"，说它这个奇异的枝节是在仰望着先祖、逝去的人。这竹子怎么充满着灵异和诡奇。洪适也写过"怪奇存相法，妍丑出天真。此君无二貌，正是葛天民"，说这竹子上的人面原型是葛天民，葛天民是南宋的一位诗人，也是僧人。诗人在诗中有点调侃他的意思。

"幻出众罗汉，眉目端正在"，也或许就是它又名罗汉竹的原因。如要塑八百罗汉的话，从此竹子上一个一个采过去，直接装在庙宇墙上，定生动有趣，活灵活现，不比泥塑的差。

它毕竟是竹子，风骨不变，礼贤下士，关心民间疾苦，"鹿眼猫头气象狞，此君千载面如生。逢来俗士应遮避，看到贫家定笑迎。直节参天无愧色，虚心对月有余清。春来苦被东皇识，却恨桃花不世情。"它长得不帅，而且还很突兀，在跟人搭上边之后，让人猝不及防。但却有一身傲骨，不随波逐流，反而很接地气，关心贫苦老百姓。它一直高昂着头，高傲地跟世俗作对，但无怨无悔。但也不是一味地这样高傲，该低头时还会低头的。

其实在植物界，长着一张人面的还有人面树、人面果和人面花等。人面花即三色堇，当下一位写现代诗的女诗人的笔名。

## 四、油菜花

春天的油菜花不开则已，一开就是一大片。在牡丹、湾底和东垟等几个岛上，油菜花是碧绿的田野风范，也是娇艳的菜花胜地，更是丰收的食材采集地。花叶枝一起，用猪油一炒，在舌尖的感受就是硬朗中带着韧劲，香甜中有鲜嫩，整个春天的鲜美就在这咀嚼中得到了畅快的体验，大快朵颐不算过分。而它也是最便宜性价比最高的菜系。

有人说湿地油菜花开的地方是莫奈的花园。想来这二者之间高低错落，红色、棕色、橘黄、蓝色（其他花草）错落其中，色彩协调，动感十足。乃至最后形成了赤橙黄绿青蓝紫白的完美色彩组合，犹如画家手中的调色板。

二者之间广为人知的主要共同点，在于将水和花卉集合在一起，使天光水影、云雾茫茫、迷幻如带、落花流水春去也，天上人间，其是合拍。

## 五、杜鹃花

杜鹃花是在探步森林时被我发现的。在深山老林里的它们，只有一小簇，孤零零地开着花，花瓣泛着暗红色，没有了瑞安圣井山那般迎风招展、红艳耀眼。我也俯下身子，看它跟阳光的接触里，能够撩到多少的荣光。

此时的我好像是鲁班师傅，睁大眼睛一动不动地观测着那条木料的尽头，再用墨线一弹，就有了准星，一条亮眼的"银河"线便霍然出现。只不过我的目光是投向了天空，投向了太阳，投向了白云，透过茂盛树林、簇簇树叶和层层树巅之间。

沿着此线，我观测到，杜鹃的花叶还是能够触到那伟大的光芒。由此我想，在晨光里，定是杜鹃花最为幸福的时刻。它该是一位待嫁的新娘，红装素裹，戴好头巾，怀着一颗有点忐忑有点欣喜有点害羞的心情，一心只待骑在高头大马上，领着八抬大轿的郎君来。

## 六、松果菊

在花溪花岛，我还看到了松果菊，植株小小的看上去弱不禁风的它，长着一朵朵大大的花朵，花蕊隆起，像一个个小松果，凸出在淡粉色一瓣一瓣向外袒开如缎带的花瓣中央，因此得名。头大身小的它们，看起来像一个个外星来的小精灵，在黑暗中定能熠熠闪光、熠熠生辉，还会互相挨挤着一摇一摆地往前走，发出咕咕的声音，让人很担心它的下半身会支撑不住。但在印第安语中，它有"守护之神"之意，因为在公元3世纪人们就发现其具有清热解毒、消肿化瘀和提神抗衰老等作用，在那个时代，病魔是人类生存最大的威胁之一，因而把其提高到神的地位。

## 七、狼尾巴草

不可否认，湿地在河边植物的布局上，做足了文章，邀请了各路神仙入驻。因此，在水和风的作用下，以及月光和阳光的侍弄下，滨水河边是热闹非凡，诸神聚首的。

比如狼尾巴草。它在各条河边都有一席之地。跟狗尾巴草几乎可以以假乱真的它，丛生，花序下密密麻麻地长着柔毛。风使它风情万种，在跟水的荡漾或者平静里，尤显如此。自然也会威风八面，雄兵百万，旌旗林立，在一阵或大或小的风里，那真的是一支穿云箭，千军万马来相见。或者浪涛滚滚东逝水，淘尽人间百态，也将整个湿地推着往前、往前。

## 八、日本五针松

湿地的松很多，跟雄伟壮观的松相比，日本五针松要显得逊色许多，但它的特色在于，纤秀和苍劲，以及身上如针般的叶子。

其实湿地也挺符合它的气质，秀气又坚韧，圆融又合众，在南怀瑾书院院落里、在城市客厅前后等，都能见到它的身影，在各个地方跟假山石成景、跟牡丹为伍，还有跟杜鹃、梅或红枫为侣，自有它的风情和价值。

## 九、枇杷树

高达 2 米的枇杷树，在湿地也较为常见。在各大驿站、南仙堤旁、五福源，以及南怀瑾书院等处均有。

关于枇杷，城区近郊的泽雅，还有大罗山上，均有种植。其果黄色淡味的它，带着些许的酸，淡雅的甜占主味，有"黄金丸"之称，泽雅为最佳。有一次到泽雅，经过麻芝川时，路边摆着很多的枇杷在卖。当地的朋友告诉我，叫我不要买，说这不是本地的，都是从外地进货冒充本地的在卖，本地的还长在枝头没成熟呢！由此可见本地货的价值了。

我没见湿地里的它结果子，只知道它跟香蕉树很像。仔细看它的叶子，会发现叶片革质，披针形、倒披针形、倒卵形或椭圆长圆形，先端急尖或渐尖，基部楔形或渐狭成叶柄，上面光亮、多皱，"枇杷叶，形似琵琶，故名"，用谐音给了一个名字。

写枇杷的古诗词很多，有"南风树树熟枇杷""摘尽枇杷一树金""相扶入东园，枇杷熟""四月枇杷未黄，我欲对镜心意乱""枇杷树树香""枇杷花里闭门居"。更多的时候，它扮演的是植在建筑物旁的果树的角色。

## 十、紫薇

在南仙堤上，我还看到了紫薇，虽然长开半年花的它，那时的花还没开放，叶子也没有几片，挺着一副瘦骨。我没有给它拍照。其实我的想法昭然若揭，我是想看紫薇花了。

我似乎看到了它淡粉的素雅的花朵，而且高傲地挺立着，不理睬身边站着什么人、开着什么花、立着什么树。对啊，它本就是名花嘛，本就是在这湿地里数得着的名贵嘛。看娇艳，看血统，看历史，看文化，得一项一项来。

看它的名字，这可是攀上北极星的光呢，此星可是又叫紫薇星，星象学中是称为"万星之主"的，万之主就代表着尊贵和福祉。何况这北极星，谁人不知，何人不晓呢。

在远古的传说方面，据说有一种叫年的凶恶野兽，它伤害人畜，祸害人间，紫薇星见状，决定下凡为民除害，用神力将年锁进深山。为了使年长久地待在里面不能出来，紫薇星化作紫薇花留在出口那里，岁岁年年给人间带来平安。关于紫薇树也有了一个美好的祝愿，如果一对真爱的情侣在紫薇树下经过时，可以从彼此的手心里看到天堂，那也就是说，他俩在一起的话，定能相守百年，结局完美。

关于传说，还有一个，跟爱情有关。据说在天宫中，有一位高富帅的王子，紫薇仙子倾心于他。但是她为人比较内向，一直没有向他表白。后来王子跟牡丹仙子在紫薇园约会时，紫薇的心里有说不出来的感受。但她安慰自己，只要能看见王子，也就足够了。因此，紫薇有了一个"沉迷于爱情"的寓意，也就是现在我们说的暗恋。

关于紫薇的尊贵，在古代还跟官衔挂上了钩。"改中书省曰紫微省，中书令曰紫微令""门前种株紫薇花，家中富贵又荣华"，有人还叫它"官样花"呢。

琼瑶阿姨写了一个叫紫薇的角色，后来被拍成了电视剧，所有演这个角色的演员，都成为了家喻户晓的明星。在网上看到这样一段评论，似也是紫薇花的花语"紫薇看似柔弱，但是她却坚定地完成了一件又一件不可能的事，成了一个不可能的人……她用生命告诉我们一个道理：没有什么不可能。而我们要做的就是明确自己的目标，朝着自己的方向，一步一个脚印，像紫薇一样做自己的传奇，完成自己的梦想"。

也许在紫薇花的个性里，不会是吃老本的做派，吃完祖上给的那点可怜的传承，就完成了任务。其实它还有坚强的个性，勇敢的实践，以及为了梦想不断努力，最终成为传奇的过程。

## 十一、梅林初雪

我在"梅林初雪"这里看到了柳树，看到了长得很高很茂盛、零零散散地栽在括号形的河边的柳树。印象中似赵飞燕的它们，让我想起母夜叉孙二娘、母大虫顾大嫂之类彪悍的人物，不免大失所望。一直以为由水唱主角的湿地，会有许多杨柳。但是一路过来，罕见杨柳。说实在话，此处的杨柳，虽然也有绿丝绦，但是树跟树之间的距离太远了，没有西湖上的杨柳依依，也没带朝烟和堆烟，也没风吹过来让我感受初春的寒。不过，我依稀看到了，虽然是隐隐的，带着想象的、勉强的，它垂着柳条，往下递着柳叶，在传达深情，在表达情意，一副十分专注聚精会神的样子。

在岛上的西北角，我看到几枝瘦身的杨柳，并排站在河边，随着微风衣袂飘飘、风情万种，似从画中走出来的姑娘，清秀端庄，长袖善舞，"丰若有余，柔若无骨""纤便轻细，举止翩然"，如烟笼着纱，朦朦胧胧，还轻轻点着水，似从水上翩然而来。我不由得看痴了。一下子想起了西湖。觉得自己很荣幸，不枉此行。

它的离别之意，使人想起霸陵折柳的离别、相处异地的相思，"柔黄愿借为金缕，绣出相思寄与君"。说起异地的相思，也就解开了自己的一个小小的疑惑。一直以来，每到春天，都会对西湖的杨柳特别是白堤的甚是相思。想来柳一直是代表离别的，我没有离别，怎么会有如此强烈的相思。现在明白了，它本就代表相思，有乡愁的，有友情的，也有爱情的，不一而足，反正是它植入了你的心里面。

### 十二、满天星

满天星在"花海风车"这里。它学名圆锥石头花，又叫"霞草"。它初夏盛开白色小花，花朵繁盛细致、分布匀称，犹如繁星漫天，朦胧迷人；又仿佛清晨云雾，傍晚霞烟，故又别名"霞草"。开着开着，它的花白色、淡红色、蓝色等先后出现。其实在湿地，我最喜欢的一个场景，在傍晚夕阳西下时，我来此小岛，踩在满天星光里，在它们的簇拥中，跟宇宙对话，跟星球示意。在清晨曦微初显时，它们又如一条丝带，轻轻飞扬，笼着少女的万千愁绪，牵着飞天神女的长袖，拔地而起。

满天星的花语是清纯、关怀、恋爱、配角、真爱、纯洁美好的心灵。怪不得甘愿当玫瑰的映衬和配角。它的传说也是关于爱情的。据说在古希腊，有两个姐妹。她们无话不谈，亲密无间，是情投手足非常要好的典范。有一天，她们所在的小山村里来了一个被战争之神阿瑞斯追杀而身负重伤的少年。妹妹发现后，就救了他，将昏迷不醒的他搀扶到家里躺好。她让姐姐照顾好他，自己去镇上请医生。经过医生治疗，少年清醒了过来，误以为是姐姐救了自己，于是就向姐姐表达了因感激而产生的爱慕之情。当天姐姐就告知了妹妹详情，说他们相爱了。于是姐姐和少年幸福地生活在了一起。同样爱着少年的妹妹只能将感情深埋在心里。

好景不长，过了一段平静的日子后，阿瑞斯追杀过来。暴虐的他挟持全村的人，逼迫少年现身就擒。在生死抉择面前，姐姐要求少年离开山村逃命，妹妹杀身成仁、舍生取义，将少年迷晕，自己扮成他的模样，被阿瑞斯杀害。她的鲜血染红了整个山村。

但是因为她的心还一直牵挂着那少年，其灵魂飘荡在村子的上空，没有得到安息。花神知道，感动不已，将她的灵魂融入少年被迷晕倒下的那一片草地上。接着草地上就开满了斑驳清丽的白色花瓣，后来被人们叫作满天星。

# 十三、其他

在湿地的红杉林里，长着茂密青绿的葎草。它一般都跟一大群伙伴聚在一起，一眼望去，地上似铺上了一层绿地毯，你会为它的生命力之强而感叹。但是它虽然是一种治利尿的清热解毒的中药，但它身上有倒刺，会刺伤人裸露在外面的皮肤，是植物界的一个刺客。

在湿地北入口附近，以及西环线一带，种植着萱草。从橘红色到橘黄色的花色，从 5 月开到 10 月，甚是引人注目。《诗经·卫风·伯兮》中说："焉得谖草，言树之背。愿言思伯，使我心痗。"此中的谖草即指萱草。其大意是说，怎么才能得到忘忧草，我把它种在后庭院。我一门心思想念我的丈夫，使我的心忧思成病。"萱草，食之令人好欢乐，忘忧思，故曰忘忧草""北堂有萱兮，何以忘忧"，忘忧草指的就是它。周华健有一首《忘忧草》的歌曲，里面唱道"忘忧草忘了就好。梦里知多少。某天涯海角，某个小岛，某年某月某日某一次拥抱"，含着淡淡的忧愁在里面，忘得了就好。

在湿地的西环线，还看到了水烛。又称蒲黄的它，长在水中，雌花序呈一条条香肠一般，或者如点在水上的蜡烛。据说给它涂上油脂，还真的可以点燃。试想，如果真的能够在上面点起火来，那该是多么壮观的场景啊。如在黑暗的海上的水军夜袭，如夜空中的星星眨眼。

在五福源等林子里，鸡爪槭甚为常见。"枫叶一经秋霜，杂盾常绿树中，与绿叶相衬，色彩明媚。秋色满林，大有铺锦列锈之致"，大意是说，秋天一来临，鸡爪槭的叶子就慢慢变红了，而且艳丽明媚，壮观绮丽，给人以华丽奢靡堆砌之感。

在湿地北入口的圆形浅凹绿地里，还有鸢尾花。鸢尾花在法国是国花，象征着光明和自由。凡·高在去世前一年，在精神病院期间，曾经画了一幅名画《鸢尾花》。紫色的花朵看上去病恹恹的，只有茎干条条直竖着，隐含着顽强的生命力。莫奈在吉维尼的花园中也植有鸢尾花，也画过它。在古埃及，它代表力量与雄辩。在以色列，人们将其作为"黄金"的象征。

在轮船河边，还种植着海寿花。它即是梭鱼草。开着淡蓝色的花朵，枝干苗条的它，在河边如一条条飞鱼在水中挺着身子飞奔一样。让我想起了大海深处，如箭一般的鱼群。

其他的水中植物还有芡实等，它们都属于睡莲属。漂浮类的有狐尾藻。狐尾藻的较长的叶子，丝状全裂，强壮的披针形和较宽的裂片。在小雨下来时，往往能兜住水珠，晶莹剔透，闪闪发光，晚上看到它，似夜空的星星，白天如宝石，甚是壮观。

在北大门口，湿地迎客的门面，自是少不了开起来如千朵万朵梨花开的樱花的。它的花一朵一朵非常密集，白的如雪，红的如霞，特别容易形成花海。四五月份开花的它，并非来自于尊为国花的日本，它数百万年前诞生于喜马拉雅，在西晋和唐宋时期在我国就有种植了。后来由日本使者带回他们国内的。

# 后 记

## 一

"春有百花秋有月，夏有凉风冬有雪"，风光不与四时同，这就是季节的魅力，春秋固然讨人欢喜，但夏冬自有春秋没有的风光。所谓独具一格、各有千秋，就是这意思。湿地里面的四季，在经过植物的笔触之后，显然更为明显和直接。

"一年之计在于春"，湿地的春天是最为热闹、烂漫和迷人的。那是植物的大会，各种花草树木均会一一登场，各显神通，各展风姿。有多少的它们，经过了凋零、枯萎和沉睡，以及深揩、积藏，只为等不同季节的到来，台上十分钟，台下十年功，这几天开花和放绿，都是它们之前努力的结果、积累，甚至是唯一，生命的全部。

比如秋天的湿地，已经专题介绍过的西环线的红杉林，如火一般地燃烧着，红遍大地和天空，晚霞都在侧目叹服。丽花亭外的鸡爪槭每一片叶子都是激情万分，红得让人睁不开眼晴。一串金黄串钱柳，在古老的飞檐斗拱旁，如红杏出墙，诗意盎然，江南秋色，如电影中的女侠红衣飘飘、踏雪无痕、剑啸长空。

初秋在湿地是最为空明和爽朗的，人在此也是最为神清气爽、精神百倍。一叶扁舟载着我在河面上泛着，我喜欢最原始的这种小舟，不喜欢画舫。在前者里面，我总会充满豪情壮志，意气风发，"大江东去，浪淘尽，千古风流人物""谈笑间，樯橹灰飞烟灭"。即使年已近知天命，一旦在水上漂泛起来，年少时的眼高手低，心比天高，总会在胸腔里横冲直撞，一下子平复不下去。梦想、幻想，还有理想，尽管跟当下隔着银河般的距离，可是它们毕竟撑起了我青春岁月的光彩，从那困兽犹斗中迸发出一丝亮光。即使最后当它们纷纷坠地时，这层亮光却是不熄的存在、不灭的明灯。

在画舫里就不一样了，我总有一种罪恶感，一种不自在感。我会想起暖风熏得游人醉，西湖歌舞几时休，有游戏人间的闲适感，不免汗颜。

其实无论坐哪一种舟，我都会寻找迎面吹来的秋风。江波浩渺，秋波耸起，不由得放眼四望，环顾四周，在人随舟行的换景里，看到了"落霞与孤鹜齐飞，秋水共长天一色"；看到了菱角正肥，稻田金黄，瓯柑装筐，还有柔情似水弯腰扶柳的粉黛乱子草……它们给我的交代是什么呢？"秋色连波，波上寒烟翠。山映斜阳天接水"的苍茫、悲凉，还是"落叶聚还散，寒鸦栖复惊。相思相见知何日？此时此夜难为情"的相思，还是"稻花香里说丰年，听取蛙声一片"的丰收的喜悦？

湿地的初夏是浪漫的，也是热情的，如在风中奔跑的少年、球场上挥汗如雨的男孩。花溪花岛上马鞭草花海，颇似薰衣草淡紫色的它们齐齐开放，承包了一大片，在风中的摇曳，令我窒息沉醉。还有波斯菊，开得可真是热闹，红的白的粉的，一大堆一大团的，使整个世界都明亮了起来、亮堂起来。来此一趟，是花的天堂，花的王国。

盛夏的五沚莲馨园，成片的莲叶接天，或低眉水上，或轻泛河面，虽然它的花还没开放，但这莲叶的清香却已经芳香四溢、融水一体了。

## 二

对于湿地内的几个代表性的景点，以及还没有提及的其他几种植物，需要简介一下。

五垟、钟凤、沙河、上池、应宅、龙前等五座小岛从远处看像佛手的五指山。依据五福来源于《书经》《洪范》，意味着长寿、富贵、康宁、好德和善终。这里源可指仁举在世政之源。这便是五福源一名的由来。

五福源用地百余亩，为湿地开发打造时最早的风景板块。后廊桥、沙河桥，还有长寿、富贵、康宁、好德和善终等9座桥连在一起，也串起了景。五沚莲馨园、梅影坡、万寿园、栖迟园、翠水河这五大各具特色的景点，得以形成。由于植物唱了主角，达到了"星罗五墩秀，琳琅四季春""五福三径开，五垟九桥连"的效果。

因种植松、桃而得名的万寿园。靠竹林唱主角的栖迟园，栖迟指游玩休憩，"衡门之下，可以栖迟"，下次经过这里，在竹林之中，一定得休息一会，不以累与不累作为衡量标准，即使是刚刚起步，也不可忽略而过，这才能体会到风雅，也是有文化的做派。

600多亩的花溪花岛有木制栈道，给我江南的古朴和契合感，比如形成的拱桥曲影，水意朦胧，玲珑灵动，是我非常喜欢的。睡莲是安静的，水草则喜欢冒头，张扬的芦苇荡没有一刻安静。红宝石海棠、洋紫荆、黄栌、千屈菜、波斯菊、金鸡菊、黄菖蒲……它们齐聚在此，共放精彩，跟紫藤走廊来一场月光之旅。月光啊，沿着紫色的路径，会有怎么样的光影降临在此呢？那是每一片叶子、每一片花瓣、每一束光线，都会爬满了浪漫的珠子。跟羽杉落荫是一场滨水揽镜、一场落雁沉鱼、一场水里水外的盛会，似真似幻的水幕电影背景。当然，在一场盛大的季节狂欢上，它也能出工出力，也能出彩添彩，更会争奇斗艳、跃上枝头、进入法眼，从而晋等身位，受到万千宠爱。自然它们之中也有淡雅的，如淡菊一样，不争不抢，不怒不痴，该开放时一分钟也不会少，勤勉做好自己本分，在开花上，在品性塑造上。因而，它们是人间天上，是童话世俗，是成人世界，也是仙境尘埃，无须放得太大。

玫瑰花开，杉影犹在，芦花傲立，一边是火，一边是雪；一边是红，一边是白。这映衬里，是你侬我侬，是投桃报李，也是春洒人间。这是花岛的春色。

跟它一河之隔的"梅林初雪"，是湿地内除梅影坡之外，另一个梅树集中植株地。有一天在春雨淅沥中，我看到它的一场花瓣雨，飘飘而落，鲜红满地，我不由得痴了……"花瓣雨飘落在我身后，花瓣雨就像你牵绊着我，失去了你只会在风中坠落"，我的伤感不免又泛了起来。"满地落花初过雨，一声啼鸟已春归"，是啊，又是一年春来到，这时光在美景中流逝得特别快，这种忧愁年年有。也难怪，时光这东西，想留也留不住，只能感叹几声作罢。

这10000来平方米的花海风车岛是有异域风情的。风车虽然小了一点，矮了一点，跟印象的高大伟岸差别很大，但在外形上颇似荷兰的，跟国内的风车不一样，这就是它所要达到的效果。

岛上广阔的花海与远处伫立的风车相映成趣。这片花海由满天星、波斯菊和诸葛菜等数十种花卉组合而成，确保游客一年四季均能看到烂漫花海。

这种建在岛上东北方向的荷兰风车，似一下子将我带进童话世界里。它扑朔迷离，身上旋转着历史、文化、地理等等，令人遐想。它在静止之中却似呼呼旋转，动感十足。怪不得堂·吉诃德把其视作巨人与其进行战斗，"催马向前……戴好护胸，攥紧长矛，飞马上前，冲向前面的第一个风车。长矛刺中了风车翼，可疾风吹动风车翼，把长矛折断成几截，把马和骑士重重地摔倒在田野上"。风车在动静之中，似乎要扛着河水、天地，还有小岛，往前奔跑，掀起山呼海啸、搅天动地的动静来，我看着看着，虽然没有"有三十多个放肆的巨人。我想同他们战斗，要他们所有人的性命。有了战利品，我们就可以发财了。这是正义的战斗。从地球表面清除这些坏种是对上帝的一大贡献"的想法，但双脚也不由自主地受它的魅惑，快要双脚离地，腾空而起，追逐而去。可谓是静中有动，动中含静，动静皆宜。此风车的寓意是魅力，传奇，永恒。

这岛的东南是没有树的，一片开阔，土地平整，上面种着几十种灌木丛的花卉，如满天星、波斯菊，使整个小岛显得精致典雅，如握在手中的花盆，少时家里的院子一角。

《瓦尔登湖》中说，步入丛林，因为我希望生活得有意义，我希望活得深刻，并汲取生命中所有的精华。然后从中学习，以免让我在生命终结时，却发现自己从来没有活过。所以，这个丛林意味着很多。从南仙堤上下来，经过七仙桥进来，就是林荫探步了。我倒更愿意是一种探险。森林植物的魅力，就在于它布置而成的空间，是另一方天地，另一方世界。因此，在原始森林里，为了不迷路，有经验的探险者都会在经过的树上做记号。高大浓密的参天大树占领山头、排兵壕沟、罗列山坡、巧妙布阵、精设机关，盖住了整个上空。下面伏在地上比它们矮的种群，如果要上南天门的话，得要通过它们传达才行。在它们脚底，以及小腿部位的，还有野果藤、杜鹃花和野菊花等，密密匝匝，琳琅满目，共同设置了一座高深莫测的森林。

因此，我走在里面，脚其实有点打战的，特别是在经过林中小径。我怕那密林中会山呼一般跃出一只吊睛白额"大虫"，没喝过七碗就过岗的我，肯定成不了打虎英雄，成为它的点心或者落跑的狗熊倒极有可能。我也怕那右侧的湿地中，会嗖地蹿出一条碗口粗的巨蟒把我吓晕。

我真的感到了鬼哭狼嚎，阴森恐怖。《聊斋志异》中的女鬼，《西游记》中的妖洞，甚至每棵树都是妖精，随时可以将我当成下午的点心。我不由得裹紧了上衣，只想撒腿逃出去。

当然森林也不全是恐怖。当阳光穿过树梢、透过雾气照进来，把黑暗揪起来"斩首"时，鸟儿随即响起婉转清丽的叫声。我会想起施特劳斯的《维也纳森林的故事》圆舞曲，眼前有动人的风景，有一幅色彩斑斓的油画。一群姑娘在轻歌曼舞，舞姿优美。其实我也挺想拿出手机来播放此圆舞曲，上去跟他们共舞。

静寂下来时，我也会想起村上春树《挪威的森林》，一阵忧伤涌上我的心头。青春的苦恼、青春的伤痛留下的疤痕，只要气候适宜、场景合适，仍然会隐隐作痛。只是此时，在林中所有的恐惧会一扫而光。我撒腿奔跑了起来，所有恐惧和孤独，所有的凡尘、勉强和屈服都一扫而空。只有前方，这森林之外的世界在召唤，还有风在耳边呼啸而过。

百鸟岛，顾名思义是供湿地鸟类聚居的岛屿。它位于北门城市客厅南侧的轮船河中，是一个只有1000来平方米的小岛。上面绿树成荫，灌木成群，藤蔓曳地，为植被覆盖率最高的岛屿。当初这是一片处女地，没有人敢登上去。据说是因为那时候上面栖息着眼镜蛇、菜花蛇、竹叶青、五步蛇和蟒蛇等，遍地皆是，人们就叫它为蛇岛。一听这名字，我毛骨悚然，脑海里出现了蛇盘踞在树上，朝下面吐信子，以及遍地都是蠕蠕而动的毒蛇、脚无立锥之地的恐怖场景。

后来可能随着植被越来越好，河水也越来越清，蛇也隐藏得越来越深，还有白鹭、水雉和寿带等鸟儿来了，人们看到一群群白鹭振翅起飞，此起彼伏，升起降落，有时布成了人字形，从河面上一直拉升到半空，如猴子捞月、流星坠河留下的尾巴、龙王吸水一样，煞是壮观。而在悠然栖脚时，整棵树都停成了白色，似空中的停机坪。

此岛三月时，布谷鸟叫得很欢，声声悦耳。燕雀翩翩起舞，喳喳召唤。夏日时，一对对鸳鸯在岛下的轮船河里戏水，不时水花四溅，水波微澜，野鸭游弋，在水中划出一条长长的波纹，如两把利剑。深秋和严冬时，则是白鹭和天鹅成群栖息的季节。

这一切，都是得益于这一片绿荫，花草树木，榕樟相拥，桃红柳绿，在郁郁葱葱、芬芳四溢里，扮演自己无可替代不可或缺的角色。

三

据悉，湿地约有1000多种植物，其中高等植物150种。关上植物王国的大门是依依不舍的，毕竟它的满园春色，它的秋意瑟瑟，都让人有了回归自然的冲动，有了空闲一日的奢望，也有灵魂冲洗的想法、心灵安慰的喜悦。

其实是关不上的，植物学家都不舍得，何况一个误入藕花深处的我呢？对于普通大众，任何一个人、一种动物，似乎都离不开植物。因为人类和动物生存必需的氧气，90%是由植物进行光合作用所释放的。当然，这限于地球，至于外星球上的特殊气候生物结构，那另当别论。但迄今为止，还没有发现可供人类生存的其他星球。尽管在星球大战、异星战场等电影当中，在寸草不生、黄沙漫天的外星球上，人类和动物都活得好好的，动物还非常巨大，还能参加战斗。但这些都是属于人类的艺术加工而已，迄今为止还没有发现此等星球。

植物虽然根茎不能移动，但它创造的美感却是想要到达哪种程度，就可以到达哪种程度。闭月羞花的可以找出一大片，沉鱼落雁也可以搬出一队列。它们在自然界布置出来的美，是浑然天成的；在人间创造出来的胜景，也是巧夺天工的。而且每一种植物都不会多余，都是独一无二的存在。

植物对于湿地的意义不言而喻。试想阳光扑在水面上，一片荷叶，无论是在下面，还是在水面上，甚至于在水底，都能交汇出不同的世界，非常具有层次的光影感。没有美人蕉，没有松树林，没有芭蕉叶，谁跟晚霞告别呢，谁又在留晚照呢，谁在天空划出色彩，在地上接下绚烂呢？估计光秃秃的岛屿，无任何光感色彩的河水，跟晚霞的告别，即使满腔热情，将红地毯扑到天边，也不如一片叶子、一朵鲜花在此空间画上的一笔，那是境界全出，自然之美呼之欲出。

"半亩方塘一鉴开，天光云影共徘徊。问渠那得清如许？为有源头活水来"，当然，湿地的灵魂自然是水了，有6平方公里6000000平方米的水域、138条河流，至今水质全部达到Ⅳ类以上，部分水域达到Ⅲ类和Ⅱ类。

各条河水之间基本上都是贯通的，在曲折蜿蜒仍旧激涛拍岸着前进时，在笔直通天直线加速策马奔腾时，在T字横贯波涛汹涌呼啸而来时，在U字斜刺弯道超车仍然迅电流光般过来时，表面平静平和安详的下面，滚动着生生不息、永恒不竭的水流。

它们就如人的血管一样，彼此之间保持你中有我、我中有你的状态，没有出现死水的现象。这种流动，一个源头便是塘河的水，塘河的水汇进来，横冲直闯一番后，又接纳了它的回归。另一个源头便是湿地的神来之笔，被誉为天下第 26 福地的大罗山之水。

三垟湿地的水有一部分是从大罗山流下来的溪水汇聚而成，而且水的流动较快，水量大。海拔达 700 多米，东控东海的凶潮，北扼住瓯江的咽喉，俯瞰全城，山登绝顶我为峰。在此下来的水，哪有流速不快，水质不清冽的呢。在不远处的仙岩，都有三个瀑布了。清净无华洁净无瑕的大罗山水在湿地中跟塘河水汇合，犹如琼浆玉液的注入、金子珍珠的渗入，霎时使整个水质提高，整个河流里流动着珍贵的液体。同时还促进了水流的波动，从各个方向进行着渗透和冲击，还有调节和平衡。

这犹如天上的圣水，霎时使整个河流有了活力，有了灵魂上的加码、思想上的跨越，从此它牢牢地立于这座城市的西首，可以傲骄，可以偶尔发个小脾气，因为其奈我何？这如天上来的水，或许是银河上下来的，你能改变流向？这就是它的天然优势，巨大的惠利，冠绝天下的瓯柑，驰名全国的菱角，其特质跟水的密切相关，不是吹出来的，而是有实证的。并且当初先祖们的选择，也是顺天意、民意，还有自然山水的意向，科学和效益都达到了最优。这是物竞天择，顺应时势，当天与地与物达到最佳的搭配时，就会在历史长河里创造出奇迹和神奇来。

有两种植物沉浸在水的心脏部位，它们如玉带，如清道夫，如推土机、清洁器，一年四季都在清理着水的身子，保持由内而外的健康，不能不提。它们是宜春季和夏季生长的黑藻，以及四季常青的苦草。它们能够提高水体透明度，通过根茎叶可吸收氮、磷物质，能分泌化感物质抑制藻类生长。还能提高水体溶解氧浓度、促进水体中生物和非生物性悬浮物质沉淀。同时还有生物载体作用，可为水体复杂的食物链提供食物，为其他水生动物提供生存和产卵栖息地。从而起到全年都能净化水质、调节水环境的作用。

当作为"生态试纸"的白鹭飞翔在天空跟水面或者岛屿之间鸥鹭翔集时，我喜欢找一棵树，高高的樟榕，或者低矮的瓯柑树、桂花树，只要一片叶子，或者处于母树的最高部位的枝条叶子，由它来跟天空进行呼应，来装饰两点之间留下的空白，或阴沉，或顿挫，或服帖，或突兀。总之，它能给出一个定义，在虚实结合之间，在真幻交换之间，可以有许多，每个时段，每个角度都不同。

夜晚栖于枝头的夜鹭，则对于植物的依赖有如于家的感受，它的营巢也是建于各种高大的树上，而且一般也不太出外，除非是留鸟，相当一部分不喜欢迁徙，喜欢久居。傍晚在大树或者竹林上出来觅食，白天常常隐蔽在灌丛或林间僻静，湿地梅林、福滋垟和驿林的幽，是他们极为喜欢的。它们跟猫头鹰一样，昼伏夜出。

"水凤凰"水雉在水面上突突前进时，如果没有岸边的芦苇、蒲苇或者风车草临着水面，给它布置了郁郁葱葱的绿色世界，它的风姿哪能如此多丰富多彩、俏丽动人。它的动作哪会如此快得电闪雷鸣，帅到英姿飒爽。它们的水中倒影，犹如一幅淡淡的水墨画，无论往哪个方面移动，都是一道美妙的静动结合的画面。

因而，我一直期待一个画面，是我一直向往的一种舒爽和闲适的状态。我懒洋洋地躺在湿地任何一个小岛的草坪上，阳光暖洋洋地照过来。我似枕着河流，水声轻轻地从我耳边流过。鸟声就在最靠近我的树枝上，它时不时还会探出毛茸茸的小脑袋，盯着我看一会儿。

我也能听到植物的呼吸，轻轻的柔柔的，有时还会有轻微的鼾声，如孩子在母亲胎里面发出的声响。我都想笑了。这植物，还真的有意思，要多可爱就有多可爱。

"春早赏梅择日晴，谁知雨日更多情。灵峰园里春无限，一地梅花香有声"，花开的声音，我定是听到了。在我感知湿地的日子里，没有下过一次雪，但梅落的声响，虽然不是簌簌地落在雪上，但也是在草上、在泥土上，除了香气弥漫，声音一直隐在里面，不停响着。

还有梅花开时的声音，枝头的摇晃，枝条的绽开，在空气中缓缓地颤动，定是跟我打招呼了。能不知道呢，它是独自开的，即使不用敲锣打鼓地弄出大阵仗来，我们自会侧耳倾听大自然，竖起耳朵寻找风吹草动。

进入这样的境界，是我最为向往的。就如我打开脑壳的另一面，人还可以在这一面里生活。里面装着的不全都是生活的苟且、世象的俗套，人人戏子的伪装。人可以自由自在地想要瓜田篱下，伸手可及；想要诗意远方，想走就走。没有诸多的牵绊、俗事的捆绑，也没有诸多的低头、人和事的不忿，而是在时光的隧道中，走走停停，跑跑歇歇，以一种轻松、无虑、无畏和自然的状态，不断地丰富着大脑皮层里面的内容。

此时的我什么都没有想，脑海中一片空白，此时哪怕外面有万两黄金从天而降，万壑风雷响在耳畔，也与我无关，也不会惊醒我。什么都代替不了，我跟自然的对话，跟植物的脉动，跟宁静安谧地融合。我会化身为一粒种子呢，悄无声息地夹杂在它们中央，探听它们的奥秘，它们的消息，或者择一空地，钻入一坯泥土，来年发芽、成长，直至成为一棵真正意义上的树。"站成永恒。没有悲欢的姿势，一半在尘土里安详，一半在风里飞扬；一半洒落荫凉，一半沐浴阳光。非常沉默，非常骄傲。从不依靠，从不寻找。"我该是多么向往啊。

自然使我安详、宁静，使我轻松，仿若来到了另一个世界，没有人间诸多的杂事，只有绚丽多姿的景色。

湿地植物王国的大门缓缓地关上，我倒退着一边往外走，一边深深地凝视着里面时，看它在视线中慢慢变小，直至最后的门缝完全合上。我长长地吸了一口气。我知道，无论我有诸般的不舍，是一定要告别的，也一定要伤心的。一次穿越也好，一次幻想也罢，一场梦境或者一趟探险均可，它使我暂时忘却伤痛，忘掉过往中有些不堪回首的往事，在寻找美的人生之旅中多了一个去处。

它只是送我一程而已，并没有再也不见。这一段旅程，带来的好处是，在中学阶段学得最烂的一门课，重学了。从此不会再对它茫然不知，也不会对于一出门身边随处可见的它们视若无睹，置若罔闻，而是基本上会弄清楚，它们因何生长在这个位置，这是不是最佳的选择，还有没有其他的可能性？也就是说，有了一种理性化的认识过程。

# 四

我出来时已是华灯初上，夜幕降临，横贯城市南北走向的温瑞大道上辅道和高架上已是车水马龙。西门正对面便是万象城，它旖旎璀璨的灯光，如星星降到半空中，一颗一颗闪闪的，4K 清晰图像的广告，则像一个个电影的画面一般，活泼生动形象。

万象城六楼朝东的一个约 2000 来平方米的平台，没有再行隔成店铺出租，是一个较大的观景台，就是为了让顾客购物之余，能在这里看湿地风景。每次我到万象城，都会过来站在此处，待个 10 来分钟。看湿地的流水、树木和花草，以及白鹭。湿地知道我在看它，它也在看着我，或许还用一口水喷过来，用一株草飞过来，是在对落入凡尘的我的鄙夷，对沉迷于这个世界的我的嫌弃。我顿感全身充满了污秽，在它面前很不自在，像犯了罪的人、做错了事的孩子一般。

其实我何尝不想寻找一方田园，在绿水青山之间，在花团锦簇之中，安放自己的身体，滋润自己的灵魂，静养自己的心灵。只是造化弄人，面对世俗的生活，我是如此无可奈何、无从选择。

造成这个局面的原因，其实很简单，我本是世俗之人，本就是一直在这个圈子里，没有一飞冲天的本领和能力，却有着一颗超脱和不合众不合时宜的心。岁月没有将改变或妥协的秘方给我，反而给了我一粒坚定不移的药丸子，使我如在沼泽中越陷越深、越走越远，估计是回不了头了。